U0533441

家乡散记

潘鲁生 著

作家出版社

图书在版编目（CIP）数据

家乡散记 / 潘鲁生著 . -- 北京：作家出版社，2023.12
ISBN 978-7-5212-2394-1

Ⅰ . ①家… Ⅱ . ①潘… Ⅲ . ①散文集 – 中国 – 当代
Ⅳ . ①I267

中国国家版本馆CIP数据核字（2023）第152564号

家乡散记

作　　者：	潘鲁生
责任编辑：	宋辰辰
书籍设计：	袁　硕　于夏瑾
装帧设计：	意匠文化・丁奔亮
出版发行：	作家出版社有限公司
社　　址：	北京农展馆南里10号　邮　　编：100125
电话传真：	86-10-65067186（发行中心及邮购部）
	86-10-65004079（总编室）
E-mail:	zuojia@zuojia.net.cn
http://www.zuojiachubanshe.com	
印　　刷：	中煤（北京）印务有限公司
成品尺寸：	160×230
字　　数：	268千
印　　张：	22.25
版　　次：	2023年12月第1版
印　　次：	2023年12月第1次印刷
ISBN 978-7-5212-2394-1	
定　　价：	88.00元

作家版图书，版权所有，侵权必究。
作家版图书，印装错误可随时退换。

谨以此书
献给我的家乡

目录

前言　1

辑一　乡梓情愫
我的家乡 / 5
老家的味道 / 16
潘氏家谱 / 26
爷爷和潘家作坊 / 34
父亲的沉默 / 45
怀念我的母亲 / 56
母亲的故事会 / 64
娘亲舅为大 / 76
忆表舅 / 87
儿时画画梦 / 90

辑二　乡途器艺
钢叔带我做灯笼 / 99
我在县城学手艺 / 108
两进学习班 / 118
蜡杆家具的温暖 / 133
泡桐棺木东渡记 / 138
桃源花供走着看 / 147
手捏江米人 / 152
别样风物相糖模 / 158
在家乡过重阳 / 167

辑三　乡曲韵致
菏泽是个"戏窝子" / 175
郓城派山东古筝 / 181

民间小调包楞调 / 194

花鼓腔四平调 / 209

大平调的前世今生 / 221

荡气回肠的梆子腔 / 232

从花鼓丁香到两夹弦 / 243

老腔老调话枣梆 / 254

辑四　乡愁寄物

奶奶的陶罐 / 267

织花土布 / 278

印花包袱 / 297

鞋样福本子 / 303

童年玩具小孩模 / 309

漫话水浒叶子 / 314

"喜丧"纸扎 / 322

后记　347

前言

《家乡散记》甄选了这些年述说家乡风土人情的文稿，汇而成集。对我而言，这是一本特别的文集。说不尽的故乡事，道不尽的故乡情。它们就像生而为人的筋骨血脉，就像谱曲作歌的音符韵律，使我成为了我。因了这份乡情，那些看似寻常的家把什、老手艺、旧物件、民间戏曲、乡村小调都弥散着时光的灵晕，令人寻之探之，甘之如饴。家乡于我，是家，是乡，是情，是内心深处永远的故园。

木本水源，瓜绵树衍。这本散记文集中，既有续修家族谱牒的记录，也有对祖父祖母、父亲母亲、叔叔、叔舅亲人的追忆怀想。儿时的点点滴滴、成长路上铭心刻骨的往事，都在回忆述说中得以一一呈现。故土之亲是平凡的、朴实的，他们都是历史大潮里、芸芸众生中最普普通通的人，也和天下所有的爹娘、亲长一样，爱得无私，行得真挚。这些我最亲的人，勤劳、朴素、执着甚至不善言辞，但却有着最深沉的感染力，让我明白立身行事的原则道理，感受到一种稳健坚实的人格美、生活美。多年来，这种情感不仅存在心里，也化于言行，诉诸笔下，成为作品中深蕴的意义。家乡的人和事啊，哪怕只是些琐细的家常，都有温暖的牵挂。游子在外，乡情难舍。就像是大树向着天空生长，但它的根脉怎能离得开生长的土地呢？

家乡的风物也是我一再言说、探究的话题。

几十年来从事民艺研究和艺术创作，都离不开家乡风土人情的哺育。岁月安澜，于光阴的深处，回首凝望，便可体察其中的奥妙。民艺的研究与其他艺术学科专业有所不同，民艺是"民"之"艺"。多年来，凡所注目处有"艺"也有"民"，有生活也有人心。作为一个民艺之路的行旅者，我常常在田野作业与案头研究中追寻生活的原境，认识和体验事与物之间相互勾连的本原意义。省视自己，细数这些经历，重新体味物用与人情的联系，感受手艺与心灵的呼应，从中总能唖摸出家乡生活的滋味。

本书还收录了数篇我对家乡戏曲的调研文稿。在我心里，家乡不仅有黄河滩涂的苍茫意象，有亲人故旧，有草木风物，还有家乡戏的唱词念白，有熨帖的韵律回响。我打小在"戏窝子"里长大，爱看戏听戏，也研究民间戏曲的服饰装扮、人物形象，一直想把家乡戏的各种动人处理个明白。长久浸润其中，不难发现民间的戏文故事、形象仪态、曲韵节奏与民间美术都有着千丝万缕的联系，它们之间往往互相借鉴，融会濡染，成为一方乡土浑融一体的文化底色。家乡的戏，总那么热耳酸心，荡气回肠，使人生出无尽的念想。

家乡散记，林林总总，心念所及，记之叙之。家乡散记，故土情缘，成长之路，生活之路。家乡散记，是亲朋故旧的重影复现，也是人情与事理的叠加交错。时光虽不可逆，但认识过往，省视内心，总有质实有力的东西能让人含英咀华，感受到一种积淀的能量。

潘鲁生
壬寅立夏于历山作坊

上世纪七十年代,曹县老县城风貌

辑一 乡梓情愫

　　人近一甲子,春节会回乡与亲人团聚,清明会回去祭奠祖父、祖母、父亲、母亲。每次返乡,心中都会生出些许的惆怅,时间总在流逝,人生总在行进,家乡在发生着日新月异的变化。似乎变化越多,对家乡的牵挂益深,这种情感柔韧而又绵长。

我的家乡

我的家乡菏泽市曹县,地处鲁豫皖苏四省八县交界的鲁西南,这里古道绵延,曲水漾波,湖泊星布,是一座朴实无华的千年古城,它连通着黄河故道和运河水系,在漫长的中国历史中,是政治经济文化的交融汇通之地。这也令我离乡在外的几十年间,每每念及家乡,心里总是情不自禁地生出一些特别的自豪与骄傲,为这片黄河故土上曾经大风飞扬的历史风云,也为自己记忆里温暖隽永的乡情风物。

菏泽历史十分悠久,享有"天下之中"之誉。菏泽地处黄河下游,为黄河冲积平原,土层深厚,地势平坦,属华北平原新沉降盆地的一部分,也是黄河流域中华文明发祥地的重要区域。古代名著《禹贡》,托名为治水的大禹所作,记载有神州各地的山川、地形、土壤、物产情况,书中"九泽"之菏泽、雷泽、大野泽、孟渚泽,皆在这一地域。菏泽最初系天然古泽,济水所汇,菏水所出,连

上世纪五十年代,曹县太行堤水库

接古济水、泗水两大水系，在较长历史时期被称为曹州，唐代曾更名龙池，清代称作夏月湖；清雍正十三年（1735年）升曹州为府，附郭设县，因南有"菏山"，北有"雷泽"，故而赐名菏泽。

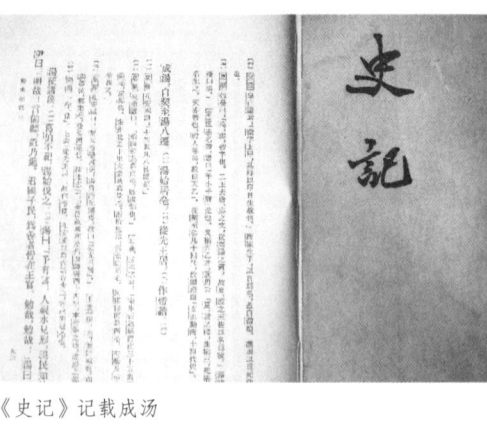

《史记》记载成汤

如此独特的地理环境，菏泽自然汇聚了许多风云际会的重大史迹。据文献记载和历史遗迹显示，在夏朝之前，这里既有大汶口、龙山、岳石文化发展，也是尧舜禹在中原的重要活动之地。而在对商都的学术考证中，有学者认为，商王在此立国建都，此即商王朝二百三十年的京畿之地，系历史上的华夏第一都。此后的东周春秋战国，各诸侯争霸会盟多在此间。涂山是夏禹会万国诸侯之地，商汤会三千诸侯之地，景山是商汤受命之地，青山是项羽发迹之地。后续历史上的刘邦登基称帝、曹操成就霸业、黄巢起义、宋江聚义也发生在菏泽。

历史大舞台波诡云谲变幻无穷的魅力，少不了来自纵横山川江河的风流人物。菏泽亦是圣贤辈出之地，大圣商汤、元圣伊尹、名圣惠施、兵圣吴起、农圣氾胜之、科圣燕肃等在此诞生，也落叶归根安葬于此，留下汤陵、

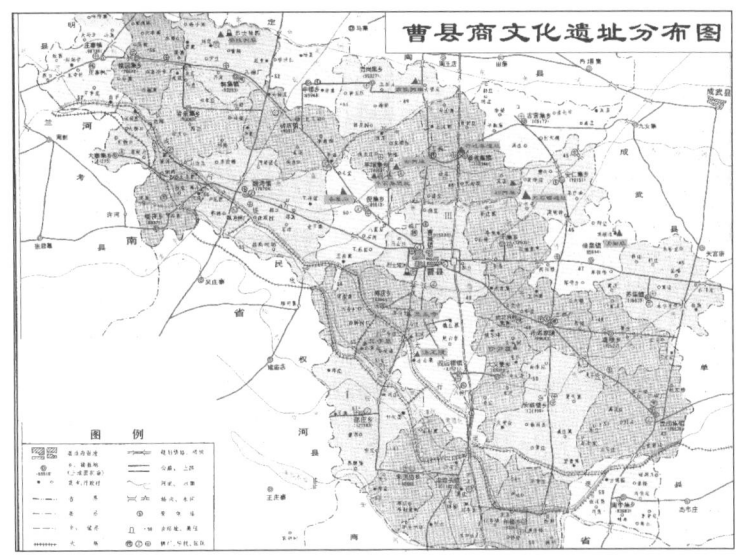

曹县商文化遗址分布图

曹县成汤王陵

曹县成汤王陵

曹县梁固堆（商代遗址）

曹县箕子墓

曹县春墓岗（春申君墓）

曹县郜固堆（商代遗址）

7

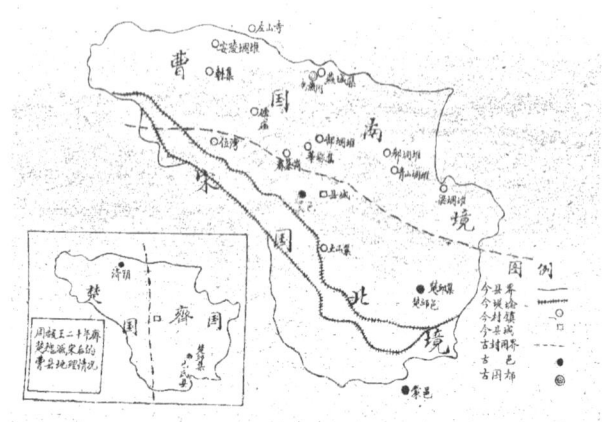

周报王二十年，齐楚魏灭宋后的曹县地理情况

盘庚陵、箕子墓、伊尹祠、莱朱墓、穰侯魏冉墓、春申君墓、项羽龙须岗、澹台子羽祠等，令后世文人骚客凭吊感叹。

皇天后土、文脉汤汤，成汤陵之"左海岱，右华岳，黄流经其前，济水引其后，鲁、宋、徐、燕四面环绕"是壮阔的自然风貌，也是励精图治的境界写照。土台残碑、斜阳余晖，历史融进了这块土地，也绵延成家乡人的胸襟气度和精神血脉。

家乡地域宽广，水域丰富，历来多黄河水患，百姓生活充满稼穑艰辛。一方水土养一方人，这里的百姓在水泊滩涂上植藕养鱼、种植林木，世代相传，渐渐营造出烟波浩渺、荷田如盖、接天莲叶、映日荷花的人间胜景，不仅农田和林木多以万亩计，即便是娇艳的牡丹，也"如种黍粟，动以顷计。东郭二十里，盖连畦接畛也"。连畦接畛的芍药大花，十里盛放的荷花，即使是在瘠薄盐碱之地上，也有牛羊繁育。种瓜得瓜，种豆得豆，守住一方乡土，写就自家的田园史诗，繁衍的是华夏的文明。舒展开阔的平原风貌与人文智慧相生相长，人们勤于耕作，善于蓄养，积累着世代相袭的经验智慧，从农从商从学人才辈出。历史上伊尹最早发明了"区田法"和"挑杆子"，种田时因地制宜，抗旱时有水可用，在农学史上把作物水肥管理提高到农业

上世纪七十年代,曹县黄河故道

之根本的高度;汉朝农学家氾胜之写的《氾胜之书》,是应用至今的农学著作。耕农田、植林木、食为天,这是生活之本,拜自然之所赐,家乡在我记忆中一直是一派勃勃生机的田园景象。

民以食为天,饮食既是日常生活中物质口味的需求与享用,也成为祈福求愿的重要精神寄托,把食品色香味美的功能,变通为上天入地的心愿传递,成为多种民俗活动的有机组成部分。比如,家乡的江米人,是一种混合了糯米粉和颜料制成的面塑,有神话人物、祥瑞动物等很多种造型,是周边地区久负盛名的民俗特产,目前已被列为国家级非物质文化遗产代表性项目。过去每逢年节,江米人被人们用来祭祀、观赏和娱乐,在大大小小的庙会集市上都能看到它的身影。江米人面塑的传统,与鲁西南地区常受黄河水患困扰,民众为祈求风调雨顺举行祭天敬祖的仪式有关。再比如,农历正月初七,桃源集镇祭祀火神的花供会，人们用白面制作蒸鸡、鱼、猪头，用软面捏塑戏剧人物、吉祥瑞兽，用山药泥彩模塑各种瓜果，用白萝卜雕刻建筑物、花草鱼虫等等，一众色彩鲜亮绚丽的供品，直接汇集成民间传统雕塑工艺品展览盛会。如果说传统的民俗活动与人们对自然的尊重、对习俗的遵循有关，那么，民间工艺就赋予了这些情感以生活的色彩和礼俗的形态，是心灵愿望的表达，也是生活生命的礼赞。

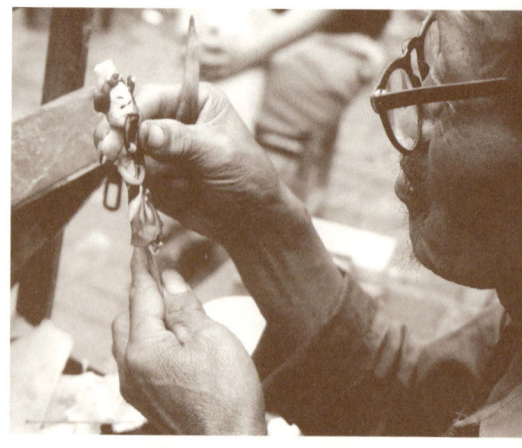

2005年，传承人王锡金制作江米人

家乡的民居建筑多为土木结构，也体现靠山吃山、靠水吃水的智慧，黄河冲积平原的土，提供食粮也贡献建材，院墙、屋墙一般用泥土垛墙或砖块砌成，建房用木梁、木檩。经济富裕的人家盖瓦房，要在屋脊上安脊兽，在门楼上装吻兽及饰物，所谓"插花门楼""五脊六兽大堂屋"描绘的就是这种建筑样式。有关民居院落布局的研究显示"院落布局分为散居、四合院、三合院等形式。散居的院落不设院墙，不设大门，这种院落在黄河滩区及其附近地方十分常见"。黄河滩上的台房虽无院墙，一户一台，界线还是分明的，房台就是院子。四合院由堂屋、南屋和东西厢房组成。

2009年正月初七，曹县桃源花供

上世纪六十年代，曹县大成殿原貌

正房最高，南屋次之，近街门的厢房又次之，正对大门的厢房最低。大门走向视地理环境而确定。除了四合院，还有三合院，又称"簸箕叉"，有正房、厢房而无南屋。再者，房屋之间彼此的高低，还要讲究和邻里人家的关系，从前人们通常认为新房子若是低于邻居对自家不利，高于邻居则是"欺邻"，所以约定俗成的做法是：前不高于后，左不高于右。盖房子对所有的人家来说都是一桩大事。传统民居在建造时十分注重仪式，建房开工要"看日子"，"打地工"打夯必唱夯歌。上梁环节最为隆重，要在正午时分举行，往往要贴对子、放鞭炮、喝上梁酒，所谓"吉日立柱凝百瑞，良辰上梁集千祥"，"上梁的酒，古来有"，这是百姓人家生活里十分重大的仪式。如今，随着中国社会的城镇化发展，县乡以及农村的一些民居样式也与时俱进，多数已经建造楼房。原来

上世纪七十年代，曹县县城的舞狮场面

的民居格局和建造仪式大多已成过往的记忆，但每每迁居时也有一套相应的礼仪，人们表达安居乐业的愿望是一样的。

这里的不少村庄是由同姓家族发展起来的，也有傍近城镇、要道等多姓家族结成的村子，民风淳厚，人际来往亲热，讲究邻里互助。过去的街坊邻里，日常见面的寒暄是先问"吃了吗""喝水吗"，若在集市上相遇，彼此的问候是"花着钱不"。吃饭、喝水是生活必需，需要用钱时也当解囊相助。家乡人好客，讲人情、重礼仪，农村摆酒席多用八仙桌，长幼有序，主次有别。往往一家有婚丧之事，乡里乡亲都来搭把手。如果村里有一家嫁女儿，亲戚邻里有"送面""送帐"的习俗，给闺女送些麦面做体己干粮，随着生活水平提高，送麦面改为送鸡蛋、布料、帐子等，而对待娶媳妇的人家，多是用红纸包上礼金，随人情份子，是实心实意的经济相助。遇有谁家添丁增口的喜事，姑舅姨等诸家亲戚都来"送粥米"，

上世纪七十年代，曹县衙门前街的习武场景　　上世纪九十年代，曹县老剧院四平调演出剧照

相赠小米、红糖、鸡蛋、芝麻盐和新生儿衣帽等物。而遇到丧葬之事，更是大型互帮互助的亲友汇聚场面，有的村庄还有"一家有丧事，全村都盖锅"的习俗。生产劳动中也讲究互助，役畜农具，相互借用。这样的环境里，人情味儿十足，人际关系愉悦，各家各户的大事小情，都是你来我往，相互支撑，生活氛围是热闹的，人的内心是丰赡的。人生的岁月就在这样温暖的时光里慢慢流淌，少有孤寂和焦虑。

　　听戏是这方民众最为钟爱的娱乐方式。我的家乡紧邻鲁地，百姓生活也深受儒礼教化浸染，岁时节日、民俗活动里常有诸多排场和讲究，人们平日里不太讲究吃穿，但好热闹，也讲究排场，其中最受欢迎的排场，便是请戏班子唱戏：结婚时唱戏，生孩子时唱戏，老人祝寿时唱戏，祭奠祖先时唱戏，故去老人过三年也要唱大戏……人生的喜忧大典时刻请戏班子唱戏，主家挣足了排面，而来自四邻八乡的听戏者，则享受了实实在在的福利。家乡地处交汇之处，北倚黄河，东靠京杭大运河，这就为不同剧种的演出交流发展提供了便利。村里每逢庆典，一个戏班有时能唱好几个剧种，应和着观众的要求唱了曲剧唱梆子，梆子完了两夹弦、大平调、枣梆、大弦子、柳子戏轮番上。台上唱的是一出出千回百转的传奇戏剧，台下听的是一段段对平淡岁月的慰藉安抚，久而久之，心里有了念想，精神有了起伏，嗓子便痒痒，于是人们就把看戏唱戏听戏作为抒发情感的一种方式，戏迷们也就渐渐入门成精，演戏的都是戏痴，看戏的都是戏精，彼此对戏曲都熟门熟路，有些资深戏迷不仅会现场点自己喜欢的唱段，甚至还会现场唱上几段，向演员们"讨教"，台上剧目场场精彩，台下观众掌声阵阵。

家乡受"周孔遗风"影响深厚，民风朴实好礼，男耕女织，不善商贸。由于地处军事要地，每每是兵家必争之地，百姓经受的战乱频多，所以民间对兵法战略、侠义文化比较讲究。寻常人家的男子，小时候都有习武的经历，培养尚武精神。虽然这种勇猛尚武的侠文化与传统鲁文化的温雅敦厚有明显区别，但"侠之大者，为国为民"，侠义文化与儒家的"修身齐家治国平天下"遥相呼应。侠义文化里的"一诺千金"就是诚信，扶助弱小就是"友善"，为国为民行大义就是"爱国"，"可以托六尺之孤，可以寄百里之命"，守信重诺就是敬业。路见不平、行侠仗义、疾恶如仇、肝胆相照的好汉精神是优秀的传统文化和传统美德，是我们家乡人骨子里的东西。

我时常会想念家乡，生于斯，长于斯，那里的县城与乡下，那里的乡音与人情，在我的生命里烙下了最初的印记。那里的风土人情成了我从事专业研究和事业追求的启蒙和起点。这几十年，我曾与同行专家和同事、学生一起研究曹县的民间工艺和民间戏曲，一次次走进家乡的村庄田野、乡镇街道、作坊院落，带着专业的视野一次次回首打量、细细体味家乡的民间文化，亲切而又充满了韵味。

时光荏苒，岁月如歌，人近一甲子，春节时会回乡与亲人团聚，清明时节会回去祭奠祖父、祖母、父亲、母亲。每次返乡，心中都会生出些许的惆怅。时间总在流逝，人生总在行进，家乡在发生着日新月异的变化。似乎变化越多，对家乡的牵挂益深。这种情感柔韧而又绵长。不论何时何地，一句乡音、一曲小戏、一碗家乡的热汤就能唤起关于那一方水土的全部情感和记忆。这就是乡愁吧。

有了乡愁，心底的情感就生了根，就不会飘零，不管何时回首，

1994年,在曹县调研桃源花供

都会感到温暖和幸福。我多年来从事民艺调研的体验,所谓乡愁,不仅是千百年来文人们"露从今夜白,月是故乡明"的一种精神活动传统,也是百姓们顺时应物的物质生活传承;它虽然多是由一时一地一物而生发,每每极具个人生命与生活色彩,但是,恰是这样无数的人与物的情感关联,聚集起来,沉潜在大众寻常生活的基底,静水深流,给我们的社会发展和时代生活推波助澜。

2020年随央视拍摄直播黄河,行走在曹县黄河故道

老家的味道

我老家山东曹县，历史非常悠久，夏朝的时候就建有莘国和贯国，商朝更是第一都城，皇天后土孕育了淳厚的民风民俗，是一座特别有味道的千年小城。这里由于地处苏鲁豫皖四省交界处，是中原腹地重要的交通枢纽，商旅行客熙来攘往交流不断，民间文化也非常繁茂。我们的老县城名气很大，闻声甚远，习书作画的人多，习武的人多，地方戏的种类也很多，出过豫剧名家马金凤、崔兰田，在我的记忆里，老县城总有一种热闹而又质朴的氛围，让人乐在其中，回味悠长。

我家住在县城中心的大隅首，记忆里小时候老县城主要干线就是一条街，街上分列着县政府、法院、公安局，隔壁还有银行、照相馆、浴池……这道街景，就是我那时的世界。上小学之前，我只去过县城周围地方的农村，

曹县蒸碗

上中学之后，才有机会去过曹县之外的曲阜、济宁、商丘、菏泽。在我眼里，那些地方或许比曹县更大些，但我还是觉得曹县更有趣更好玩，可能是小孩都更喜欢熟悉的、有小伙伴一起玩的环境。

大概因为我是爷爷奶奶特别宠爱的大孙子，多少有点小孩子莫名的优越感，还有点小任性，从小不大记事，也不大记人，但是，大人小孩都街谈巷议的热闹大事，我依稀还能记得周围人们的兴奋之状。其中有一桩，是那时候县城最大的名人轶事了。原来是县府大院突然来了一位十分传奇的女战斗英雄，曾经受到过毛主席和朱总司令的接见，名字好像叫郭俊卿。新中国成立前，她十几岁年纪时，为父报仇，女扮男装参加了解放军，立过不少战功，直到新中国成立后又过了几年，她才因为生病被医生发现是女儿身，这个现代花木兰的故事，当时震惊全国，后来有一部电影《战火中的青春》，就是以她为原型人物拍摄的。她从部队转业到曹县，起初在众人眼里好像从天而降闪闪发光的明星，此后大家的好奇心平息下来，她就如同普通人，几十年一直在这条街上来来往往，与我们街坊邻居一样生活，也经历着大家都要经历过的各种时代风波和社会运动……这条街上曾发生过很多起伏跌宕的故事，它是全县政治经济文化中心。

全县乡下人每年都渴望来赶的最大的年集庙会，也在这条街，俗语里的曹县"四最宽"，就有它的身影："穿大鞋，赶庙会，大海里洗澡场地里睡。"可见它的宽阔广大，它好似北京的王府井，见证了这座古老县城许多来去如风的历史过往。一个地方有一个地方的风俗，也有保留着时代烙印的流行文化。我记得上世纪七十年代，县城里人人皆知的口头禅是："疤瘌头，烂眼猴，王闻毡，小石头。"后来，又延伸成更完整的升级版："疤瘌头大队，烂眼猴公社，王闻毡代销点，小石头开茶馆。"其实，这不过像今天的街头小伙子玩说唱，是人们寻常日子里自得其乐，在市井生活里寻一点儿趣味。比如这首民谣：

"说了个大姐本姓黄,寻了个女婿刘二闯。正月里说媒二月里娶,三月里添了个小儿郎,四月里会爬五月里走,六月里学会了叫爹娘,七月里上学把书念,八月里提笔写文章,九月里进京去赶考,十月里做了状元郎,十一月走马上了任,十二月告老还家乡。"时光飞逝如穿越,内容却像是现在的古装连续剧,只用一年十二个月,就麻利爽快地串起来一份完美无瑕的成功人士履历表,听着就过瘾。

我记忆里老家的味道,印象更深的口舌快意,还是跟饮食相关。

话说老子《道德经》中"治大国,若烹小鲜"的名言就是源自商朝宰相伊尹的典故。相传,伊尹生于伊水岸边,空桑之中,被有莘国(今曹县北莘冢集)君庖人收养。他的厨艺是在莘国所学,曹县境内至今存有伊尹的庙祠,如此说来,伊尹的厨艺与曹县应该有些渊源。他曾为成汤做厨师,于饮食烹饪方法中悟出的治国之策,流传至今。

或许伊尹的遗风尚存,曹县人在饮食方面,保持着一套重视礼俗的讲究,崇尚情面上的礼节和生活上的简朴相结合。当地百姓把晚饭叫喝汤,

1950年,马金凤《木兰从军》剧照

1980年,崔兰田《秦香莲》剧照

上世纪七十年代，曹县县城年集踩高跷场景

1982年，著名表演艺术家马金凤回曹县老家演出

即是晚饭有喝汤的饮食习惯，后来不仅是晚饭也成了对吃饭的正式称谓。即使喝汤，老辈人儿也喜欢聚在一起，夏天的树荫下、冬天的向阳处，边吃边聊，是重要的社交场合。从前过年时候，最重要的饮食仪式是喝扁食。曹县人把水饺叫作扁食。扁食要提前在除夕夜包好，到正月初一的五更时刻，下火煮开锅，放鞭炮，扁食煮好出锅后端上来，要先敬神祇祖先，然后，全家人围坐在一起享用。享用过扁食之后，大家要出门互相拜年。在食物相对匮乏的日子里，平时不容易吃到的扁食，只有等到重要节庆时才有机会解解馋。重阳节以扁食为礼，表示敬老添寿。到了端午节，则有"吃粽子、吃糖糕"的习俗。中秋节，人们会互相馈赠月饼、烧鸡和石榴等作为礼物。冬至这天，也要吃扁食，认为不吃会冻掉耳朵。

19

曹县大隅首新开街早餐摊

到腊八,煮红枣黏米粥,俗语有"腊八插花,祭灶年下"的说法。

民以食为天,我小时候曾经听到过当地流传的许多民谣,类似于"套个小驴拉磨哩,磨的面白噌噌,蒸的馍暄腾腾,吃得小孩饱噌噌""打箩箩,筛箩箩,下来麦子蒸馍馍。打箩箩,筛糠糠,下来麦子蒸干粮。打箩箩,摔剂剂,叫俺小,吃屁屁"。往往把收获新粮和哄逗孩子放在一起,有眼前温饱,有子嗣绵延,它们正是老百姓生活中最令人愉悦的时刻。

即使是物质条件有限,人们也对饮食的品类和方法充满了热情和创造性,各地的地方名吃,总是结合着当地的物产和习俗,物尽其用,人尽其力,传达出人们努力乐享生活的滋味,所以我老家的名吃也不少。在曹县历代沿传的民间风味小吃里,米家烧牛肉、仲堤圈红烧驴肉、传统蒸碗、魏湾红烧兔肉、吊炉烧饼、城里糟鱼、青岗集烧鹌鹑、杂烩菜、李家烧鸡、火神台五香豆腐干、孙老家绿豆糁丸子、

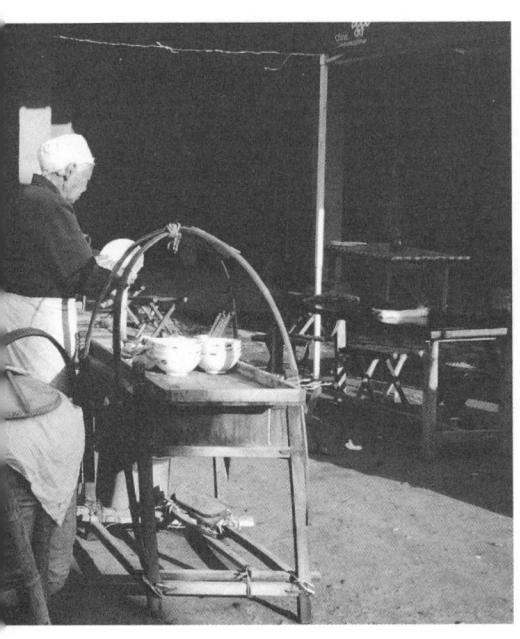

曹县东关米家烧牛肉　　曹县传统蒸碗

曹县孙老家绿豆糁丸子　　曹县李家烧鸡

五香花生米、韩集芝麻糖等，都是当地人如数家珍的美食。

只是，当年家境一般，我对这些曹县名吃虽然有所耳闻，但大多也没有品尝过。很多地道的美食都是在农村的大席上吃到的，菏泽农村婚丧嫁娶这类的大事都有自家办酒席的传统，小时候跟着母亲去乡下亲戚家吃过几次真正的大席。农村办大席流程比较简单，来多少人办几桌，主家都需要提前盘算，大席用的食材往往需要提前一天备齐。选定了日子，主家请个十里八乡有名的焗匠，搭起临时的大灶，放上几口大锅，在本家亲戚和邻里的帮助下，一场几十甚至上百人的宴席就要开始了。旧时农村待客都在自家院子里，客人来得多了邻居家的房子、桌椅、碗筷，招呼一声都可借用。大席上的菜品是很有讲究的，鸡、鸭、鱼、猪肉是必不可少的，凉菜、蒸菜、上菜次序也很有讲究，"鸡打头，鱼扫尾"，把鱼放在最后象征顺顺利利，这也是百姓对吉祥寓意的追求。最有趣的是大席结束时，剩菜可以"兜"走，

曹县汤水席

乡亲们既潇洒也实在，邻里间的活随时搭把手，过起日子更是勤劳节俭，这大概就是现代人们常说的烟火气。记忆里大席上的饭菜做法虽然粗犷，没有如今西式宴席的讲究和精致，但是席间浓郁的人情与乡土味道是无可替代的。最近偶然发现菏泽农村大席成了短视频里的热点，自己却想不起当年农村大席上的哪道菜最是美味，大抵是味蕾的记忆最长久，让乡愁也有了寄托，带着热情与善意的淳朴欢聚时光最是最难忘。小时候吃了席回家会念叨很久，期待着下一次坐大席，专门给孩子们做场席，是十分稀罕的，必得有家里大人的格外用心。在我们家，爷爷做得一手好菜，有一次他特意让我约了邻居家小伙伴们，亲自下厨做了一桌，有八盘八碗，满满当当地摆上来，记得当年小伙伴们真是崇拜我爷爷，也真是解馋啊。其实，老人家的用意，岂止是让我们大嚼一顿解解嘴馋？而是看着孩子们渐渐长大了，一方面是犒劳犒劳这些正蹿个头长身体的半大小伙子，另一方面也是招呼过来听听他的教诲，邻里之间要亲如一家，互帮互助，相互有个照应。这一席饭下来，让我们回味的有美食，更有做人的道理，爷爷果真有伊尹之风啊。

我家祖辈曾经营制作酱菜，"潘家酱菜园"在当地小有名气，

"潘家酱菜园"装置艺术

公私合营后我爷爷兄弟哥仨都成了国营酱菜厂的师傅。我小时候常穿行在酱菜缸之间玩耍，这里仿佛是我的三味书屋和百草园，在酱菜园独特的烧醋蒸馏的味道中，度过了很多无忧无虑的童年和少年时光。我旁观爷爷凭经验料理这所酱菜作坊，用心细致，投入其中，自己也从中体验到了一种沉淀发酵着的文化的味道，它是艰苦时一碗清粥一碟酱菜的自足，丰足时是对日后生活的储备与积蓄。日后读到《论语·雍也》中孔子曾赞颜回"一箪食，一瓢饮，在陋巷，人不堪其忧，回也不改其乐"，称之为"贤"，深有感触，觉得酱菜里的滋味与这种"一箪食，一瓢饮"而不改其乐的人生智慧一脉相通。一口腌制酱菜的陶土大缸，丰收时腌渍储备，荒寒时取用品味，最能体现普通老百姓的勤俭自持、不改其乐，这是生活的经验，也是智慧和乐趣。前几年，我为此专门创作了一组装置艺术，作品就以"潘家酱菜园"为题，创作的意图，是用传统文化的味与道、器与道的表现方式，再现爷爷那辈人的朴素劳作方式，怀念往昔岁月，追忆乡土亲人。

从上世纪八十年代初到省城读书，我离开家乡已有三四十年了，但家乡的风土人情、生活气息，都存续在心里，又亲切又温暖。1984年冬天，我到陕西临潼收集民间刺绣，天寒地冻，又冷又饿，在兵马

曹县胡辣汤

曹县吊炉烧饼

曹县乡间卖早点的挑担人

俑展馆前的集市上突然看见一幅醒目的布幌子，上面写着"曹县胡辣汤"，当时就有一种像回到家乡见到亲人似的激动，就着烧饼一口气喝了一大碗，那种踏实和暖和，至今记忆犹新。人的味蕾是有记忆的，这记忆不单是味道，还串联了彼时的人与物、境和情，明代大儒陈白沙曾有诗道："记得儿时好，跟随阿娘去吃茶。门前磨螺壳，巷口弄

24

泥沙。"岁月沧桑，难返来时路，只有家乡的味道有迹可循，就像那冬日异乡的一碗热汤，如同一个神奇的按键、一把记忆的钥匙，底气和热情随之开启，蓄满能量。

回想这几十年里执着于民艺调研，行走在田野民间，和老家的味道带来的亲切感一样，那是一种亲情的牵挂、乡愁的延续。离别家乡的岁月愈久，老家的味道在记忆里就愈加绵长而又亲切。年节里一碗刚出锅的扁食、隆冬里一碗热腾腾的胡辣汤，还有家乡剧大平调铿锵悠扬的曲拍、堂屋条几上灶爷山的威严，都相和相依，辉映成趣。这就是老百姓的日子，是寻常生活的礼赞，是流动不息的岁月里一块稳固的基石，有美好的向往，有朴素的追求，吉祥喜乐，静享生活的滋味。

至今，我仍清晰地记得儿时母亲教的童谣、她手纳鞋底的松紧口布鞋，还有春节时，我自己做的灯笼，其中刻录着岁月的温度，印在我心灵的深处，随时可被唤起，让我觉得内心的丰盈、充实，有力量应对纷繁的现实生活。在匆匆忙忙的日子里，我们需要那些美好的细节和滋味带来慰藉，不荒芜，不寂寥。当下，物质越来越丰富，人们衣食无忧，回忆老家的味道，与其说是守护一种历史的记忆、传统的存在，不如说是守护人心人性中最本质、具有温暖的东西，它让我们挣脱商品与物欲的洪流，重新打量事物、体味人情、感受生活的意义。它们无法以商品的价格来衡量，却与人生经历和世事相交融，凝结着个人成长、家庭生活、挚友亲朋、邻里乡情的点点滴滴，无声无息，散发着岁月的光华，让我们静守本心，珍惜情谊，珍重生活。

老家的味道里，有浓浓的情谊，有家乡至亲的回忆，是人生岁月轮转中永远不变的牵挂。

潘氏家谱

族姓不可以无谱，犹国家不可以无史，谱可以明本源，序昭穆，辨长幼，别亲疏，立书行文载明功名职业，嫁娶生卒年表皆可详载于谱，小小谱能使人尊宗睦族，增进和谐，凝心聚力，报效华夏，以垂后世传承。

潘氏源远流长。《山海经》载："番，邾国也。"《史记》载："夫差取番者，番首姿，又音蒲。还音烦，音盘者即潘氏。"潘氏为我国当代百家大姓第三十六姓，系承姬姓、芈姓，始祖为伯季、潘崇。潘氏经过历朝历代繁衍，而今遍及全球，世界各地均有潘氏后裔。

一、潘氏姓源钩沉

潘姓的记载最早见于唐代典籍《元和姓纂》。其姓源有三：①源自姬姓。《元和姓纂》《广韵》记载，相传周文王的第十五个儿子名高，周武王时，被封在毕国，称为毕公高。西周康王时，毕公高为顾命大臣，他同召公等一起辅政，颇有政绩，后来，他的儿子伯季采邑在潘，潘地故址在今河南荥阳。春秋时楚国兼并潘邑，亡国后的潘国子孙以国为姓，食采为潘，奉季孙为潘姓始祖。是为陕西、河南潘姓。②源自芈姓。《潘岳家谱》《姓氏寻源》《史记·楚世家》《通志·氏族略》记载，相传颛顼的后裔陆终氏娶鬼方氏为妻，生有六个儿子，其中第六个儿子叫季连，赐姓芈。

潘氏受姓始祖季孙公画像

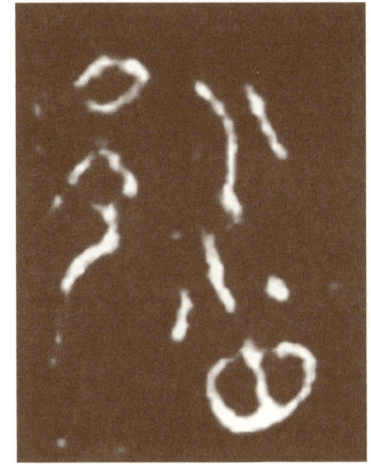

侯古堆"鄱子成周"之"鄱"

其后裔鬻熊很有学问，做过周文王的老师。后来周成王追封前代功臣的后代，封鬻熊的曾孙熊绎在荆山一带建立荆国，定都丹阳。公元前740年，荆君熊通自封武王，他的儿子于前689年迁都于郢，改国号为楚，称楚文王。楚国王室有潘氏。楚成王时，潘崇是太子商臣的师傅，商臣继位是为楚穆王，封潘崇为太师，从此潘氏在楚国成为有势力的家族。这一支潘氏发源于湖北，其后裔主要繁衍于安徽、江苏、浙江一带，是为湖北潘姓。③源自他族改姓。《魏书·官氏志》记载，北魏鲜卑族有三字姓潘多罗氏，随魏孝文帝迁都洛阳后，改为汉姓单姓潘；台湾高山族中也有改姓潘的，是为台湾土著诸族中第一大姓。

二、菏泽潘氏分布

明朝洪洞大槐树移民潘氏始祖为平阳、太原二府，泽、潞、辽、汾、沁五州，洪洞、赵城二县等籍人氏。元末战乱，民不聊生，中原一带黄河泛滥三十余载，沼泽遍地，土地荒芜，人口稀疏，县不足千人，府不过万口。

山西老家老院

而山西省百年无战争，人口稠密。明初朝廷在洪洞大槐树集中迁往异地。六十年间，强行移民至山东、河南、河北、江苏、安徽等中原省份达八次之多。至清末，其后裔分布于河南、山东、河北、北京、天津、陕西、甘肃、宁夏、安徽、江苏、湖北、湖南、广西、内蒙古、辽宁、吉林、黑龙江、山西等地。

据《曹州潘氏族谱》，载潘氏于明洪武三年（1370年）由山西平阳府洪洞县迁徙曹州府，共有两大支，属同源同宗。

其一，曹县倪集街道潘堂村。曹县潘氏始祖锐、夫人刘氏于明初洪武三年从山西平阳府洪洞县迁徙，后裔联谱六千余人。主要聚居在山东曹县县城、倪集、青岗集、苏集、庄寨、魏湾、单县郭村、高韦庄、成武县天宫等地，小部分迁居至河南民权县、江苏沛县、安徽凤台县和黑龙江省。

其二，定陶区半堤镇潘楼村。定陶县潘氏始祖诚、夫人姚氏于明洪武三年自山西省洪洞县先徙定陶县东南高平处居住（即今定陶县城潘牌坊街一带），数年后再徙定陶东北三十里荆城店定居。后裔联谱七千余人。主要集居在山东定陶县城、半堤，巨野柳林，牡丹区沙土等地，小部分迁居河南、江苏、安徽等省。

曹县潘氏始祖锐、定陶县潘氏始祖诚是否亲兄弟抑或是叔伯兄弟关系，存世谱牒志书均无记录，难以考证。

三、续编曹县《潘氏家谱》

明初洪武三年（1370年），曹县潘氏族支系由曹县潘氏始祖锐、夫人刘氏由山西平阳府洪洞县徙居曹邑西北十里潘堂（今山东曹县倪集街道潘堂村）为家，于曹州立族始迄今已近六百五十载。

曹县潘氏十九代孙、单县郭村潘庄潘守雨和二十代孙、曹县倪集潘堂潘治群溯源考证，曹县潘氏始祖锐历尽艰辛，垦荒耕种，繁荣家族，至明嘉靖三十年（1551年）五世祖时，衍有二百余人口，世祖曾立碑记载。迁徙之初，曹县潘氏先祖行之匆匆，难携先辈族谱，后因穷山恶水相阻，未能续明朝前原籍山西列祖列宗。

明朝一代至清康熙初三百年间，曹县潘氏族未曾立谱，先辈先祖曾与定陶潘楼一支一同修谱续谱联谱。定陶《曹州潘氏族谱》潘氏族谱七修序考显示，康熙初年一修、公元1860年即咸丰十年二修、同治三年（1864年）冬三修。此后百年间先后遭遇明末动乱、清兵入关，中原战乱纷纷，族众四处逃难，碑及所修族谱尽皆失遗，下落不明。曹县潘氏族谱四修序考显示记载不详。

光绪二十七年（1901年），族人十六代孙于郾、十八代孙尚宾再议四修，曹县潘堂修谱与定陶潘楼同步进行，同年十一月修成，先祖和母党与祖茔地均详于谱。公议二十字以绵世系，不依者不得入谱。载明字辈为：兆尚守之常，崇善体乃昌，慎修德立广，兴启子明良。

1937年，国民党军队在郑州花园口决堤黄河，以水代兵，阻挠

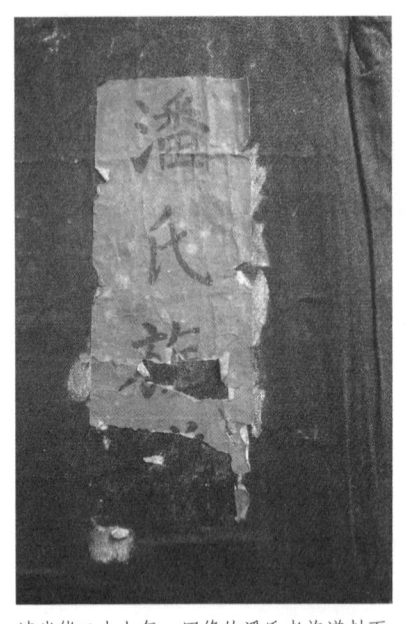

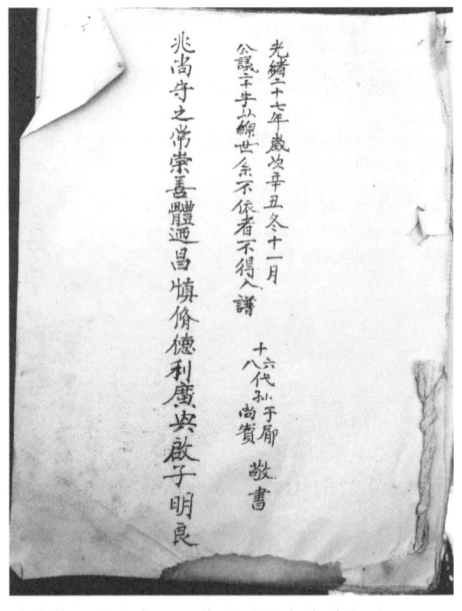

清光绪二十七年，四修的潘氏老族谱封面　　清光绪二十七年，四修的潘氏老族谱内页

日军南侵，鲁西南成为黄泛区，饿殍遍野，百姓哀声载道。潘堂村屋舍被黄河水冲走大半，潘氏一脉族众流离他乡，失联十余支。由于交通不畅、通信闭塞及贫困境遇，宗族之间互不往来，信息不通，各自闭门编修本房本支直系家谱，加上缺乏考证，由此造成误记错记、世系世代记载不一的状况。比如，曹县倪集潘堂十七世前字辈记载为："赵尚守志常，崇善逊乃昌。"而单县郭村潘庄十七世前字辈却记载为："贻谟承燕翼，继世庆鸿光。"

1951年年初，潘堂十八代孙尚伦、尚沧、尚河，十九代孙守合、守来、守邦、守唐、守山、守桂，二十代孙治轩、治乐、治乾、治珠、治海，二十一代孙常连，再议五修。十八代孙尚伦、二十代孙治轩恭序，同年四月修成，谱列先祖名讳以永思怀。1966年，破"四旧"立"四新"，全国大兴掘墓平坟之风，先祖遗迹几乎荡然无存，旧有残谱亦损失殆尽。1983年，定陶潘氏单独六修族谱，修谱联谱未作通知，故曹县潘氏族谱未进行六修。

2002年年初，念先人修谱使族宗派莫失，其功永存，一修至始祖迁徙曹县已四百余年，列祖世系名讳及母系姓氏靠纸墨口传难免出现讹误，潘堂十八代孙尚伦、尚沧、尚河，十九代孙守勤、守云、守雨、守山，二十代孙之台、之亭、之真、之田、之力、之坤，二十一代孙常珠、常才、常勋、常同、常山，二十二代孙崇聚、崇法等再议七修，以敬宗睦族，承前启后，并与定陶潘楼同步进行。同年三月修成。

时过二十余年，今逢太平盛世，国泰民安，众多后裔寻根溯源。曹县潘氏家谱虽经历次补修，世系世代记载不详，字辈混乱，对照查寻困难，导致续谱联谱认祖归宗难以遂愿。比如，曹县府衙前街潘氏一脉原居住在山东曹县倪集乡潘堂村，因黄河决口，先后流离搬迁到辛集南小潘庄、路庄寨，再迁至曹县府衙前街，几代人数次接续家谱，或因家谱缺失，或因辈分凌乱，甚至差辈错辈，几十年一直未归源归宗。

2019年10月，以十九代孙守雨、二十代孙之台之亭、二十一代孙常勇为统领，成立了第八次修续族谱理事会。修续族谱持续一年之久，拾遗补阙，尽最大努力统筹完善潘堂潘氏族谱。重新载明二十代字辈为："兆尚守之常，崇善体乃昌，慎修德立广，兴启子明良。"同时扩建始祖墓地五亩余，新立大理石墓碑，硬化水泥路面，栽植松柏二百余棵，为族人怀思提供了良好环境。2020年春修成。十九代

2020年，潘氏家族第八次续谱商议会　　　　2020年，潘氏族谱续谱理事会成员

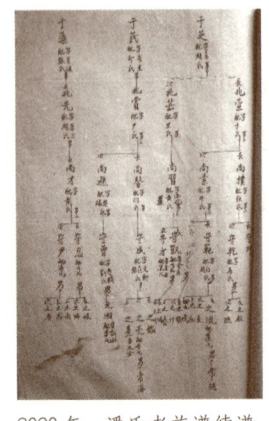

2020年，潘氏老族谱续谱修订

2022年，曹县潘堂祭祖请谱

孙守雨字胜雨，二十二代孙崇生字鲁生恭序。

序曰：

潘氏自周朝授姓，名门旺族，于史有铭，历朝历代、各行各业均有所成。我潘氏族支系于明初洪武三年由山西平阳府洪洞县徙居山东定陶，于曹州立族始迄今已近六百五十载。历代先祖修身齐家，厚德勤业，谦恭和善，爱国爱乡，薪火相传而宗族兴旺。

水有源，木有本。国家有史以述朝代，知古今，地方有志以载士风，明相变，家族有谱以拥支系，明亲睦。盖旺族修谱，要义有三：一以其一明本源，序昭穆，辨长幼，别亲疏，使人尊宗睦族立书行文载名记文章道德功名职业嫁娶生卒年表等，详载于谱，以垂后世，从而慎终追远、寻根问源，知家国兴我更替之所从来也，思祖怀宗，循而有序，成稳健之行；二以留存祖宗之根本，寻觅先人之踪迹，有脉络、有根源，益于共叙亲情，互助互爱，正所谓"家之有谱，犹国之有史也。史以记实事，谱以序昭穆。昭穆能明，则家派无得混哉。若不修谱，恐后分迁，如侄不识叔，兄不知弟，往往相会，遇若途人。故珍珍斯谱，以永其传"，有谱而增强凝聚力和向心力，稳固国家基础，助力民族振兴；三以念

2022年，曹县潘堂祭祖请谱

先祖忠厚之遗德，后有子孙阅是谱，则动水源木本之思，知先祖往圣之来去，发追崇之心、亲睦之义，抱奋发之志，传承而不怠，则尊祖睦族、敬宗孝亲、敦亲睦邻，扬先祖遗德，彰孝悌忠信，导亲善和谐，奋发图强，光耀门楣，使吾潘氏家族枝繁叶茂，人才辈出，事业有成，为家尽责，为国争光，创辉煌之业，传世代昌荣。

盛世修志，家兴修谱。今逢太平盛世，政通人和，国泰民安，八修宗谱以壮家声。愿我潘氏家族继往开来，传承祖德宗恩，不负时代使命，修身齐家，精诚团结，厚德勤业，奋发有为，为国家富强、民族复兴做出贡献！天地此心，日月可鉴。

是为序。

爷爷和潘家作坊

太奶奶潘杨氏（1884—1953）

爷爷潘福玉（1910—1994）

曹县的县城里有许许多多的胡同，这些胡同虽然不如北京的帽儿胡同、砖塔胡同、八大胡同那样闻名遐迩，但也荷载着历史的信息，凝聚了几代人的情感记忆。曹县的胡同，历史都不太久远，年代最久的可溯源至民国年间，七八十年代也有一些新胡同。

我出生的潘家胡同，在县城最繁华的中心地段大隅首府衙门前街，从东到西宽有八米多，七八分地盘。这条胡同肇始于我爷爷的前店坊，起家时先建了三间房，后来随着家族的人丁繁衍，一代代后生在作坊两侧就近建房立户，便自然形成一条长约百米的巷子。我爷爷的作坊，经营香油和酱菜，门面为"永丰号"，我们家整整四代人的故事，都深藏在这条窄窄小小的胡同里。蓝砖灰瓦的老屋，古老的红色石磨，青褐纹花的酱缸，方方圆圆的糕点模具，大大小小的油桶，成为老一辈潘氏族人鲜活的记忆。

我爷爷名讳潘福玉，有兄妹四人，他排行老二，大爷爷潘福雁、三爷爷潘福田、姑奶奶潘福云。从我记事起常听父亲讲起，爷爷十二岁就开始担着挑子卖香油，老兄弟仨儿最先是靠

上世纪六十年代，曹县县府小西胡同

磨小磨香油创业起家。就在这胡同的三间瓦房内，架着一盘笨重的红石磨，外加磨油用的筛子、箩、油桶等工具，屋前院墙挨着香椿树搭着一个棚子，筑着一个大灶台，上面置着一口大铁锅，这就是简陋的香油作坊了。那时候，他们磨出的香油，在县城周边好几十里都是很有名的。

小磨香油是纯手工生产，每次炒芝麻都要经过筛、洗、晾几道工序，工艺流程非常严格。爷爷和奶奶是一对勤劳的夫妻档，他们共同劳作的场面，如同《舌尖上的中国》拍摄的传统美味酿制的场景。爷爷先把选好的颗粒饱满、干湿适中的新芝麻用簸箕清除掉各种杂质，再用清水漂洗除去漂浮的杂质和沉底的沙粒，装进滤水的袋子，让每粒芝麻水分均匀。接着，奶奶来烧火，开炒芝麻。这时，爷爷不时提醒奶奶，先用急火加热，当快熟时，渐渐减慢火势，同时他会用一个大铁铲不停地翻搅，促进烟和水汽的放出。当芝麻呈黄褐色时，从锅里迅速取出，摊开降温，并簸去

2011年,《潘家酱菜园》陶瓷装置艺术　　　　　上世纪九十年代,曹县新开街北头的香油坊

炒焦的碎末渣滓。芝麻出锅的时候,是爷爷最紧张的时刻,他全神贯注地忙碌着,大粒的汗珠顺着他的脸颊一串串流下来。接下来的工序,是把芝麻放进石磨中,爷爷奶奶开始推磨,一遍又一遍地研磨,挤出来细细的芝麻酱汁,慢慢地流到石磨架子下面的大铁锅里。之后,爷爷把烧好的滚开水,分三四次,轻轻加进铁锅里,拿一根长木棍用力不停地均匀搅拌。与此同时,奶奶坐在旁边的小方凳上双手抓着锅边,咣当咣当,有节奏地晃动。当油浆底部渐呈现蜂窝状,大部分油从油浆中分离出来,爷爷用油葫芦在油渣浆中上下连续震动撇油,这个时候,清亮透明的小磨香油就会传出浓郁的味道来,从作坊里飘出去,香满了整条胡同。闻味而来的街邻婶子大娘们,蜂拥而至,闻着唠着夸赞着小磨香油的色香味美,等爷爷奶奶热情地请他们品尝一番后,众人方美滋滋地散去。直到现在,梦里那红石磨转动的咯吱声,深深嵌入我的生命里,那熟悉的浓浓的香味,滋润芬芳了我的半生。

"永丰号"老店位于大隅首府衙前街,店坊一体,老辈人都称它"潘家酱园"。店里销售的产品很丰富,除了酱菜类的酱大头、酱黄瓜、八宝菜、酱油、食醋、糖蒜,还有月饼和各色果子(曹县方言把糕点称为"果子")。这些产品都是爷爷自己加工的,尤以酱大头、八宝菜、酱黄瓜、蜜角、蜜三刀最有名。

1989年，潘家胡同全家福

说到这个作坊，应当感恩于我的二舅爷。我奶奶有两个弟弟两个妹妹，正是她老人家的弟弟、我的二舅爷把自家制作酱菜、酱油醋、糕点家传秘方教给了爷爷，而心灵手巧的爷爷让这项手艺一步一步扩展、创新并发扬光大，经营成了当年曹县老城里的一家品牌店。

潘家酱菜、糕点传人，三爷爷的儿子潘占青介绍，当年不大的潘家胡同摆了一排大缸，爷爷就在这里腌卖酱菜，同时制作各色点心，一干就是二三十年。青叔打小跟爷爷学会了一整套腌制酱菜和酱油醋的酿造技艺及果子制作工艺，并且坚持至今。虽然我自小就在这里出出进进地玩耍，见过不少爷爷干活儿时的光景，但是，经由青叔的详细介绍说明，我才知道腌制酱菜这活计儿看着简单，其实相当繁琐，要经过几腌几晒的工艺流程，中间放什么料，放多少料，什么时候放料，

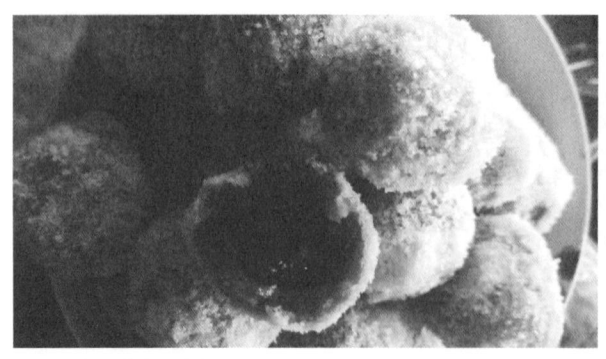

果子（曹县传统糕点）

错一个步骤都出不来这正宗口味。不论是制作酱菜还是酱油、醋，这都需要体力的从容支撑与技术的严谨操作，尤其是配料，要十分严格地按照比例，春夏秋冬不同时节还要注意分别掌握温度、湿度、环境卫生，稍有差池，就会前功尽弃。比如腌制酱大头，以本地的辣疙瘩为原料，前后要经过六道大的工序，反反复复地腌了晒、晒了腌，最后还要闷一到两年，经由时间的沉淀发酵，才能全部入味。看着不起眼的一样咸菜，也有着无数的心血和漫长的时间成本深浸其中啊。我听青叔跟我讲这些的时候，忆想起从前爷爷忙碌其间的身影，心里十分感慨，三餐惹味处，自有匠心人，传统的制作工艺及不变的口感，真有爷爷一辈子的坚守在里面啊。

1956年，国家实施公私合营政策，对民族资本主义工商业实行社会主义改造，爷爷响应政府号召，"永丰号"店铺合并至县服务公司，后合归曹县国营酱菜厂。合并那天，当古色古香的柜台，大大小小的酱缸，糕点制作模具，还有店里的桌椅板凳，统统都被拉走了，爷爷望着一下子搬得空落落的店铺，独自坐在庭院的香椿树下，沉默了许久。随后，他的目光里有了释然和坦荡。他像是在心里放下了什么，又像是承担住了什么。

公私合营后，爷爷被分配到酱菜厂，再后来，又因先前"永丰号"

三爷爷潘福田
（1917—1992）

三奶奶潘周氏
（1922—2011）

潘家酱菜、
糕点传人堂叔潘占青

店主的社会成分问题，下放到青堌集供销社工作。但是无论在什么工作岗位，爷爷都尽心尽力，无怨无悔，发挥着自己的技能专长，还带出了一大帮徒弟。有一年，我去曹县青堌集采风，路过一个酱菜门市，一股熟悉的味道扑面而来，猛然间刺激了我的大脑神经，使我不知不觉地走进了店里，看着油光的酱大头、酱黄瓜、八宝菜等系列品种，那种亲切感油然而生。还没等我发问，店老板便过来招呼顾客侃侃而谈，热情介绍店内产品的种种来历和工艺，这酱大头是怎么加工的，那八宝菜是怎么制作的，最后很自豪地甩出一句："我这些手艺，可是大隅首衙门前的老潘师傅教的！"

过去，爷爷常对我们说，能把任何一件事做好并且坚持下来，都不是件容易的事。岁月渐行渐远，对爷爷的这句话，我也有了越来越多的认知。做酱菜、磨香油、制糕点，这些手艺从他老人家的手上传承下来，滋润调节着一方乡亲的食欲味蕾，自是一种手艺和精神的坚守。爷爷的那份初心，那份坚守，那份执着，成为我人生路上的一种激励和鞭策。

爷爷退休后，被县乡多个酱菜厂聘请为技术顾问，继续发挥自己的余热。闲暇之时，他和奶奶在大隅首设了一个茶摊，茶水供南来

拆迁前的曹县酱菜厂

北往的商贩和路人免费饮用。这座小小的茶摊还成了街坊四邻的聚集场所，有时候不知不觉唠嗑到了饭点，爷爷便会热情邀请赶集的亲戚或老朋新友到家中吃饭，用自己炉火纯青的烹调手艺盛情款待一番。

爷爷生性节俭，但待人仁厚，胸襟宽广。旧式家族都希望子嗣不断地开枝散叶，期冀丁兴势旺。我大爷爷没有生育男丁，我祖奶奶便遵循从前老辈人家的习规，做主把父亲过继给大爷爷，父亲成了长房之子，我在家族中的身份地位，也就自然跟进晋级，成了潘家的长房长孙。爷爷在孙辈的孩子中，对我更是宠爱有加，我们祖孙俩很有一些心有灵犀的默契。爷爷房间的屋梁上挂了六七个大大小小的篮子筐子，不用说那都是他老人家的"藏宝"处。每当我放学回家，爷爷就会走来抚摸着我的头，唤着我的乳名："小果，过来！"我霎时心领神会，知道爷爷又有好东西给我吃。果不其然，爷爷拉着我，到屋里踮着脚，

中国民艺馆，潘家作坊复原现场

伸手在篮子筐子里摸来摸去，取出的或是一个肉合子，或是一个鸡蛋，或是几块酥糖，或是两块点心，有时还有逢节时亲戚送的烧鸡。就这样，我喜滋滋地大口吃着，爷爷在旁边笑眯眯看着，这一刻，是我们祖孙俩专享的秘密时光。

我们这个家族是几经迁徙，才在潘家胡同落户定居下来的，一路辗转，没少受到外族的排斥欺凌。我们当地把习武叫作"拉架子"，爷爷很希望他大孙子从小就学会拉架子，将来能为家里撑个门面。我上小学期间，爷爷曾经专门备了两瓶景芝白干，那种白干酒当时可是用票限量供应的高档礼品，爷爷拎着酒托人找到县城最有名的武术教头李师傅，请他教我拉架子。不过，令爷爷失望的是，我才去学了两天，人家李师傅就带着这两瓶酒，把我一并退送回家里，李师傅告诉爷爷：你家大孙子不是个习武的材料，蹲个马步都不中，我看他是个秀才料。爷爷听后，略带遗憾地接受了这个现实。继而，俩人为退回的两瓶

41

2020年6月，
考察曹县酱菜腌制技艺

酒推让一番，最终结局，是爷爷整了几个菜，他俩一起喝掉一瓶，另一瓶请李师傅带回。我记得当时虽然心里有些愧疚，但仍觉得自己是个习武的材料，只是需要再多点时间，才能适应那些训练方法。不久之后，看到有小伙伴玩乒乓球，我也开始练乒乓球，一度还打球打得很入迷。对此，爷爷也挺高兴，大孙子能喜欢锻炼身体终究是个好事。可是没多久，我却又因没有受过专业训练就半途而废啦。再后来，我的爱好转向了学画画，从此抛开习武不成的不甘心，专心学画画了。我这样弃武从艺的任性，也得到了爷爷的认可。

　　爷爷是个认命又认真的人，一辈子没什么看不开放不下的，但有一件事，最令爷爷念念不忘，那就是潘家家谱。祖要有源，树要有根，续修家谱成为他的一块心病。

　　爷爷不止一次地跟我们念叨，我们先祖在明代初期，开始从山西向南迁徙时，曾携先辈族谱出行，此后百年间遭遇明末动乱，清兵入关,中原战乱,族众四处流离,谱牒险些失遗。抗日战争时期,1938年,侵华日军攻陷徐州后,沿着陇海线西犯中原,郑州危急,国民党军队企图采取"以水代兵"的办法阻止日军西进,扒开了位于郑州北郊的黄河花园口大堤,人为造成黄河决堤改道,使奔腾的黄河水直泻千里,夺淮入海,形成大片的黄泛区,制造了一场震惊世界的大灾难,无情水患和随之而来的瘟疫饥荒夺走无数生命,难民们流离失所,史称花园口决堤。爷爷当时居住的潘堂村,被黄河水冲走大半,潘氏族众人纷纷扶老携幼漂泊他乡。我的曾祖父潘凤祥(字金荣)和曾祖母杨氏,夫妇俩携一脉老小,先后流落至曹县城关司庙、青岗集潘井、莘冢集路庄寨等地,最终选在路庄寨落脚安家。每忆这次全家人的一路逃难,爷爷常情难自禁地潸然泪下。他清楚地记得,1940年,他们在路庄寨西门里建了数间草房栖息,曾祖父起早贪黑,天天背着大条筐赶集卖烧饼油条做小生意,一家人省吃俭用,生活得十分艰难。后来,曾祖父和曾祖母带领全家老小白天下地干活,半夜起来磨香油,天明挑着香油担子串乡叫卖。最忙最累的时候是过年和中秋节,常常昼夜忙碌,就这样靠着一家人勤奋地推油磨卖香油,家庭收入逐渐增加,先后置买了十几亩地。

但是,动荡不安的世道里,谋生不易,安居更难,不论什么地方都有当地人对外来户霸道欺辱,老潘家的迁徙路上,也不断上演着被压迫被侮辱的悲剧,至暗时刻,便是曾祖父突然遭绑票遇害。幸而有治家有方的曾祖母,她虽是寻常农家女子出身,却临危不乱处变不惊,识大体有见识,不仅自己勤劳能干,还把子女们教育得孝顺团结,使全家老小能齐心协力,千难万险地迁到曹县县城衙门前的大隅首,即如今的县府前街4号,从此定居下来。

1966年,兴起"破四旧,立四新"的社会风潮,潘家唯一留存的老谱,被我三奶奶在担惊受怕中慌乱烧毁。为此,爷爷格外痛心疾首。

他曾数次骑自行车到曹县潘堂，力求接续家谱，但是，由于信息交流不畅，误记错记，谱内辈分凌乱，甚至差辈错辈，对照查寻极为困难，使得我们大隅首潘家一脉，竟几十年未能认祖归宗。直至2019年，曹县潘堂第八次修续族谱，2020年，我亲笔为家谱作序，爷爷的遗愿方得实现。

岁月不居，时光如梭。爷爷的个人经历和我们的家谱里，有家仇，有国难。家仇国难的背后，隐藏着许多历史严峻时刻千千万万普通百姓的酸辛苦楚。家国家国，家和国确实有无数脉脉相承的连接处。这些年来，越是走南闯北地到处调研民艺，就越发在很多勤恳的老艺人身上，依稀辨识出他们身上有和爷爷一样的品质，山川异域，百匠同心啊。我甚至觉得，从某种意义上，正是他们身上共同的那种认命的承担和认真的劳作聚集起来，汇成了我们的家国情怀与民族精神的基础和底色。

如今，时间改变了我们的县城，改变了县城里的生活，让小胡同的老旧、沧桑翻转成黑白老照片。潘家酱菜园作坊的历史变迁，爷爷的手艺传承，潘家胡同里的童真记忆，也将成为县城快速发展历史的组成部分。但是，不管时间过去多久，爷爷作坊里大家庭生计的艰辛，亲人们的相互撑持，都将流淌在潘家后代人的记忆里，历久弥新。

父亲的沉默

1952年，父亲潘占魁

今夜月光如注，远方的南山寂寂静静。仰望天空，总是有一颗慈祥星和蔼地看着我，轻轻抚摸着我：小果，你在做什么呢？丝丝柔柔的暖意，不知不觉流进我的眼窝，又痴痴飘向那圣洁的水月。大大（父亲），我又梦见您啦……

在我的记忆中，父亲的爱总是沉默的、严厉的，只在我们需要的时候悄悄来临。父亲的爱总是让我们兄弟姐妹百思不得其解，直到工作了，成了家，有了自己的孩子，才完全理解他老人家的良苦用心。

我们姊妹小时候，就听爷爷奶奶说，我们的曾祖父这一脉，是从山西洪洞县大槐树老鸹窝徙居至曹邑西北十里潘堂（今山东曹县倪集街道潘堂村）为家，先人们历尽艰辛，靠垦荒耕种为生。我父亲潘占魁，出生于1932年，作为潘家长孙从小就受宠，曾祖父总是把他扛在肩头，让

上世纪七十年代，曹县西街老商铺

他骑在自己脖子上尽情玩耍，疼爱之情溢于言表。1938年，国民党军队在郑州花园口决堤黄河，鲁西南成为黄泛区，潘堂村被黄河水冲掉大部分。曾祖父和曾祖母拖家带口，先后流落在曹县城关司庙、青岗集潘井、莘冢集路庄寨等地，以手磨香油发家立业。后来在路庄寨，曾祖父遭土匪绑票，并且遇害身亡，当日，得到这晴天霹雳般的凶信，曾祖母和我的三个爷爷立即带着不满七岁的父亲连夜转移，辗转至曹县城里衙门前，渐渐安顿下来。我们家这段椎心泣血的家史，内容和情节的曲折惊险，悲壮程度堪比那些传奇的影视剧。

我的爷爷们靠着磨香油、腌酱菜、酿造酱油醋、做糕点谋生，逐步站稳脚跟，陆续购置土地盖起九间房屋，形成了现在的潘家胡同，并在门楼大街上设立了"永丰号"店铺，既做零售，又做批发，在整个曹县乃至周边享有盛名。那个时候我父亲曾身穿长袍，头戴礼帽，站在柜台前待

父亲潘占魁
(1932—2003)

客算账,大算盘打得啪啦作响,俨然潘家名副其实的"小掌柜",爷爷们对父亲的器重和培养,显而易见。

1951年,父亲加入中国共产党,同年参加革命工作。父亲工作兢兢业业,勤勤恳恳,虚心好学,与人为善,甚得领导同事们的好评,被组织推荐到曹县北街任党支部书记。1953年,因为父亲读过书,那时候县城里能识文断字的文化人不多,因工作需要,父亲调任至县供销社,干机关文书。1956年,国家实行公私合营后,爷爷的店铺合归曹县国营酱菜厂,后来爷爷的社会成分问题,自然延伸覆盖到父亲和全家人身上,父亲被下放,先是在闫店楼供销社,后又调到普连集供销社,直到退休。

印象里的父亲,背影总是匆匆的、忙碌的,转身看到我们时,疲惫的脸上马上有了些许笑意。母亲为照顾我们兄弟姐妹,辞职在家,父亲是家里唯一的经济顶梁柱,他那份微薄的薪水既要孝敬爷爷奶奶,还要照顾三叔和钢叔的侄辈,他以自己的绵薄之力承载着整个家庭家族的期盼。许多年后,我年事渐长,重温朱自清先生的《背影》,才深深体会到,父亲的背影在儿女眼中,是如何令人心里感觉酸酸的又甜甜的，茫茫中浸透着山的挺拔与伟岸，也才真正领悟人们形容父亲对子女的"父爱如山"。

我的父母大约就是比较传统的"父严母慈"吧。父亲的爱用严和疼两个字形容最恰当不过。他虽然不苟言笑，些许含蓄内敛，但他的爱深沉而炽热。为了我们的学业进步，他倾尽所有的心血与汗水。我少年时练字画画的书案，整个空间的安排，都是父亲一手置办的。听母亲说过，小时候有一回，我和弟弟因为太过顽皮淘气，父亲盛怒之下，罚我们站了一个多小时，当时他手里紧攥着一根皮带，几次心里发狠却愣是没有下手。之后又于心不忍地掏出兜里仅剩的一点儿钱，跑到大隅首买了两大碗肉丝面安抚我们小哥俩。每忆起父亲对我们的种种用心和期许，正像年轻人们时兴的形容父爱的那话：虽然没有一个字说爱，但是，无时无刻不是爱。

或许是受爷爷奶奶爱听戏的影响，父亲也是个戏迷。我家有个洋货的留声机，从记事起，父亲就有个挺洋派的习惯：一下班回家来，就打开来听戏。他爱听的都是我们当地流传的各种地方戏，可以说他的一生都有豫剧、四平调、两夹弦等地方戏做他生活的背景音乐。相比听留声机，父亲更热衷观看现场演出，每逢有戏班子来演出，只要

父亲使用过的留声机

1990年，曹县剧院

他得空，就会带上我和姐姐去听戏。舞台上花脸红脸是干什么的，白脸黑脸又是代表什么人物，哪是文角武角，哪是花旦丑角，他总是娓娓道来，细细讲解给我们。我姐姐中学毕业做知青上山下乡，后来分配到梁山油漆厂工作，再后来回到曹县，工作安排在剧院。父亲比姐姐更中意她这份工作，听戏更有条件和去处。我和妹妹在外求学或工作，每次回到家，都会听到他时不时哼着豫剧的《打金枝》《穆桂英挂帅》，四平调的《孟丽君》《小包公》，两夹弦的《三拉房》等唱段，而且腔调都拿捏得有模有样，气势韵味十足。

父亲和爷爷很像，无论调到哪里工作，所到之处都有好人缘。在别人眼里，父亲不仅看上去面善心软，而且心灵手巧，动手能力很强，同事邻里谁的自行车、三轮车有故障了，都来请他帮忙修理。在供销社，他负责农机门市，为当地农

49

1989年，父亲和三叔在一起

民提供购、供、销、修一条龙服务，十里八村的乡亲们都知晓供销社的老潘是一个修理行家。他那门市部后面的一小间简陋卧室，竟成了大家流连共聚的场所。父亲总是掏烟卷，烧开水，留吃饭，每至农忙时节，有时候一晚上要起来三四趟为前来急购各种零件的农人取货。若是供销社的同事谁家里有事，他也都是亲力亲为，跑前跑后，很赢得大家的尊重。就这样，忙忙碌碌的一天又一天，一年又一年，直到退休回家才算有歇息的时候。

这许多年，我天南地北到处走，各地的美食也吃过不少，但是，最想念最想吃的，是父亲做的蒸碗。父亲承袭了爷爷的好厨艺。爷爷最拿手的蒸鸡、蒸牛肉、蒸瓦块鱼、蒸米粉肉、蒸甜米等，到父亲这一代，无论是色香，还是味道，尽得传承下来。每逢年节回家，一进入小小的潘家胡同，就能闻到空气里弥漫着那温馨诱人的香味，我们也就知道，父亲的八大碗又上蒸锅了。待我

1989年，和父亲在济南

们一通大快朵颐，饭桌上全部蒸碗被风卷残云般地一扫而空了，父亲会转身从菜橱里拿出早已准备好的扣碗，一碗一碗排列好，轻轻放在纸箱内，笑着说，没啥稀罕东西，拿回去让你们的同学朋友尝尝！他这平平淡淡一句话，每每让我们感到很暖心。

父亲常教导我们说，出门在外，感恩至上，吃亏是福。随着年龄的增长和社会阅历的锤炼，我渐渐悟出其中的真谛。我们潘家是个家规严明的大家族，且不说先辈的太爷爷们，仅我爷爷辈就有兄弟姐妹四人。爷爷和三爷爷家的我的四个叔叔们年龄尚小，父亲是大家族小家庭的责任两肩挑，先后为四位老人养老送终，分别尽了孝道。

"诸姑伯叔，犹子比儿。孔怀兄弟，同气连枝。"父亲这一辈有兄弟姐妹七个，他作为长子长孙，既要孝敬长辈，又要关心同辈，还要照顾下辈，担子确实沉重，但父亲无怨无悔，只是默默付出。我三叔性情敦厚，为人实在，干活做事

上世纪九十年代，全家福合影

不怕苦累，从不惜力。我清楚地记得，小时候每次到金乡走姥姥家，三叔就用地排车拉着我母亲、姐姐、我、妹妹和弟弟，一百八十多里的土路，要走整整一天，三叔把我们送到后，第二天接着就返回曹县去给别人送货。三叔家有三个男孩，生活负担较重，父亲从中接济不少。我钢叔突遇车祸不幸罹难，他是父亲最小的兄弟，父亲痛失手足无比悲伤，毅然决然把抚养钢叔四个孩子的重担，全揽在自己身上，这些孩子从上学到结婚生子，日常生活的点点滴滴，他都是尽心尽力，关爱有加。

父亲母亲和爷爷奶奶蜗居在潘家胡同两间老屋内，由于孩子们渐渐长大，不断添丁加口，父亲就在院墙边搭起简易小棚给我和姐姐住，虽然是住所拥挤、生活清苦，一家人倒也其乐融融。有时，逢到雨天，屋里滴答漏雨，一家人不免面带愁容，父亲的应对之策，另有一种从容和乐观，他让我们由眼前窘境上把目光放长远：等你们长大了，有出息了，一切都会好起来的！

如同任何对儿子寄予厚望的父亲一样，他对我的人生前途和谋生之路也有过很多认真的思考和设想。我念中学时，已处于"文革"后期，学校还是时不时地"停课闹革命"，也没能正经读多少书，不少时候就闲在家里。父亲觉得，男孩子迟早要踏入社会，况且家里经济条件也有限，所以早点找到谋生的活计更为重要。当时，我们的家庭成分不好，也寻不到什么门路，父亲便让我跟着钢叔去拉板车跑运输。那时县城里汽车很少，小型的货物多靠人力运输，长途、短途的生意都有，钢叔跑的是长途，线路是沿着菏商大道，北上菏泽或者南下商丘，距离都有百里之遥。这么长的路程，徒步行走尚且吃力，更不用说还要拉着装满货物的板车。尽管他和母亲都十分不舍，并不想让尚未成年的长子过早涉世谋生，但撑持着一个三代人的大家庭，他们也有一种迫于生活的无奈。刚开始，他们大概只是想让我试一下，想着如果我坚持不下来，就再寻别的门路。不料想，寒来暑往，我竟断断续续跟着钢叔干了一个多年头。看着我能拉板车坚持下来，父亲欣慰之余，甚至已经打算给我买一辆板车，让我去独立谋生。可没想到后来运输的生意少了，钢叔又带着我去尝试了许多其他小本生意，父亲给我买板车的念头方才作罢。再后来有了"身边留一人"的政策，我被分配到了曹县工艺美术公司工作，然后，又考入了省城的山东工艺美校，渐渐地，我的世界也漫出了父亲的视线。

1983年夏天，我从山东工艺美校装潢系毕业留校，再一次走上工作岗位。回家探亲时，平日节衣缩食的父亲塞给了我五十元钱，那

2000年，全家过春节

时，这不算一笔小钱，他让我购置点生活用品，比如买煤气灶煤气罐，好认真吃饭过日子。我收下了这个钱，在陕西下乡采风考察时从民间艺人手里购买了一大批刺绣、服饰，开始了我的民艺研究和收藏，也开启了一段新的人生旅程。

长期过度的操劳，皱纹无情地爬满了父亲饱经风霜的脸颊，父亲的岁数慢慢大了。有一天，弟弟打电话来，说父亲突然病倒了。我急急忙忙地让弟弟赶紧带着父亲来济南，到山东省立二院做了全面检查，结果如晴天霹雳，医生告知我们，老人家患的是绝症。动手术的头天晚上，我向父亲撒了个小谎，说他只是一般的炎症，做完手术就没事了。父亲看着我，似乎看透了什么，又好像懂得似的点了点头，回复我的也只是两个字："没事。"他依旧一副若无其事的表情，这让我眼圈发红，猛然记起他经过的战火纷飞的时代和艰难困苦的日子，好像和爷爷奶奶们一样，父亲也自有一种临危不惧、处之泰然的风度与坚强。在以后几年的治疗中，他也是边自报平安，边嘱咐我安心工作。父亲做的那次手术很成功，术后身体恢复得很好，健康生活了二十多年。2003年农历八月十八（2003年9月14日），父亲经多次抢救，溘然长逝，永远离开了他无限眷恋的潘家胡同和亲人。按照他一个老共产党员的遗愿，我们原打算举行简单的告别仪式，令全家人意想不到的是，出殡当天，前来送别的街坊邻里，以及当年父亲曾经帮助过的乡亲们，却自发地站满了胡同里外的大街小巷……

高尔基说："父爱是一部震撼心灵的巨著，读懂了它，你就读懂了整个人生！"

父亲是山，比山更伟岸；父亲是海，比海更包容。深沉的爱，承载了我的成长和未来；遥望的爱，撑起我人生路上克服阻碍和艰难的信心和力量。大善无言，至爱无声，父亲的呵护、关怀、教诲，儿女会永远铭记心中，也将永远泽佑代代儿孙贡献社会，报效国家。

怀念我的母亲

1951年，
母亲马桂芝中学毕业照

今晨春雷闯入我的梦乡，打断了思绪。一觉醒来，感受到春天的气息，清明时节到了。每到这个时候，我都为母亲扫墓祭奠寄托哀思，会蹲在母亲的坟前跟她说说心里话，很知足。

母亲已离开我们四十五年了。几十年来一直怀念母亲，风雨兼程的路上，她从未离我远去，她的辛劳、她的期许、她的音容笑貌一直在我心里，伴我从年少步入中年，体验苦辣酸甜人生百味。虽然从母亲离去的那天起，我的生活里就不再有妈妈可以呼喊、可以照料、可以诉说，但我却因为她的给予、她的付出、她的鼓励，不断努力着，努力变成她所期待的样子。我想念我的母亲，时间愈久、年岁愈长，这份感情就愈沉，时时回想追忆过去艰辛而快乐的日子。

我的母亲马桂芝，生长在湖西革命根据地，

母亲马桂芝（1935—1978）

她的大哥年轻时被日本人杀害，献出了年轻的生命，二哥守孝道在家照顾老人，三哥一直在地方政府工作，四哥十几岁从军南征北战，南下留在了贵州。母亲在家是老小，上有四个哥哥，从小被家人宠爱，这也使她生活乐观，性格直爽，为人诚实，善良贤惠。母亲曾在金乡县读完中学，在当时算是有文化的人，毕业后教过书，又随三舅从金乡到曹县土产公司正式参加工作，后来又在土山集工作一段时间回到县城。

成家后，因为要照看孩子，也是生活所迫，母亲辞去了公职。待家里四个孩子长大些，她又在街道的档发厂找了份活儿，后来又到了印刷厂和档发厂当会计。母亲一生操劳，虽然有较好的知识文化基础，但主要精力都贡献给了家庭，养儿育女，勤俭持家，其间辗转工作帮衬家用，和那个时代大多数母亲一样，为了生活和家庭，放弃了自己的志趣和追求。她生活达观，从不言苦，对孩子管教严格，让我们守规矩，讲道义，重本分。在那个特殊的年代，母亲生怕我们被人欺负，细心安排我们的生活和学习。

57

上世纪七十年代,我们的曹县幼儿园生活

在母亲的呵护和引导下,我们家的孩子从小不讲脏话,不贪心,不惹事,虽家境清贫,但有骨气,穷日子也过得有滋有味。

记得母亲在档发厂工作时,为了挣钱糊口,白天在厂里干一天,晚上再把活儿拿家里来干,带着我们一起分拣出口制作假发用的原料,把回收来的人发分拣开,分出等级,我们管那叫"撕头发"。撕头发这活儿很脏很累,全家忙活一个月,能多挣几块钱糊口,但也乐此不疲。童年记忆里,家乡的冬天,天寒地冻,有时候北风卷着寒气往屋里钻,但我们聚在母亲身边干活儿一点儿也不觉冷。昏黄的煤油灯下,那些黑的白的蜷曲的头发就是千丝万缕的线,既单调又鲜活,各有各的故事,历尽风霜,沉淀着生

上世纪五十年代，母亲马桂芝（右二）与友人合影

活的气息。母亲为了哄着我们多干点活儿，每天会一边干活一边给我们讲几段故事，讲《西游记》《白蛇传》，说《张彦休妻（白玉楼）》，评《梁山伯与祝英台》，总让我们听得入神。母亲的口才好，讲起故事有声有色、活灵活现，她讲《梁山伯与祝英台》的"十八里相送"，每一段对白都非常生动，那种缠绵悱恻让懵懂的小孩子也觉得荡气回肠。我和姐姐记忆最深的是《西游记》里过通天河那一段，母亲讲得声情并茂，让我们听得入了迷，沉浸在故事里，不知不觉手里的活儿也都做完了。直到今天，通天河彤云密布、朔风凛凛、柳絮漫桥、梨花盖舍的大雪场景仍像画一样刻在脑海里。几十年过去了，母亲故事里朗朗上口的韵律、洗练明了的是非善恶、厚重悠远的情义内容记忆犹新，也潜移默化地影响着自己做人的遵循。我在家是长子长孙，爷爷奶奶宠着，有时晚上加班干活儿也会偷懒，母亲会让我先睡。于是裹紧被子，把脸朝着母亲干活儿的灯光，眼帘上会映出橙红的光晕，听着窸窸窣窣的声响，没有

比那更温暖踏实的滋味了。

　　我家住在老县城衙门前街，紧靠大隅首，是县城的中心。那段日子，家家户户的经济条件都比较拮据，在城里生活的人都要依靠粮本上限额供应的口粮，精打细算地筹划着一日三餐的安排。我每个月都定期跟着母亲赶大早去粮店排队取面粉，为了多换些口粮，我们取到面粉就再赶到自由市场把白面换成粗粮，这样可以多换些，不断顿。父亲之前在县里办公室做文书，后来因家庭成分受牵连被下放到供销社工作，整天在基层忙碌，家里的经济收入主要靠父亲支撑。但四个孩子在长身体，还有爷爷奶奶需要照顾，所以母亲一边帮工挣些微薄的收入，一边俭省持家，想方设法细水长流地维持一大家子人的日子。

　　那时候生活很艰苦，全家吃的主食是地瓜干和玉米面，母亲会留下很少的一点白面，等父亲回来给他做顿面条吃。我也常闹着要吃白面卷子和面条，但锅里总是地瓜面窝头、玉米粥。只有过年过节偶尔做些好吃的，先敬了老人，再分给孩子，母亲

1957年，
母亲马桂芝（右）与朋友王世珍

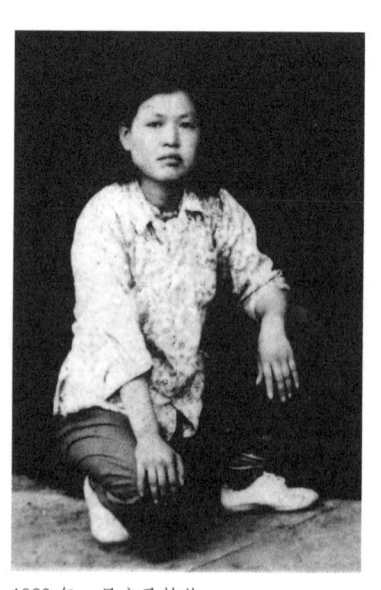

1960年，母亲马桂芝

总把自己的省掉了。母亲一辈子节俭，为家人付出，自己没尝过丰裕的滋味。虽说物质在我们的生命里其实不占多少分量，从呱呱坠地到了然离开，感情和精神的富足来得更重要，但我还是常常感到后悔和遗憾，觉得这段营养匮乏的生活影响了她的健康，想象着如果当年扛着生活重担的母亲能少些操劳、如果今天的菜肴她也能尝尝，我们家的生活才会完美。时光不可逆，我真想回到那段清苦但团圆的日子，守在母亲身旁，和她一起在灯下干活儿，一起到粮店买粮，吃她做的窝窝头，听她说戏文讲故事，我要守着那段最难忘的时光，不让它溜走，因为有母亲的日子才是最踏实的。

我从小喜欢画画，母亲是我学画的第一位老师和观众，给了我许多鼓励和自信。家乡曹县是座老城，习书作画的气氛很浓，当年县城学画的孩子不少，母亲希望我能和他们一样，受到艺术教育。虽然平时对我管教很严，但对我学画常常给予鼓励和期盼，让我自己随着喜好去选择。她从心里希望我学画成才，学点手艺，有个谋生的本领，她说当个画匠比泥瓦匠要省力气。在当时非常艰苦的生活条件下，母亲总是给我买最贵的纸、买最好的颜料，在不大的房子里留出我的画案子，让我专心学画。无论是临摹的新年画，还是自己的水粉画创作，母亲总让我挂满堂屋，家里不足十几平方米的老屋里挂满了我的习作。亲戚朋友来访时，她总自豪地给别人讲我的作品。没有什么比母亲这样的褒奖更亲切有力了，此后，我也就愈加努力求学，往往辗转而得的范本都如获至宝，反复临摹，学会了特别专注地做一件事。

如今想来，心里十分感念，在我最天真懵懂的时候，母亲用她朴素的期待和关爱，为我树立了为之努力的人生目标。母亲较早离世，留下了刻骨铭心的回忆，几十年来，只要画笔不辍，就能感受到那份温暖的母爱恩泽。我也常想，我在艺术上走的每一步，母亲都会有感

应，她用心培养，教给了我做人的道理。

1977年，母亲马桂芝（中）与大姐潘鲁平（左）、表姐马洪霞（右）

因为积劳成疾，母亲持续病了好多年。如今回忆起来，总是感慨不已，或许是日子不宽裕、生活太辛劳加上医疗的匮乏给耽误了，留下无尽的遗憾。听姐姐讲，1973年，母亲曾经到菏泽地区医院治疗，但当时医院住院条件紧张，看病的人又多，排号需要二十多天时间，想到家里孩子还小，母亲放心不下，就回到县城医院。直到1977年，感觉身体实在不适，才借钱去菏泽检查，但是已经晚了。母亲当时担任印刷厂的会计，住院的时候没有交账，出院休息了一段时间就开始交账，一丝不苟，因工作劳累过度，病情急转，就一直没有起来。1978年的夏天，母亲卧床两年后，在病痛中离开了人世。临走前，她拉扯大的四个孩子都立在床前。其实母亲的各个内脏器官已经衰竭,但那天她精神特别好,把我们叫到床前说说她对我们的希望和期待,让孩子们长大成人为社会多做善事,工作上有出息,期待今后成家有个好归宿。母亲舍不得放不下自己的孩子,无奈在疾病折磨下终于离开了这个让她操心受累的清贫之家,离开了让她牵肠挂肚未成年的孩子们。虽有那么多不舍,但她仍然安详,没有显现痛苦,只是闭上了期待的眼睛,这是母亲要强的性格使然。父亲为母亲准备了一口最好的棺木,入殓时,我喃喃地让母亲放心远行,这一幕,成为终生刻骨铭心的印记。母亲走了,她上有公婆,下有儿女,还有亲戚朋友和前来吊唁的邻居,五更天发丧时,悲声震醒四邻。我按老风俗为母亲送了最后一程。那一幕,永远停在漆黑的夜晚,永存在我的心灵深处。

母亲离世时只有四十三岁,我的儿时记忆也从此定格。失去了母亲的日子很漫长、很艰辛,想留的已无法挽留,只有努力像母亲一样善良、一样勤劳、一样有责任感才不会辜负她,也只有常常提起画笔,才能连上母亲的期许。

如今四十多年过去了,我相信时光可达,讯息可通,在我的梦里,在她的坟前,在困境中,在开心时,总想对她说一声:"妈妈,我想您。"

母亲的故事会

　　教育是对心灵的无声滋养，家教更是惠泽深远，会让孩子受到潜移默化的影响。我这辈四人及家人晚辈，目前都从事文化教育工作，这与我母亲对我们的家教有直接关系。姐姐在剧院工作，姐夫是教育世家，妹妹在高校任职，妹夫是位公务员和诗人，弟弟在文物部门工作，弟妹是人民教师，我和夫人长期在高校工作，孩子们都从事文化艺术工作，是名副其实的"文艺之家"。

　　受什么影响呢？是母亲的故事会。从我们记事起，母亲把她读过的书、听过的曲、看过的戏，还有一些当地民间传说故事讲给我们听，传递的是敬天地、重礼仪、做善事、求平安的人生道理。朴实无华的言语中讲述的那些生动的故事，让我

1977年，与母亲马桂芝

上世纪七十年代，
孩童时期曹县城里的生活

1959年，母亲马桂芝

们开启无穷的想象，了解人性的真善美与假恶丑，分辨人际交往中的是非曲直，从小就开始了解这个大千世界。

母亲中学毕业时，曾经当过老师，之后在曹县土产公司正式参加工作。成家回县城后，因为要照看孩子，母亲辞去了公职。为了养家糊口，她在街道档发厂找了个撕头发的活儿以帮衬家用，等我们上学后又在印刷厂当会计。父亲被下放基层供销社上班，家中仅母亲一人操持，四个孩子两个老人，母亲像个陀螺一样忙个不停，辛劳一天回家，有时累得连饭都不想吃。白天是没有空闲时间的，晚上母亲就边撕头发或做其他针线活，边给我们讲故事。

我现在回想起来，母亲曾经当过一段时间的老师，她教过的大概也是和我们岁数大小差不多的孩子吧，所以她很善于给孩子讲故事，她讲的情节也很符合这个年龄段的孩子，像十二生肖、哪吒闹海、女娲补天，还有《聊斋志异》《西游记》里神灵大仙之类的神话传说和民间故事。她常讲给我们听，而且还会连续地讲长长的系列故事，像一部《西游记》，她就讲了一个多月。那时我们简直盼着晚上帮她干

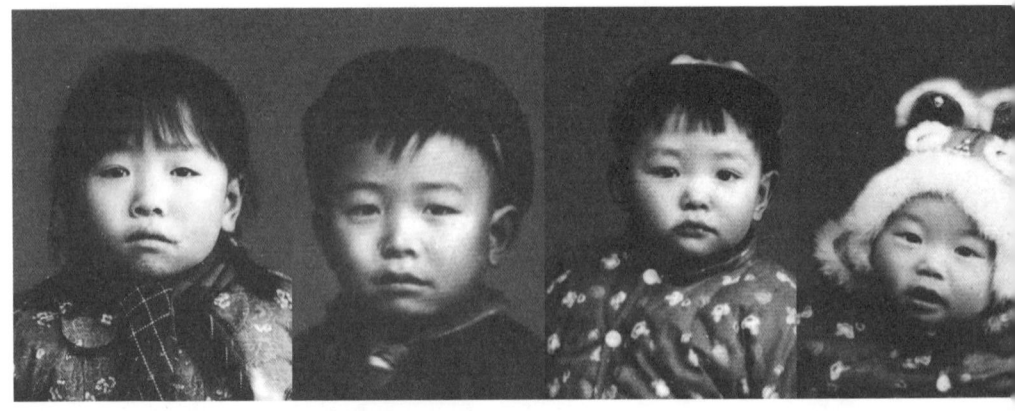

少儿时代（从左至右：大姐潘鲁平、潘鲁生、妹妹潘秀平、弟弟潘鲁建）

上世纪八十年代，和姐姐潘鲁平（左一）、妹妹潘秀平（右二）、弟弟潘鲁建（右一）

活听故事。当年我对神话传说特别感兴趣，母亲讲孙猴子大闹天宫，我就总琢磨他们是怎么飞上天宫的？老天爷到底长得什么样？猴子怎么拔一根猴毛就能变出七十二个小猴？一个跟头就能翻十万八千里？太神奇了，有时在睡梦间也想飞到天宫看个究竟。记得有一天晚上，母亲讲的是《西游记》中通天河的故事，唐僧师徒西天路阻通天河，悟空和八戒变作童男童女，妖怪施法力冰冻通天河，唐僧踏冰落入河底，观音菩萨竹篮收鱼妖，老鼋驮唐僧师徒渡河。其中猪八戒变山、变树、变石头、变癞象、变水牛、变大胖汉，最后变出来的小女孩是"丫头的头，和尚的身子"，这一段，母亲演绎得惟妙惟肖，听得我们都入了迷。第二天，我到学校里就把母亲讲的通天河的故事，特别

1971年发行的《孙悟空三打白骨精》年画，作者：涂前明

是猪八戒的神通变化，在班上绘声绘色地表演给老师和小伙伴们，一时间就有一批同学围了上来，属于现学现卖。放学后有几个同学追着我再讲，就这样听着、跑着、玩着，竟然忘记了回家吃饭。在那物质严重匮乏的时代，我们几个调皮捣蛋的顽童，安静、乖巧地围在母亲身边，缠着她讲许许多多动听的故事，是我记忆深处最骄傲、最幸福、最温馨的一幕了。在我的童年时光里，这是母亲给我编织出的一个在浩瀚天空漫游的梦。

《梁山伯与祝英台》《白蛇传》《孟姜女传说》和《牛郎织女》，是中国古代民间四大爱情故事，是中国最具魅力的口头文学传承，也是在世界范围产生广泛影响的中国民间传说。母亲讲得最多的就是这类故事了。《梁山伯与祝英台》里的同窗共读、十八里相送、化蝶；《白蛇传》中篷船借伞白娘子、盗灵芝仙草、水漫金山、断桥、雷峰塔、许仙之子士林祭塔；《牛郎织女》巧手

上世纪五十年代，母亲马桂芝（左）与朋友合影

布彩霞、喜鹊搭桥、七月七牛郎织女天河相会；《孟姜女传说》的夜赶寒衣、万里跋涉长城脚底寻夫，等等。母亲都是一串串拈来，头头是道，娓娓动听，连人物对白都有声有色、活灵活现。我特别清楚地记得母亲讲过的这样一个场景：孟姜女听到修长城的民夫说她的丈夫早已累死，而且尸体不知埋于何处时，她便失声痛哭，直哭得日月无光、天昏地暗，直哭得秋风悲号、海水荡波，八百里长城一段段倒塌，最后她哭得血泪模糊，一纵身跳入海里。母亲每每讲到这一段，言及孟姜女的凄惨境遇，她和已经懂事的姐姐尽都热泪盈眶。那时，懵懵懂懂的我和妹妹弟弟站在旁边，莫名其妙瞧着，不明白她们为什么那样无缘无故地抹泪。

长大后我才意识到，每个母亲都曾经是怀抱梦想的少女，母亲在成家之前，应该也是一个心中有无限诗意和远方的文艺女青年。母亲有学识，有口才，讲故事纹路细腻，情感丰富，是她无限启迪滋养了我们年幼的心智。我想，如果母亲还健在，还延续着她自己的园丁生涯，必定是一个循循善诱的良师。

母亲和父亲一样喜欢听戏，也是个资深戏迷。我们曹县与河南搭界，是齐鲁文化和中原文化的交汇地，戏曲活动历史悠久而繁荣，戏曲团体多、剧种多、名演员多、戏迷多，人称"戏窝子"，是著名的戏曲之乡。曹县流行的戏曲种类有豫剧、柳子戏、弦子戏、梆子戏、两夹弦、花鼓丁响、皮影戏、大平调、四平调以及山东琴书、坠子、木板打鼓、莺歌柳书、山东落子、山东快书、评词等数十种。每逢有戏班子来演出，母亲就带着奶奶和我们，都打扮得整整齐齐去听戏。我们看戏多半是看热闹，母亲却总是能看出许多门道来，每次看戏回来，她会再给我们讲戏中的故事。像豫剧的《五世请缨》《穆桂英挂帅》，柳子戏的《张彦休妻（白玉楼）》，四平调的《小包公》，两夹弦的《十八里相送》《三拉房》等代表作品，无论是剧情，还是寓意，她都能讲出许多我们意想不到的道道儿来。有时候尽兴而起，还会边表演边幽默地来上几句剧目中的经典唱词，像"小包拯贪玩耍懒读诗文，你可知一寸光阴一寸金，常言道一失足成千古恨，你竟敢抛学业还来骗人，恼一恼使家法将你教训"，"嘴巴一噘能拴住个驴"，"争来的江山他赵家坐，哪一阵不伤俺杨家兵"，"我不挂帅谁挂帅？我不领兵叫谁领兵？"等等，唱腔或苍凉浑厚，或清脆婉转，一举一动，一招一式，逗得全家人哈哈大笑，久而久之，我们几个孩子也成了她的铁杆戏迷。母亲讲戏说戏是寓教于乐，给我们带来的教益，有善恶美丑的分辨，有厚重的家国情怀，还有几代人骨子里的乡土深情。

最难忘、最深刻的是《孟母三迁》《断机教子》的故事。我们曹县是书画之乡，习书作画的气氛很浓。我从小喜欢画画，为鼓励我创作，母亲每个月买粮的时候，还拿出来一块钱给我去买纸、买笔、买颜料，还专门送我到县文化馆的培训班学习，请高启明老师手把手

1976年出版的《学习潘冬子、做党的好孩子》年画，作者：戚道彦、单联孝

上世纪七十年代创作的《穆桂英大破葫芦谷》年画，作者：黄达聪

施教。有时听了母亲讲的形形色色的故事，不知不觉就产生了许多遐想，脑海中幻想着那美妙的宇宙、奇特的色彩，或许是启动了形象思维的潜质，一时控制不住就想把故事内容画出来，瞎画乱涂，曾经描过大闹天宫，画过样板戏，临摹过"四化"题材的新年画。那个年代我觉着什么都好奇，什么都敢画。母亲最喜欢我画的《天女散花》《西游记》的各路神仙，还有后来《闪闪的红星》里的潘冬子，逢人就夸她儿子手巧，还请亲朋好友到家里看我的画作，参观我在胡同临时搭建的"画室"。和众多男孩子一样，小时候我也曾有过这样那样的顽皮淘气。我学一段时间画画后，开始的新鲜劲头过去了，贪玩的本性暴露出来，有时就

偷懒，甚至罢学。母亲发现这个苗头，把我拉到奶奶的织布机前，扯着我身上的衣服，耐心地解释："你穿的褂子就是这机子上的粗布做成的，别小看这糙糙的粗布，它要经过纺线、练染、布浆、挽经、做综、闯杼、掏缯、织布等几十道工序才能成品。当年孟母把织了一半的布全部割断，为什么要这样？就是因为孟子逃学，逃学就如同断机，线断了，布就织不成了，前功尽弃，常常逃学，必然学无所成。学习和画画就像织布，靠一丝一线长期的积累，只有持之以恒，坚持不懈，才能获得渊博的知识，才能成才。"母亲的循循善诱，使我幡然猛醒，以后的日子里，勤学苦读苦练，总算是学有所成，没有辜负母亲的期望。我也深深悟出"不积跬步，无以至千里；不积小流，无以成江海""宝剑锋从磨砺出，梅花香自苦寒来"所蕴含的人生哲理，至今在拾荒民艺的路上不敢有丝毫懈怠。

母亲给我买的第一本小说是《钢铁是怎样炼成的》，那是苏联作家奥斯特洛夫斯基的长篇小说，也是当时母亲买的最贵的一本书。我是潘家的长子长孙，爷爷奶奶比较宠着，从小倔强任性，很磨人，所以母亲对我的管教比较严厉，同时也有几分偏爱。每次买粮买油回来，我总能得到一两个钢镚，渐渐积攒下来，对一个小孩子来说，那可是一笔不小的财富。母亲知道我不会乱花钱，只会买铅笔、橡皮和小人书什么的，她也放心地不去过问，也几乎没有拒绝过我的各种要求。那时候的画本种类也不是很多，《大闹天宫》《武松打虎》《哪吒闹海》，还有样板戏《红灯记》《沙家浜》《智取威虎山》等等，都是我最喜爱的精神食粮。我记得上小学的时候，《钢铁是怎样炼成的》非常流行，保尔·柯察金的形象，他的勇敢、坚毅、追求、信念都深深地打动了我。当时这本书定价一块二，对一个普通家庭来说，不算是个小数目，那时母亲在档发厂上班，每个月收入只有十七八块钱。其实，当年我对钱款的数目多少也没有概念，只是非常渴望那本《钢铁是怎样炼成的》。那一天，我到工厂去找母亲要钱买书。那是我第一次看到母亲为我们辛苦挣钱的情形：两间破旧的房间里，十几个人围在一圈，脊背向前弯曲着，手撕着有点脏黑的毛发。听到我叫她的声音，母亲吃惊地抬起头，破天荒问了问我要钱的用途，马上从兜里掏出来一卷毛票点好，塞进我手心里。看着旁边几个工友疑惑不解的眼神，母亲似乎轻松而又欣然地说了一句：我挺喜欢儿子看书的！然后转身继续忙碌起来。我鼻子一酸，低头跑了出去。那天我才第一次体会到，我的身材瘦弱的母亲，承负的不仅仅是抚育儿女的责任，还有整个家庭的千斤重担。每当翻看这本书，回想起那一幕，想起母亲的辛劳、豁达和严厉，我懂得了生活，学会了珍惜。

母亲常说，养德尽孝才能立世传家走天下。在我们鲁西南，孔孟思想教育根深蒂固，温良恭俭让，仁义礼智信，忠孝廉耻勇，五千年传统文化，影响着这片土地上世世代代的人。母亲从小就教我们背《三字经》《弟子规》，她跟我们讲述王祥卧冰求鲤、虞舜孝感动天、董永卖身葬父、老莱子戏彩

1970年出版的《红灯记》剧照年画

1971年出版的《沙家浜》剧照年画

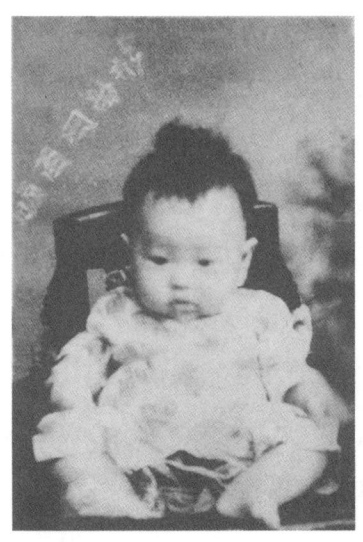

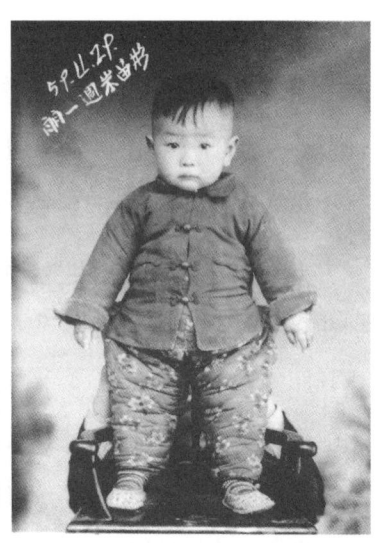

大姐潘鲁平百天照　　　　　大姐潘鲁平周岁照

1965年，曹县土产公司母亲和同事，母亲抱着姐姐

娱亲、孟宗哭竹生笋、仲由百里负米等孝道故事。母亲不只是讲故事，我们和爷爷奶奶生活在一起，那时生活物资比较匮乏，父亲又经常工作在外，母亲要照顾的不仅是我们，爷爷奶奶面前，她更是竭尽全力，身体力行地向我们阐释

了那些孝道故事的内涵。

母亲做什么事，总是有板有眼，严谨而不失活泛，灵动又不失规范。亲戚朋友和街坊四邻遇到任何困难都愿意找她帮忙，遇有红白事，母亲必穿戴得整整齐齐，亲自去贺吊，随份子。逢有客人来，无论手中怎么窘迫，母亲也要设法买上两瓶酒、弄几盘像样的菜去款待。到如今，我家仍有这种家风，也是尽得母亲的真传，一直未曾改变。在我印象中，母亲非常爱干净，重打扮，很得体，但从不舍得为自己花钱，一件中意的花格布上衣，穿脏了，她总是小心翼翼地搓洗，一穿就是好多年。她常说的一句话就是："孩子们，你们好好做人，学好本事，长大才有出息，我和你大大再苦再累也供你们求职学艺。"

母亲用自己朴素的言行，坚守老辈的传统，吃苦耐劳、勤俭持家、尊老爱幼的美德风尚，在我们这一代厚实传承下来。我特别敬重和佩服我的姐姐，姐姐是家中老大，从小就承担长女的大任，是母亲最得力的帮手，照顾我们三个。我沉湎于画画，家务活干得少，整日在外跑跑颠颠。妹妹喜欢安静读书，学习用心专注，成绩一直出类拔萃。弟弟最小最受宠，有时特别淘气，母亲在他身上没少投入精力。每逢母亲和姐姐干活做事，我闲时总爱跟在后面，她们洗衣服，我张罗着倒脏水；她们烧火做饭，我舀水送柴；她们收拾房屋，我就用簸箕撮土灰……我喜欢她们周身散发出来的温暖活泼的气氛。

那时家里喝的水都是姐姐一担一担挑来的。上世纪六十年代的曹县城里还没有用上自来水，生活用水全靠人挑，父亲和母亲工作十分忙碌，担水这个繁重的担子就落在了姐姐身上。距离我家最近的一口井，位于县政府院子里，来回一里多路，姐姐每天带着我和妹妹，踩着大街高高低低、坑坑洼洼的土路，排队打水挑水，一趟一个小时，一天要好几个来回。母亲有些心疼姐姐，常叮嘱姐姐水桶一定不要装得太满，太重了身体吃不消，别把小骨骼压坏了。可是姐姐很倔强，总是挑满桶的水。

1978年,
大姐潘鲁平在梁山油漆厂留影

令我刻骨铭心的一幕是,有一次,姐姐挑着一担水已经走到家,不料脚下一滑,猛崴一下,桶倒了,水洒出来,姐姐伤心地痛哭了好一阵子。一个十几岁女孩的稚嫩肩膀,努力帮着大人分担生活的艰辛,日复一日地挑着六七十斤的水桶,委实不容易。我从来没有听到过姐姐对此有过任何抱怨,她总是在大人们下班之前,自觉自愿地把家里水缸备满水。姐姐做知青上山下乡去农村后,妹妹又接过她挑水的担子。那些年,我们姊妹兄弟相依为命的日子,平淡清苦,回味起来也透着涩涩的甘甜。

多少个辛苦劳作的日日夜夜,母亲的故事里那些离奇、曲折的情节成为我童年生活的调剂品,成了那个年代最好的精神营养,不知不觉就播种下了良善的、勤奋的种子,随着时代的变迁不断生根、发芽、开花、结果。

高尔基曾说过:我的"大学"是在杂货铺和码头仓库中度过的,我的老师就是那奔波于红尘俗世的芸芸众生。如果说人生中有一部"故事",值得我一辈子去聆听、品悟、践行,那就是我的母亲。当我博士论文写完的时候,出版了第一本书,我按照家乡的习俗,去给母亲上坟时,烧给了她,当作我呈给母亲的一份作业。

娘亲舅为大

我姥姥家在山东金乡县肖云镇鲍楼村，属于红色根据地湖西革命老区。在我的心目中，姥姥家就像我青少年时代读过的革命英雄小说或电影一样，是个革命之家、英雄之家，姥姥家的男人们，个个都有顶天立地的男子汉气概。

姥爷姥姥育有四子一女，我母亲是他们家唯一的女孩，她上面有四个哥哥。母亲和舅舅们出生在上世纪二三十年代，真的是生逢乱世，那时候的中国，内忧外患，满目疮痍，特别是抗日战争爆发后，一家人更是饱受战乱之苦。我姥爷马裕祯早年参加抗日游击队，配合八路军作战，抗战时期不幸牺牲。姥姥马李氏很有中国传统女性的坚韧精神，独立顽强地支撑着这个家，一个人含辛茹苦，把孩子们抚育成人，支持舅舅们继续革命，送我母亲去读书，那个年代的中国农村女子绝大多数没有上学的机会，肯把家里女孩送去学堂，除了略具经济能力之外，还要家里人思想开明才行。

我的舅舅们在姥爷的影响下，都早早就参加了革命。大舅马开知是地下党，不幸因叛徒出卖，被日本人残忍杀害；二舅马开义是民兵，在家守孝照顾老人；三舅马开训也很早投身革命，在湖西任职，曾任当时山东解放区开设的复程县的县委组织部办公室主任；四舅马开朗十五岁参军，参加过解放战争，随部队南下，解放后就留在了贵州工作。上小学的时候，同学们都正值特别崇

姥姥马李氏
（1889—1973）

三舅马开训

拜英雄的年纪，我经常和同学们炫耀自己舅舅们的革命事迹，每当郑重其事地将舅舅们的名字填入升学登记表上的社会关系栏时，我都觉得有无比的荣耀。事实上，从小到大，舅舅们对我的影响，确实是我人生努力负重前行的一股源源不断的精神动力。

舅舅们中和母亲长得很像的，是三舅，而且他们性格也相似。我儿时的印象里，三舅高高的个子，方方的脸面，五官棱角分明，他总穿着四个兜的中山装，一身干部打扮，一张家长面孔，严肃而朴实。母亲经常向我们赞扬他，三舅从战争年代起，就长期在县乡基层任职，工作上兢兢业业，事业上孜孜以求，在每一个岗位都尽职尽责，在农村改革发展方面用力最多，做了许多利国利民的实事好事，不仅深受上级党委政府的信任，也赢得了干部群众的喜爱，在当地有很高的威望。母亲在自己孩子们面前这样指定推举三舅，我想，除了要给孩子们树立一个人生榜样，也应该有母亲的亲情流露。

在舅舅们中，三舅和我母亲最为兄妹情深，他对我家照顾最多，到我家走动最为频繁，为我们晚辈教育付出最多。他非常疼爱自己家唯一的妹妹，每年春节母亲带我们回金乡看望姥姥，三舅都全程在家陪伴。每一次告辞离去，也都坚持把我们送到村头，不管我母亲如何催促他留步，他总是嘴上答应着好好，可就是不肯转身，直至我们走出很远，还能望见他在村口伫立凝望的身影。三舅十分关心我母亲的身体健康，嘱咐我们要早懂事，学做人，为家庭多付出。那年母亲生病需要手术，可是面对高昂的医疗费，仅靠父亲的工资远远不够。最困难的时候，是三舅及时施以援手。那个时期，三舅家经济也不宽裕，三妗子没有工作，姥姥需要赡养，表哥表姐表弟五个子女尚未成人，一大家子都靠三舅一个人的薪水过活，日子本来就不宽裕，但他仍然想方设法四处筹借，补齐了所有医疗费用。当时三舅和妗子说，我们就这一个妹妹，就算花再多的钱，也要照顾到底。这简单朴素的一句话，饱含血浓于水的兄妹亲情。

　　三舅对我们姊妹几个的教育成长，时常挂在心上。我是马家的大外甥，三舅知道我从小喜欢画画。他每次来曹县，或是买几支毛笔、几瓶墨汁，或是带一刀纸张、一些颜料，见面时总是再三叮嘱我要好好学习，好好画画，长大后发挥自己的一技之长，用自己的双手撑起这个家，临走总会塞给母亲几十块钱贴补家用。有一次，三舅到曹县城里开三级干部会议，公务余暇来看望我生病的母亲。临别时，我送他返回驻地。母亲缠绵病榻，一路上，我的心情难免有些低落，三舅轻抚着我的肩膀，且行且谈，一边宽慰我，一边给我讲了许许多多朴实的做人道理……几里的路程，我们爷俩竟来来回回走了两个多小时。到了宾馆门口，他又反复叮嘱，要学好本领往前奔，争取发展多进步，有更好的修养和更大的作为。

　　母亲生病期间，姐姐已参加工作，不能一直守在床前侍奉，父亲曾经想让妹妹暂时休学在家照顾母亲。三舅知道后把父亲严厉批评

三舅三妗子和表哥表姐表弟

了一通，说娟妮子学习一直很好，千万不能耽误她的前途。他坚持把我表姐马洪霞从金乡老家送到曹县，专门照顾我母亲。表姐来了之后，衣不解带地守护着母亲，每天煎汤熬药、料理餐食、喂饭喂药、洗漱刷牙、按摩复健……无微不至，样样尽心，母亲病重时，表姐更是不分昼夜地守在病床前，直到母亲病故。

母亲去世后，我们姊妹每年春节都会去看望三舅。每次见面时，舅舅总是对我们嘘寒问暖，询问学习怎么样啊，喜欢什么啊，生活上还有什么困难，鼓励我们不要放松学习，长大后有好的出息和前程，做党和国家的有用之才。如果说我今天有一点点小的成绩，这与三舅的谆谆教导和悉心帮助是截然不可分的。三舅一家人对我们的帮助和照顾，让我一辈子铭记在心、感恩在怀。

我的三妗子一生勤劳贤惠，敦厚实在，至孝至慈。她虽然没有读过书，但她真诚善良和乐于

三舅和四舅

助人的性格也一如三舅，受人尊敬。每年春节，我们去鲍楼村姥姥家，一进门，三妗子就热情地给我们塞上压岁钱，赶紧把家里最好的糖果饼干糕点拿出来分给我们吃，还尽其所有做上一大桌好吃的饭菜。我们一帮孩子边玩闹边抢吃的；旁边的大人们都笑眯眯地喝茶聊天，那是小时候记忆里最欢乐、最幸福的时光了。三舅常年在外工作，家中的里里外外都靠妗子打理。姥姥晚年患重病，生活不能自理，妗子在床前侍奉汤药，翻身擦洗，抱上抱下，擦屎倒尿，精心照顾，从无怨言，十里八村的人都说，真没见过像她那样孝顺的好媳妇。

三舅1944年参加革命，1945年加入中国共产党，先后任金曹工商局、税务局会计股长，复程县委组织部办公室主任。1956年至1958年任巨野县营里区委书记、姚店乡乡长，1959年至1965年任巨野县章缝、谢集公社社长、主任，1976年退休，1983年改为离休，享受县处级待遇，

2010年去世，享年九十岁。

四舅是我少年时心目中的战斗英雄，他一生奉献给了革命事业。他1942年3月加入鲍楼村农会，同年5月参加民兵组织，协同八路军作战，1944年8月在山东金乡县鲍楼村成为一名地下党员，同年10月带领本村部分青年参加八路军三分区十团。之后，四舅先后参加了打金县、丰县、曹县战役以及睢杞战役、羊山集战役、济南战役、淮海战役、渡江战役、进军大西南战役等大大小小无数次的战斗。听母亲讲，四舅作战十分英勇。1945年春，攻打曹县的战斗异常激烈，日军据守在坚固的城墙上，八路军打了几天未能攻下，最后战士们在城墙下挖通了地道，用棺材装上炸药，炸开一个大缺口才攻入曹县。那一战，四舅头部受了重伤，昏迷在阵地两天才被发现，抢救脱险后，对伤口稍作包扎处理，四舅又毅然带伤追赶部队南下投入战斗。我儿时听到四舅的英雄事迹，总是把电影《地道战》《地雷战》里的英雄形象，再加上《小兵张嘎》经典的攻日军碉堡战斗场面，都放在脑海里拼凑起来，努力想象出四舅的样子，可是终究有些模糊。

我第一次见到四舅，是1979年的春天。一个偶然的机会，厂里派我到广西参加旅游产品订货会，我在地图上查了一下，广西桂林距离四舅所在的贵州都匀不远，就决定前去探望他。从桂林搭上去贵阳并转乘都匀的火车上，我一路上都在心里猜想着马上就要见面的四舅到底什么模样。俗话讲，外甥仿舅，这一点儿都不假。下火车后，在都匀站出站口熙熙攘攘的人群中，我一眼就认出了四舅。他高高大大、气宇轩昂的形象，在黔南之地的人流中有一种鹤立鸡群的感觉。我不假思索就抬脚奔过去，这不就是我们家里荣耀的舅舅嘛！果真是血脉相通，心有灵犀，四舅也几乎同时看见了我，我们爷儿俩不假思索相拥在一起。这是我人生中十分激动而难忘的亲情瞬间。

在都匀的几天，四舅和舅妈带我游览了黔南的名胜古迹，领略了当地的风土人情，拜见了四舅同乡南下的老战友，与表姐表妹表兄弟相聚共欢共饮。这是我第一次到贵州，享受亲情的同时，也十分长见识、开眼界。黔南有布依族、苗族、水族等四十三个民族，是多民族聚居、文化丰富之域，有布依族好花红、苗族长衫龙、水族水书等精彩的民间艺术，那里各民族人民都能歌善舞，生活习俗各具特色，民族建筑工艺精致，民族风情古朴典雅，民族服饰五彩缤纷，民族节会丰富盛大。四舅性格豪爽，讲话幽默，为人真诚，交友广泛，美誉度高，每到一处，都深受欢迎。那几天，我们一起参观地方博物馆，寻访裤裆老街，让我第一次感受到西南少数民族艺术的精彩绝伦，也为黔南酒醉人、歌醉人、情醉人的民间艺术场景所震撼。后来，在我逐渐建立民艺馆的过程中，有收藏些贵州少数民族衣饰，对它们的最初印象，依稀来自四舅带我浏览的贵州民艺风情。

在四舅家，听他讲述自己的南下故事，如何西进贵州、解放贵州、建设贵州，回忆起那段激情燃烧的岁月，身经百战的老战士依然心潮澎湃。

1948年秋，随着中国人民解放军的节节胜利，国民党占领区不断被解放，迫切需要大量有经验懂政策的从事过政治、财经、文化等工作的北方干部前去南方新区，开展土地改革、斗争恶霸、剿灭土匪、肃清敌特等工作，根据中共中央的决议，在华东局、华北局等部署下，

四舅马开朗（右）

山东解放区的大批干部毅然告别家乡，成就了与"百万雄师过大江"同样彪炳史册的山东"十万干部下江南"，我四舅参加的南下支队就是其中之一。

1949年2月，冀鲁豫区党委从全区抽调优秀党政军干部，对外称冀鲁豫南下干部支队，3月下旬这支干部队伍跟随刘邓大军前进，队伍番号为"中国人民解放军第二野战军第五兵团南下支队"。1949年3月31日，南下支队从我们家乡菏泽的晁八寨村列队正式出发，经山东曹县、河南商丘、江苏徐州和安徽合肥，一路向南，随第二野战军第五兵团渡江，中间抽调部分人员接管南京，大部队依然继续南下。四舅当年随二野五兵团大部队渡过长江、解放江西后，稍作休整。这时，中共中央指示由冀鲁豫到赣东北区党委工作的全体干部随二野第五兵团，组成南下西进支队，由江西折转方向，一路向西，向大西南进军，昼夜兼程，秘密经过湖南，直插贵州。就这样，四舅和他的战友们全程途经山东、河南、江苏、安徽、江西、湖北、湖南七个省，行程八千余里，全靠两条腿，特别是在湘西、黔东地区，大约有近半时间是在阴雨中跋涉，遇到狂风暴雨时，随身携带的一块防雨油布根本不起作用，大家不仅全身湿透，背包、米袋浸水后越来越重，道路泥泞而且湿滑，可谓历尽了千难万险。但就是在这种艰难困苦的条件下，他们一路上跨长江、越雪峰山、进苗岭，跋山涉水，突破黔东北的天险"鹅翅膀"，一直战斗至1949年11月解放贵阳。战争结束后，四舅接到了参加地方政权建设的命令，立即全身心投入城市接管和剿匪工作，和战友们一起宣讲党的政策和解放军的入城纪律，对各阶层民众进行团结改造，稳定民心，同时清剿当地匪患。剿匪斗争胜利后，四舅又与所在班子成员一道，带领群众投入了轰轰烈烈的恢复生产、建设家园运动，在解放晚、时间短、任务艰巨的情况下，胜利完成了民主革命的各项任务。这支在几个月长驱半个中国的南下支队，为贵州省的社会主义建设奠定了坚实的基础。这段经历，不仅是四舅自己一段战斗历程，也是新中国成立前后的一段革命传奇，是中国人民解放军历史上的精彩一页。

1950年，四舅转业到黔南州地方党委政府工作。为了能让当地少数民族干部尽快地独当一面、建功立业，四舅积极响应党组织号召，自觉主动地降职让位，作为副职全心全意支持少数民族干部的工作，尽心尽责，从无一句怨言。四舅说，我们就是来解放贵州的，就是要把贵州建设好的，让贵州百姓过上幸福的生活，自己职位上、待遇上吃点亏算不了啥。他平静的语气中，饱含着南下干部大公无私的情怀。四舅的人生记忆，被这些时间节点勾勒得轮廓清晰，即使岁月的皱纹刻上了脸庞，回望过去时，他的眼睛中仍然闪烁着亮光。

自参加革命以来，四舅历任冀鲁豫军区司令部电话队班长、排长，

四舅马开朗在家阳台上养花　　1992年，到贵州都匀看望四舅和舅母

十七军司令部通信营排长、副指导员，在解放睢杞战役中立过军二等功一次，羊山集战役、济南战役荣立三等功各一次。转业后，他在贵州黔南工作，历任平坝县大队指导员、县委组织干事、四区区委副书记，紫云县猴场区区委书记、县人民法院院长、县委组织部副部长、县委副书记兼组织部长，望谟县县委组织部长、书记处书记，福泉县副县长，建行黔南州中心支行副行长、党支部书记，黔南州中医院党委书记，黔南州供销社副主任、调研员等职。1985年6月离休。四舅的经历只是七十年前解放贵州南下西进干部的一个缩影。他们与贵州人民同患难、同命运，一起走过峥嵘岁月，把自己的大半生奉献给了那片土地，他们不畏艰难的昂扬斗志和敢于牺牲的高风亮节，奠定了我党在民族地区的执政根基。

　　后来，四舅和舅妈曾专程到我工作的城市住过一段日子。或许是长时间浸润于贵州的一方水土，也或许是浓厚的乡土情结使然，四舅有饮酒的习惯，每天三顿，早晨锻炼完也要整点。有时喝完酒，老人家还要来上两首战歌，比如《八路军军歌》《大刀进行曲》《我是一个兵》等等革命歌曲，伴随音乐铿锵有力的节奏，昂扬激奋的旋律，高亢雄壮的气势，四舅常常唱得情不自已，甚至潸然泪下。每当此时，我便知道他又回到了那浴血奋战、号角连营的岁月中去了。从这个革命老兵慷慨激昂的歌声中，我领会到他诚厚爽直的家国情怀。再后来，逢遇一些庄严神圣的时刻，在国歌的回响中，我自己也体验到四舅那样的激情澎湃，我懂得了什么是血脉相承。

时光荏苒，岁月飞逝。舅舅们相继离开了我们，但他们的精神一直穿越时空陪伴着我，让红色基因在我的血液里继续流淌着，他们的叮嘱也时常萦绕在我的耳畔。而我的舅舅们经历过战场的枪林弹雨、品尝过人生的酸甜苦辣之后，依然光明磊落、淡泊名利、乐观旷达的处世态度，正如母亲曾经给我们指定的学习榜样，心目中，他们是我的舅舅，也是我的人生标尺。

2009年与表兄弟合影

忆表舅

李清池是我的表舅。他是家里的文人，民国时期受过正统的师范教育，为人正直谦和，有着老一辈文化人对历史、对人文、对社会特有的朴素深沉的感情。

小时候常听母亲夸赞清池舅舅有学问，年轻时去济南读大学为家里增了光，让我们向舅舅学习。母亲骨子里有些传统社会"唯有读书高"的观念，认为男孩子只有读书才能有出息，不学习没出息，所以表舅成了母亲鞭策我学习的榜样。那时我常骑着自行车到姥姥家过年、过寒暑假，总能从舅舅的言谈话语中获得启发，学到不少做人做事的道理。舅舅为人质朴，对待学问认真，是我心目中读书人的标杆。

早年写的调研心得曾请他批改，读研究生期间的论文也请他把关，他严谨而又郑重，并不轻易评论自己未做过调查研究的学术问题，但时常给予鼓励。正是从舅舅身上我较早读懂了文化人的秉性和操守，那是一种略去浮华、朴实深刻而且善于与人分担的坚韧与平和。正如他师范毕业后不慕繁华回到家乡小城，数十年如一日从事基层教育工作，没有过高的职称职务，但有着对学问的热爱和洞察，并用诗文记录平凡生活的点点滴滴，汇聚积累，从不间断。如果说岁月就像一场披沙拣金的风暴，所过之处会留下沧桑深刻的印记，就像青葱少年会变成老者，那么更应在磨砺处留下最闪光的东西。如果说人生的时光就像一张大网，有流逝也有收获，那么更应留住最美好可贵的东西。舅舅的诗文就是这样的积淀之作，他用文字记风物，写感受，状胸怀，鸣不平，充满了人生的况味，也留下了时代的印记，因其平和更显可贵。

表舅所作的《消遣集》就像一条雍容流淌的大河，充溢着几十年来的所见所感，有思想智慧的火种，有即景会心的记事，有对社会、人生和人文精神诉求的关注，也有文人嫉恶如仇的评论和呼吁，而且往往经过了旧体诗形式的酝酿和锤炼，既是诗文传统的一种延续，也充满了时代的气息和内涵，还有个人生活最生动真实打动人心的东西。因为这数以百计的诗文以及评析历史的散文、杂文，都出自对生活、对文史最朴素执着的热爱，不求发表，不图名利，不是苦心孤诣的创作，也没有科研学术的动议和目标，只是纯粹地书写身边的生活，在自我与庞大的历史和社会之间架设了一座桥梁，用文字留存时代与人生最朴实生动的档案，难能可贵。

在今天这个资讯爆炸的时代，微博、微信和无所不在的信息发布与传

表舅李清池

表舅李清池

表舅李清池著《消遣集》，山东文艺出版社

与表舅李清池

递在丰富和充实着人们的生活。我常想，倘若这个时代早些到来，舅舅对生活与文字的热情也会为他赢得不少粉丝和关注吧。也因为尚未进入这个即时交流的信息语境，这部集数十年人生体验的诗文集更显厚重，这是一部人生的书。

作为一位普通的教书人，舅舅最大的安慰和自豪是桃李满园。他当过中学教员，也做过大学教师，培养了一批有志气、有建树的学生。在他的经历中，教学和写作最有相通处，点点滴滴润泽人心。我想，只有像他这样发自内心喜欢学生、关注学问、热爱生活的人，才耐得住清贫和寂寞，始终怀着对精神的追求，在言传身教中带给学生们最质朴深刻的影响。世事变迁，物质的需求与发展变化盈亏难免经历淘汰零落，最重要的还是内心深处的坚定与执着，勤勉付出，才能真正使生活充满意义和光彩。看到舅舅晚年的生活如此开心和充实，也很受感染和鼓舞，能够不断投入创作、写作，教学相长，正是教书育人的回报和福分。

所谓"大鹏一日同风起，扶摇直上九万里"，是一种豁达自由的境界，舅舅将文集命名为《消遣集》，透露了他平时生活中对境界的追求。我想，用心书写的字字句句里依托和生成的必将是一个辽阔而又美好的人生境界。

儿时画画梦

相对于周边的鲁西南各县,曹县是一座工商业相对发达的老县城。俗语说的一曹二滕三汶上,意思就是说曹县、滕州、汶上是各具特别之处的三个地方。曹县虽说城域面积不大,但却拥有着一个繁华老城的框架。城区分东关、西关两部分,东关自清代以来就是人流如织的商业街,西关面貌则更为接近乡村。正是这座不大的城,文化厚、地盘大、人口多,它几乎承载了我全部的童年和少年时光。

我家在老县衙前的潘家胡同。过去,这条街叫作衙门前街,后来随着时代的变迁先后改称"反修街"和"县府前街"。我就是在这条商店林立的街区长大的。爷爷从事的是酱菜行业,作坊的生意颇成规模,公私合营以后,爷爷成了酱菜厂的工人。那一排排封装好的酱缸之间常常是孩子们嬉闹玩耍的场所,正因为如此,关于儿时的记忆总是弥漫着一股浓郁的酱香味道。直至今天,嗅到那股味道时眼前就会浮现出过往的诸种

上世纪七十年代,曹县城里的校园生活

1974年，
曹县五完小留影

画面。

在人称戏窝子的老县城，耳畔飘荡的是一些耳熟能详的革命歌曲和地方戏曲，《隋唐演义》《水浒传》等一众剧目让人听得热耳酸心；坠子书《小八义》《大红袍》等地方曲艺情节跌宕，唱腔婉转；《东方红》《朝阳沟》等革命文艺荡气回肠，把一种浪漫主义情怀渗入了青春的记忆之中。

曹县人有尚武之风。这里属于鲁豫两省八县交界地带，解放前兵连祸结之事时有发生。习武不仅可以看家护院、应对乱局，还可以强身健体、抵抗病疫。送男孩子去场子里练把式是很多家庭的自然选择。我在家中是长房长孙，从小爷爷奶奶对我的成长十分重视。七八岁时，我曾经被爷爷送去了东关李师傅的场子学功夫。学

上世纪六十年代，曹县幼儿武术操

1974年，曹县少年儿童美术培训班合影

艺的都是同龄的小孩子，我在那里跟着他们练了一阵子扎马步、蹬腿的基本功。尽管李师傅循循善诱，教得耐心仔细，我练得也算勤勉认真，但总感觉不得章法。李师傅还是把我送回给爷爷。他跟爷爷说，这孩子是秀才的料，不是武行的料。爷爷看我也没有多大兴趣，习武之事也就此作罢。后来家里又把我送去打了一阵子乒乓球，有一个好体格是他们对我的基本要求。此后，乒乓球的爱好没有搁浅，但依然不喜动，这对后来画画成为爱好有一定影响。

曹县城里书画风气很盛，出了许多地方画家和书法家。周围亲戚邻里家中也多有张挂书画的传统。我从小看到红红绿绿的画面便拔不动腿，喜欢在自己的小本子上勾勾画画，也十分喜欢画地图。对此，母亲十分支持，在她眼中画画是一个不错的谋生技能选择，为我买齐了毛笔、墨汁、颜料、行联纸，从各方面积极支持我学画，希望我能在这方面有些出息。

我刚开始画画时并没有指导老师，只是对着样谱画一些时兴的铅笔画、粉笔画、漫画。那时，家里房间不大，母亲把四面墙都贴满了我的画，这让我感觉到——画画就是我最快乐的事情，而且，我画

1975年，菏泽地区文化馆组织到济南参观少年儿童画展

1975年，与同学合影

画也是能让母亲快乐的事，她好像为我会画画很骄傲哪——画画的梦想也由此在心里生了根。有的时候看着天窗，就能想到很多灵动的画面和一些有趣的形象。其实，那时候并不知道什么叫作"艺术"，只是想着把东西画出来就是能耐，正是在这点幼稚单纯的信念支撑下，我整天画，画了很多。如今想，这样无拘无束地向往艺术，一部分是孩子烂漫的天性表现，一部分来自母亲的鼓励。但是，能不能坚持下去，相比孩子的烂漫天性，母亲的鼓励是至关重要的决定因素。

在曹县一中念书时，教英语的程嘉杭老师会画漫画和水粉画，课余时间常给我们展示他的画作。我也常拿了自己的习作去他的住处请教，借机观摩他的画画过程，学习他的作画手法。那时的画友有姚菏民等人，我们常骑自行车到汽车站画速写，到牡丹园写生。有次为了试验一种新画法，还专门跑到了临近的定陶县购买毛边纸。现在想来，当年的少年真是心气不小。

中学时周末的时光，多半是在文化馆度过的。文化馆会随着社会时势的需要推出各种主题性的画展，内容题材多以阶级情感教育为主，画面里突出的是英雄人物和革命群众，都有着连环画般的故事情

曹县一中合影　　　　　　　　　　　　　　　　　　　　　1979年，在桂林写生

节。徜徉于展厅，我总是流连忘返，十分羡慕那些画作的作者，他们竟能使用和我同样的画笔完成那么生动精彩的画面，心下也暗暗使劲，想着从人物、花卉、虫鸟开始临摹，也尝试去通过绘画讲故事，把故事画成画。由于没有接受过系统学习，缺乏基本功，虽然看着人家画得好，但是临摹时手却总跟不上。不过，天生的爱好，就好像是老天爷的恩赐，一次次失败的尝试，并没有让我觉得沮丧，反而激发出一种更加饥渴忘我的探究之心。

当时学画并不像如今有固定的程式，学画更多的是观察和模仿，关键靠自己悟，我一直相信熟能生巧勤能补拙的道理，也很自信，总抓住各种机会看老师作画。学画的那几年尤其喜欢到处写生，牡丹园数不清去过多少遍，每次作画总有些新的想法和收获，临摹的功底也就在一次次的写生中练成了。画画于我而言是记录的一种方式，不是为了谋生，而是和自己对话，从学画开始，拿起画笔我就仿佛走进了新的天地，可以自由地勾勒和填涂，把家乡的景致和内心的思想都融到画卷里。当时还不懂什么画法和用笔，总觉得画完的画有所欠缺，在一次次的改进中，慢慢找到感觉，也有了自信。在当时，画画这种偏门的爱好能得到母亲的认可和支持，是何其幸运的事情，母亲对我画的内容和题材从不设限，也养成了我的形象思维，后来更是把画画发展成了自己的专业。

是文化馆高启明老师开办了一个业余美术班，场地所限，能招收学员的名额不多，在我的央求下父母托了朋友才得以入班学画。高启明老师是苏集镇苏集村人，曾在曹县担任中学教师和县文化馆美术干部，他求学于曲阜师范大学，擅长花鸟画和人物画，尤善画竹。这个班里招的都是中小学生，我是班上个子最高的学生。这里的学习方式是每周来学一天，主要是临摹工笔和写意中国画。我在这个班里学了两年多，一直坚持到中学毕业参加工作方才作罢。

人生道路上总充满着机遇与转折，当时有个大我几岁的同学考上了大学，听到这个消息我心里也有了期待，尤其是他说画画也能考大学，更坚定了我备战高考的决心。高中毕业后的几年我在工艺美术厂学了不少手艺，专业的能力没有落下，但文化课却生疏了很多。随着高考的恢复，我们这批年轻人有了重新选择人生道路的机会，大家都开始疯狂地学习，像鲤鱼想要跃龙门般追求一次自我的超越。那时我和小伙伴经常在休息日去书店排队，抢着开门第一拨进去看书，那时候书本几分几毛钱一本，但通常我们在书店里已经把书来来回回看了许多遍。虽然知道自己要报考的是美术相关的专业，但实际的考试内容和形式却没什么参照，我就给自己出题，画素描，搞临摹，还画画身边朋友的头像，好在练出了些感觉。高考就像一艘船，载着小城的少年走向城市，我第一次有了把握和改变自己命运的机会，备考的那段日子更是过得紧张又充实。画画成了那段时光自我调节的方式，练功时画，找不到状态时也画。那时我心中有着对未知的担忧，更有对这场人生洗礼的期待，想要看看县城外的世界，看一看专业的绘画与艺术的标准和样式，更渴望接受专业的美术教育。

兴趣是最好的老师，有了爱好才会驱使着你去求知、求学，开启一段筑梦的旅程。少年时的画画梦，不仅锻造了我观察事物、认识事物的视角和习惯，也养成了性格中始终有迎难而上的一股韧劲。高中毕业时，我已经画了很多新年画样式的画作，有工农兵建设"四个现代化"的主题叙事，也有天女散花类的浪漫遐思。遗憾的是，母亲病故后，我走上独立的谋生求学之路，那些曾经被母亲倍加爱惜的画作，疏于保存，渐渐散失在飞逝而去的时光中了。

或许是命定的机缘，习武不成非学画，几时年少不知艺术的浩渺，凭着一股子韧劲坚持，非要在这艺术的世界里找一份欢愉。也许骨子里带着家乡文艺的血脉，画画成了让我感到最快乐的事情，也因为心里惦念着家乡，正所谓热爱可抵岁月漫长，感念年少有了这最坚定的梦想。因为这个梦想，让我有了学习和感受艺术的机会，有了表达美和传播美的方式，才有了对民间艺术的采集与转化。

从学画到后来成长的每一步都不是孤立的，我在民艺的世界里发现了绘画的乐趣，绘画又成为内心情感和思想表达的独特方式。民艺的种子来自家乡，种在心间，绘画的爱好让她生出了芽，如若没有绘画的梦想，定不会将民艺的多彩向外表达和传递，更不会有民艺衍生出的设计的创造。

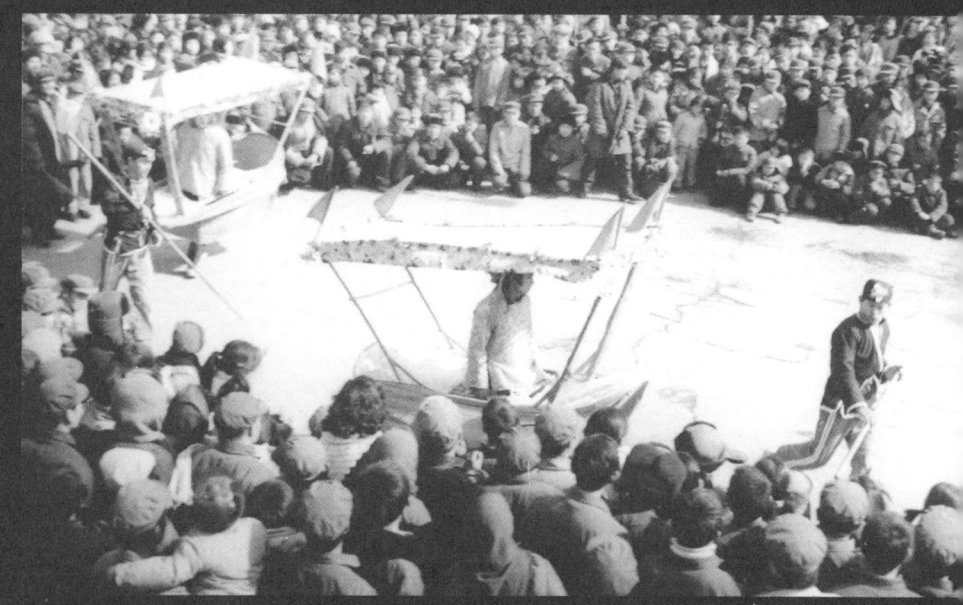

上世纪七十年代，曹县大隅首表演的民间划旱船

辑二
乡途器艺

　　这段时光，有过创作的体验，有过美好的爱情，有过未来的理想，也有过浪漫的生活追求，这里是我人生的一个重要起点。我真正理解艺术，走上工艺美术这条道，就是从这里开始的。

钢叔带我做灯笼

钢叔潘占勋 16 岁留影

　　曹县地理位置上靠近历史上的北宋都城开封汴梁，百姓生活里有深厚文化积淀滋养，似乎还保留着《东京梦华录》所描绘的盛世遗风。尤其是年根儿大集的时候，县城大街上更是异常热闹。

　　曹县大集开市时间是农历逢五或逢十。到年集这天，大人小孩都穿上了新衣裳，如同赶会一般涌入摆满摊位的集市区域，把大隅首周围的大街小巷挤得水泄不通。到年集时，那场面更加气势壮阔，卖炮仗烟花的、卖春联年画的、卖花鸟字的、卖五香调料的、卖布匹衣服的、卖针头线脑的、卖锅碗瓢盆的、卖家具用品的、卖牲口的……林林总总，分门别类地分区设摊，一铺铺鳞次栉比，令人目不暇接；各地的风味食品，游方艺人制作的江米人、吹糖人等儿童玩偶，花花绿绿，琳琅满目，看得孩子们拔不动腿。而在我眼里，最为扎眼吸睛的，是那些五颜六色造型别

99

钢叔潘占勋（1946—1980）　　2020年春节与三叔潘占元合影

　　致的花灯，一排排在货架上随风摇曳，惹人心动。每次看到花灯，我脑海里就会浮现出年少时和钢叔一起做花灯赶年集的情形。

　　我父亲兄弟三人。父亲是老大，字占魁，二叔早年夭折，三叔字占元，最小的四叔字占勋，他就是我钢叔，周边的小伙伴们也都叫他钢叔。我自小就和钢叔特别亲，他不仅是我叔，我稍长大时，钢叔还是我的手艺师傅，我最初走上社会的引路人。

　　上世纪七十时代，"文革"后期，学校都停课闹革命，孩子们也没学上了，我曾经有一段时间，断断续续跟着钢叔拉着一辆地排车跑运输，从曹县到商丘、菏泽等地去送货。那时候跑运输，真是两条腿两只脚扎扎实实地踏在地上跑，今天的年轻人已经难以想象，俩人怎么拉一辆地排车？钢叔在中间驾辕，我在一侧拉偏套。我们叔侄俩一起去过不少地方，吃了不少苦，我也跟着长了些见识、经了些事。

　　有一年冬天，我们没有接到送货的活儿，钢叔就琢磨着怎么制作灯笼，心里盘算着，到年节时拿到集上去卖，这也许能有一个新活路。那时，跑运输全靠人力拉车，百十里地的距离一去两三天，风餐

民国时期的灯笼店

民国时期的花灯

露宿，是个苦力活，相比而言，做灯笼总归是个手艺活儿，比跑运输要省些力气。而且，那年月电灯还没有普及，不论城里乡下，大过年的时候家家户户都用得到灯笼，只要能做出来，销路应该不是问题。

灯笼的样式很多，有一种雪花灯是曹县的特色灯笼，状如宫灯，全身洁白无瑕，高可达一公尺多，最宽处直径可达七十厘米左右。每逢四时八节，家家户户挂在门上，呈映出皓素缤纷、如同雪幕的花灯景象。清光绪十一年（1885年）本《曹县志》记载："曹俗尚雪花灯，净白莲四纸剪成，一岁之力业成一灯，外标雪花，内行连环细错，有三层、四层，极其工致，当年唯杨氏灯至七层焉，每逢佳节户悬此灯，一望皓素缤纷如同雪幕游人遍历，因占女工焉，嘉靖河缺域坏，文物荡然，近虽张灯率市致江南纱，縠画彩，红绿璀璨无复昔日之归矣。"由于黄河水泛滥，以及频繁战乱等原因，这项手艺曾经一度消失。曹县有位民间艺术爱好者，经过反复调查访问，根据方志所记载的情况多次分析研究，又复原出雪花灯的工艺，年集上又出现了雪花灯，而且依然是特别受欢迎的灯笼样式。

钢叔没有上过多少学，却是一个极聪明的巧人。他到人家的灯笼作坊以及纸扎铺子里转了一圈，东看看西瞧瞧，细心旁观人家制作的过程，一个流程观摩下来，做灯笼的工艺和诀窍便掌握得八九不离十了。

"雪花灯"主要原料是又轻又长又圆又直的高粱穗下面的秫秸以及白纸、漆等物料。花灯骨架由秫秸做出。先用小刀按设计要求截成长短不等的"圆棍"，并在"圆棍"上按其角度、距离，刻上适当的凹状，分别四个为一组，纵横交错凹凸相对。这些零件之间是互相扣卡起来的，每根"扣卡"，必须尺寸统一，深度统一，如果略有疏忽"扣卡"起来，便会不牢固、变形、走样，甚至"扣卡"不成一个整体。这里的每道工序必层次严格，当每个部件的第一道工序完成后，要放在生漆或桐油中浸泡一段。经过浸透，晾干后，再以设计需要将一根根长短不等的"凹"、"扣卡"、大骨架、中骨架、小骨案，由里至外，由上到下，一层层地连接为一个整体，之后，用熟漆、熟桐油或骨胶在连接部位涂抹，使其更加坚固不变形。最后一道工序是糊纸，纸的做法是将纸分别按设计需要，先用桐油浸透，使其增加透明度，然后叠成数层按照民间蓝印花布印版的刻制法刻出所要求的图案，一层层地贴在灯的支架上，再用白纸分别剪成纸穗，排须贴上作为装饰即成此灯。"雪花灯"的层数，可达三到四层，其外形可分为四角、六角和八角三种，内层最小，中间略大，外层最大，按平行角套在一起，或按对角如"◇"状套在一起均可；最复杂的制作就是上顶和下底凸出部分的装饰体，它全部用大小不等的凹，按其四十五度直角、四根一组……一层层地卡在上面，酷似古代建筑重檐下的层层斗拱，能多达数层，间隔分明，纵横交错，形成一种非常强烈的立体交叉装饰纹样，显得格外玲珑精巧。

掌握了制作方法，钢叔就带我到木匠铺买回了玻璃刀、红油漆、碎木板等材料。爷儿俩又找来了一个旧灯笼拆解研究了一通，就在院子里比照着动手做起来。锯木料、扎骨架、画样子、糊外壳、套罩子……还别说，一套工序比划下来，试制的第一个雪花灯就有模有样的了。后面第二个、第三个……熟能生巧，越做越好。我们趁热打铁，用了不几日工夫，赶制出上百个造型别致的小灯笼。一排排，一趟趟，挂满了屋里屋外，看起来十分喜庆。

我家附近的县府前街，离市中心大隅首只有一百多米，地处繁华地段，人流量大，店铺林立，属于商贩比较

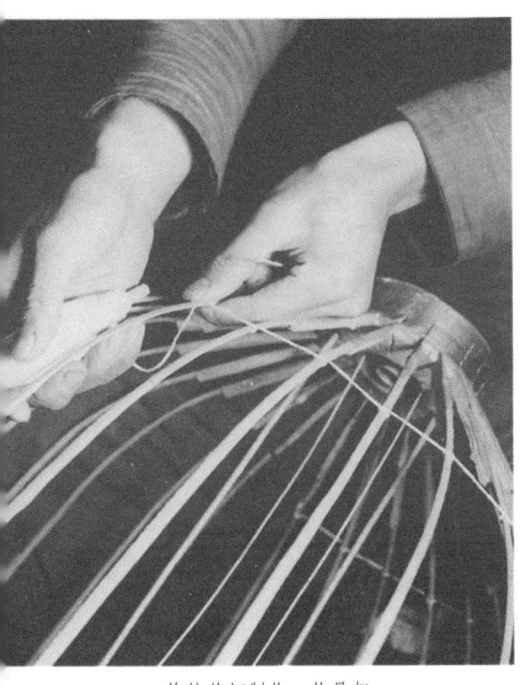

传统花灯制作，扎骨架

上世纪八十年代，年货市场上的灯笼售卖场景

103

上世纪七十年代，曹县外贸展销会

集中的区域。年集那天，我和钢叔一大清早起来，就赶紧来到了大街上，爷儿俩开始分头叫卖灯笼。我是第一次当小贩做买卖，还是独自一个人，眼前虽然人流如织，到底是有些腼腆。尽管钢叔事先已经对我有些叮嘱，教我怎么吆喝生意，但事到眼前，还是一下抹不开脸面，总不好意思大声吆喝，手上的灯笼销售速度自然也就比较慢。我开张还没有卖掉几个的时候，钢叔的那拢灯笼早已售罄。钢叔卖完以后，乐呵呵地来找我会合，爷儿俩一起吆喝，我马上就胆气壮了起来，很快便把灯笼全部卖了出去。那时候，各地还在执行严格的计划经济，小商小贩们的自由市场贸易尚未完全放开，严格来说，我们爷儿俩的这桩小买卖，还有点涉嫌"投机倒把"哪，所以，我们上街卖灯笼时多少还有些心虚，生怕工商找上门来。灯笼卖完以后，俺爷儿俩见好就收，在年集未到高潮的时候，我们就早早收了摊位。灯笼的收入虽然并没有多少，但我还是有一种说不出的成就

感，这可是我自己动手做的啊。况且，自力更生，丰衣足食，在那个物资匮乏的年月，这点钱还是能让一家人过上一个相对宽裕的舒心年。

这次钢叔带我做灯笼的经历，可以说是我平生的第一次手艺实践，夸张一点儿说，它培育了我热爱工艺事业的基础感情。后来读《论语·子罕》，孔子向学生述说自己诸项才艺的来由，是"吾少也贱，故多能鄙事"，至于圣先师所谓的"鄙事"，就是两千多年前许多关涉婚丧嫁娶的民俗之事，更加深了我对手艺的敬意，认真把它当作一门学问了。

而我和曹县雪花灯的故事并未就此完结。我参加工作之后，我们曹县工艺美术公司有位老工友为出口创汇，创新研制出了许多种雪花灯样式，有牌坊灯、宝塔灯、楼阁灯、马车灯、亭子灯、船灯、宫殿灯，也有各色的小动物造型。与传统纸灯不同的是，新型灯笼基本结构更新为木做的玻璃灯，这种改进不仅让花灯的样式更为新颖别致，品种也更加丰富多彩，在展销会上广受欢迎。灯笼也由一方手艺人糊口谋生的技艺，发展成为具有现代气息的特色工艺品。受到花灯创新产品的启发，我们公司曾经又尝试过将这种工艺与羽毛画工艺结合起来，制作电动小鸟。工友们先从电器厂寻来一种小型电机，再把用羽毛画工艺制作的小鸟连接到一起，固定到花灯的模型之中，通电之后，小鸟随着马达来回飞舞转动，孩子们看了样品之后都很喜爱。但遗憾的是，这项设计无法解决便携电源问题，也就没能投入批量生产。这是我所经历过我国工艺美术设计发展中早期的传承与创新。

我听父亲说，钢叔十五六岁时便已经在县里的侯集供销社正式参加工作，但是后来也是因为家庭成分的问题，"文革"时受牵连丢了工作，不得已才去拉起了地排车。因为有了这次年关做灯笼生意的成功经验，后来，我和钢叔又做起了江米团小买卖。照例地，我们会先考虑市场需求，了解工艺要求。香甜清脆的江米团，是先用大米过

2022年，看望钢婶吴桂珍一家

油爆成花，再蘸上糖稀，放在一个模具中做成团，在集市上是孩子们最喜爱的吃食之一。我们在家把江米团做好之后，拿在街边摆摊售卖，印象中这个买卖也不错，特别是赶上曹县大集时，销货很快。

而当年制作灯笼时剩下的一些油漆，钢叔也一直没舍得扔掉。当全社会逐渐开始恢复经济生产时，各个单位工程项目开始增多，钢叔看到时机就做起油漆工，奔波于一处处的建筑工地。上世纪八十年代，大多数人家的房屋用的都是木质门窗，新房、旧屋的门窗以及各色家具都需要翻新上一层油漆。钢叔没有"大项目"时，就到一些单位招揽小活，没几年工夫，他就用刷漆的手艺活经营出一个小油漆作坊，全家人也一度以此为生。

"文革"结束以后，国家"拨乱反正"，钢叔落实政策被分配到了城关供销社做业务员，重新当上吃国库粮的正式职工。钢叔的经历多，朋友多，见识广，能力强，很快成为单位的业务骨干，好多大事小情都要他来操办。有一年，供销社要采购一批缝纫机，派他去山西接洽，不料，返回途中在太行山区遭遇严重车祸，钢叔不幸罹难。那年，他年仅三十四岁。钢叔是我父辈中头脑最为活泛、行动能力最强、为大家庭奉献最多的一个人，真是天妒英才，使其英年早逝。钢叔的离去让全家长时间陷入深深的悲痛中，家里祖孙三代每个人都用自己的方式怀念着他。

　　我与钢叔感情格外好。在我正式到曹县工艺美术公司上班前，我读书之外的时间，一直跟着钢叔跑运输、学手艺，找各种活计讨生活。我们一起露宿野外，一起挤在大车店，共同用一个脸盆分享白面条。和钢叔相处的日子，他经常教导我诚实做人，为家庭尽责，要有长子长孙的样子。他是我的叔叔，也是我的师傅。钢叔走后，我一直珍藏着他的遗像，看到它，就会忆起我们爷儿俩曾经的过往。逢年过节回到老家，虽然早已物是人非，但亲朋故交相聚时，推杯换盏的恍惚间，钢叔笑吟吟的面庞有时也会浮现其间，恍惚间，爷儿俩目光相遇，我心底便生出无尽的暖意。

我在县城学手艺

上世纪七十年代中后期，国家对工艺美术类产品外贸出口需求增大，我们曹县成立了一家工艺美术公司。过去，当地并没有类似的企业，因为当地的手工艺行业较为发达，从业者也比较多，政府便在原化纤厂的基础上改制成立了曹县工艺美术公司。公司厂址设在县城北郊，一大片厂房车间之中耸立着一座三层高楼，在那个年代颇有些现代建筑的气息，与以平房建筑居主流的老县城形成鲜明醒目的对比。我就是在这里参加了工作，正式当上工人。

我高中毕业时，国家执行的是知识青年上山下乡政策，独生子女家庭的孩子不用下乡，多子女的家庭，父母身边只能留下一个孩子，其余的都要去"上山下乡"。当时，我姐姐就是因为这个政策下乡了，我的弟弟妹妹年龄尚小还在上学，父母就把我留在了身边，在县城就业，一开始是在城关派出所帮忙，后来正式进了曹县的工艺美术公司工作。

我每天骑自行车上下班，往返都要经过一条笔直的大道，名为菏商公路，顾名思义，是连通山东菏泽和河南商丘的一条交通要道。这条路是山东河南两省物资交流最为繁忙的路段。道路的两旁栽了两行杨树，若干年后我在学校图书馆看到十七世纪荷兰风景画大师霍贝玛的名作《并木林道》，顿时心生亲切之感。那画面上的地平线很低，天空极其开阔，田野和两排垂直的树木构

1976年留影　　　　　　　　　　　1978年，在南京绢花厂学习绢花工艺

　　成一种十字形的均衡感，正是我印象中的菏商大道的样貌，行进在高高直直整齐排列的树木间，能嗅到空气中弥散着泥土的芳香。那时正值青春年少，看到如画的风景，也引人遐思，留下了许多美好的回忆。

　　在工艺美术公司，工友们的年龄和我差不多，多是十几二十岁生龙活虎的小伙，正值热血沸腾的青春岁月，有着跟我相似的经历，也同样有着高涨的创业热情。由于先前有过抱负难以施展的工作经历，我对这份工作抱有很大的期待，心想在这个厂子里画画的爱好一定能派得上用场。直到进厂之后，才发现厂子主要是做羽毛画、绢花、镜框、相框之类工艺美术产品，和想象中的工厂情形有些差距。

　　上班第一天的工作，是拣羽毛，将各地收集来的各种羽毛做分门别类的处理。开始时心里很有些犯嘀咕，心想着咋要干这脏活呀！但是，既来之，则安之，只能硬着头皮干下去。拣羽毛属于清洗车间的工作，由有经验的师傅带着干，首先要进行颜色归类，把白颜色、灰颜色、黑颜色等不同花色的羽毛筛选出来之后，再进行漂洗处理。我逐渐才了解到拣洗只是羽毛画制作中的第一道工序，再往下走还有烘干、染色等步骤，最后交由熟练的工友根据设计师的绘图组装成羽

109

1978年元月，和绢花车间工友合影

毛画。他们把羽毛收拾好以后，制作出鸟、花、叶、山石、流水等部件，最终组合成一件完整的羽毛画成品。

初入工厂的几个月，我一直在清洗车间，心心念念的还是那个画画的梦想。不过，观念的转换总是在不经意间发生的，日复一日简单重复性的工作，并没有消磨掉我对于艺术之美的感知。相反，我逐渐从那些家禽以及孔雀、锦鸡、血雉等鸟类五颜六色的翎毛之中，感受到自然之物的奇妙美感，同时，也对设计出羽毛画的设计师产生了钦佩之情。在感受劳作乐趣的同时，我也从过去一门心思只想画画的状态，转向了对工艺创作的关注和憧憬。

由于入厂之前已有绘画基础，进厂之后的适应能力强，这些优势使我在工种调整时转入到组

1979年6月，设计制作的羽毛画作品

装车间。我在这里的主要工作，是学习制作花、鸟造型的羽毛画的零部件。

清洗染色后的羽毛需要经过翻卷塑形之后，才能进入组装环节。我们一开始是用烙铁卷羽毛，烙铁需要用炭烧热，这也算个技术活，其实，更多是靠经验的积累，温度高了容易烧煳羽毛，温度低了达不到定型效果，火候难以掌握。后来厂子里采购来了电烙铁，通电加热，用挡位控制温度，省工、省时、干净方便，这让我第一次感受到现代化工具的神奇实用。起初用电烙铁，还闹出了一次惊险"事故"。当时，厂里的电工和我们的年龄差不多，也是毛头小伙子，有一次电工误把烙铁火线接错了位置，试温时，我的手刚一触碰到烙铁，瞬间身体过电，骤然感觉自己像要从这个世界上消失一样，我晕了过去。工友们发现后，立即组织了一场七手八脚的惊心动魄的"大营救"。当我终于醒来时，见到大家都围过来正长舒一口气。如今想来，不免有点夸张搞笑了，当时可能并非真正触电，而是内心高度紧张的应激反应吧。那次"事故"之后，很长一段时间我看见电烙铁就

1979年，羽毛画作品《金鱼》

心生恐惧，生怕再次触电，直到现在我使用电器时还有一种莫名的恐惧感。

  我在这个组装车间工作了相当长时间。开始是钻研电烙铁工作的性能，试验不同温度条件下羽毛卷制的造型效果，之后便转入羽毛画设计制作环节。为了适应市场需要，设计人员要不停地开发新产品。羽毛花儿的类型有桃花、牡丹花、月季花、梅花、菊花，如何处理羽毛才能让花瓣更逼真？花蕊儿该怎样表现？鸟儿的姿态怎样才能更生动？这些都是设计制作过程中需要不断解决的大问题。当时能找到的参考素材，只有《芥子园》一类的画谱以及一些名画家的小画片，我们要努力从这些资料中去把握工艺绘画的造型语言。

  为了更好地在羽毛画造型技巧上获得突破，我慢慢对写生发生了兴趣。那时，各种鸟类的摄影照片极为罕见，要了解鸟儿的真实动态，实地观察是最直接有效的方法。我每日到工厂翻翻资料之后，便转移到户外去写生。我们厂区附近有一片小树林，那里是鸟儿的乐园，我常常拿着画夹隐身树下，紧盯着枝头嬉闹的鸟儿，手中的画笔飞速地追摹它们灵动回转的瞬间。每年牡丹（俗称：大花）花开的三四月间，我也会到牡丹园去观察和写生，从牡丹花苞初绽一直看到牡丹花瓣凋零，充分了解花期不同阶段花朵的呈色特征。上世纪七十年代末，各个单位的表彰大会、送新兵仪式等活动都流行戴"大红绢花"，每到冬天，绢花车间的大红花的产品订单量都格外多，有一年，我还被调到绢花车间担任车间主任，专门监制大红绢花，同样的大红花，我们制作的样子总能比同行的产品更有精气神。

我在这个工厂不同工种间兜兜转转，去过羽毛画、绢花、地毯、家具等多个组装车间，曾经跟过多位师傅，受益匪浅。上世纪七十年代的企业工人，普遍勤劳朴实，大家很珍惜自己的工作岗位，那时候形容工人经常用的一个词就叫"爱厂如家"。大家干的是计件活，接了任务单就要赶着完成。没有偷奸耍滑的，风气正。工作空当时我去请教，他们也都及时而耐心地给我讲解。当时很多工友师傅都是我学习的榜样，我从他们那里也学到很多手艺。他们专注而敬业的精神，正是今天人们所赞颂的工匠精神。我有时会想，如果当时他们像我一样走出曹县，走到外面的世界，今天一定会比我更优秀。

1979年，文化部、轻工部筹备全国工艺美术作品展，我们工厂也接到了作品征集通知。我当时已是工厂的设计员，自然承接了创新设计作品参展的任务。在这次活动中，我创作完成了平生第一件工艺美术作品——羽毛画《金鱼》摆件。

最初工艺美术厂的羽毛画主流产品是各种花卉和小鸟，有一天我突发奇想，是否可以做羽毛画金鱼？当时还没有人制作金鱼题材的羽毛画，我自己也还没有见过真的金鱼，只是在一个工艺美术品交易会上见过一件苏绣的金鱼作品，那绣出的金鱼非常生动，感觉就像是

1979年11月，和美术公司团支部同志合影

真的一样。在那之后对金鱼的那个印象便深深刻在脑海之中了。现在，我决定尝试一下。

拿定主意后，我先捏出了一个泥胎。可是，拿什么做鱼鳞呢？我四处找寻适合的材料，发现烟盒包装里的锡箔纸具有鱼鳞一样反光的效果。于是我收集来许多烟盒，剪出几百片小鱼鳞，一片片贴到泥胎上，再用灰色、白色的翎毛做出尾鳍、腹鳍、胸鳍、臀鳍的各种形态。最终，把画面固定于涂了一层清漆的玻璃板上，再另附一层羽毛水草图案的玻璃板，放置在桐木框中，组装成一件画面充满立体感的羽毛画摆件。画面上，是三尾虎头金鱼正围绕着一丛水草漫游嬉戏，看上去，视觉效果挺有新意。但很快就发现一个意外的状况，由于缺少实物参照，装框之后才知道金鱼鳞片方向都贴反了。最先提出这个问题的，是同车间的一位女工友，比我晚进厂一年，她自幼生长在海边，常常帮着母亲刮鱼鳞、做家务，对于鳞片的自然生长方向十分熟悉。这个问题被发现时，已经到了提交作品的时限，厂领导经过认真商讨后认为，用羽毛画做金鱼是题材创新，鳞片方向问题只是细节上的小瑕疵，不影响作品参展。

就这样，羽毛画《金鱼》摆件不仅代表我们工厂参加了山东省工艺美术设计创新评比展览会，还获得了到北京中国美术馆在"全国工艺美术创新展"上展出的机会。接到作品入选国展通知后，厂领导特意带着我和其他几名技术骨干去北京参观展览。初次到北京，可长了不少见识。在北京火车站第一次见到从一楼升二楼的自动电扶梯，新奇得像小孩一样，在等车的间隙，我和几个工友专门去上上下下走了好几次，现在听起来真的好笑。

自己的作品能在省里获奖、到北京参展，这对一个年轻人来说，无疑是极大的鼓舞和无上的光荣。从那时起，我慢慢地在心里真正喜欢上了工艺美术，也很享受通过某种工艺去完成一个工艺物件儿的过程，体会到一次次创造性思维的迭代让人内心不断生发出一种审美的愉悦感。虽然，这种体验难以言表，但是，它真切地驱动了通过艺术创作来追寻自我价值的人生信念。

《金鱼》这件作品成功之后，我成了厂里的技术能手，肩上的责任也渐渐重了起来，不仅要继续负责各个工艺车间的产品创新和生产监督，还要去厂里主办的职工培训班指导工友们画画，一时间忙得不亦乐乎。有一次，县里组织全县工人技术骨干大比武，公司派我参赛。比赛在县体育场的露天场地举行，参赛者要在球场中心现场展示各自的绝技。那天的观众很多，现场人山人海，把我们围了个水泄不通。我的参赛科目是现场作画，用水粉画一幅桂林山水。虽然赛前做了充分准备，之前也常在车间给工友们现场作范画，但此刻观众紧紧围了一大圈，有无数双眼睛盯着，我还是情不自禁地紧张起来，画笔握在手中竟然有点发抖，有几次险些从手中滑掉，事先准备好的步骤也乱了！幸而笔落在画布上之后，色调还算理想，紧张的心情便慢慢平复下来，恢复了平常作画的状态。最终完成的作品效果也还不错，

1980年8月，曹县美术公司国画车间欢送留念

获得了在场评委和观众鼓励的掌声。如今想起，那场比赛中紧张作画的场景仍历历在目，那种热烈的场面和紧张的心境，令我至今难忘。

我从小生活平顺，家教严格，又没有经历过多少风雨磨炼，因而在曹县工艺美术公司创作《金鱼》羽毛画和参加技工大比武竞赛，都成了十分难忘的回忆，它们让我意识到了山外有山、天外有天。

在曹县工艺美术公司的这段时光，我有过创作的体验，有过美好的爱情，有过未来的理想，也有过浪漫的生活追求，这里是我人生的一个重要起点。我真正理解艺术，走上工艺美术这条道，就是从这里开始的。我曾到菏泽跟随名家学画，到南京学习绒鸟制作，到广西桂林等地参加交易会，到北京参观工艺美术展览，看到了很多出色的工艺精品，对绘画以及工艺设计有了更加深刻的认识。如果没有这样的一个环境，没有那么多善良的工友无私帮助，我人生的起步阶段也许不会走得那么顺利。

绘画的功底让我有接触和学习设计的机会，对民艺的热爱成为我做好工艺品设计制作的重要基础。至今我仍怀念在工艺美术公司当学徒的经历，它让我更全面地认识工艺美术行业，了解传统工艺的生产，更培养了我对手工制作的情感。对民艺的热爱，在工作中得到应用，对民艺的爱好转化为自己一生的事业，让我看到了学习和研究民艺的意义和价值。

两进学习班

我在上世纪七十年代末参加工作，正值国家全面"拨乱反正"，开始实行改革开放的特殊历史时间点。当时，我国能够在国际市场上交易的产品种类十分有限，而扩大生产、提高效益又亟需大量外汇购买国外先进机器设备。国民经济各行业中，工艺美术产品百分之七十以上是外销产品，这个行业因此成了国家为数不多的几个出口换汇优势行业之一。在周恩来总理批示下，1973年国务院曾专门发文，要求各地重视和加强对工艺美术工作的领导，促进工艺美术生产和出口大幅度增长。这使整个七十年代工艺美术行业一直在逆风中成长，为国民经济发展换取了大量外汇。在这种形势下，菏泽地区以及所属县城都成立了一批工艺美术公司，组织生产，培训人才，全行业都有着高涨的创业热情。我的青春时代有幸赶上了一个工艺美术欣欣向荣的年代，工作和学习经历也打上了那段历史的印迹。

1978年，是中国历史上具有划时代意义的一年。这一年，发表了《实践是检验真理的唯一标准》，进行了"拨乱反正"，召开了党的十一届三中全会，开始了改革开放，国民经济复苏，全国各行各业都洋溢着复苏的新气象，这样欢欣鼓舞的时代氛围，恰似梦想照进现实，也降临到我的人生中。

那年春天，一批在"文革"中被打倒的"黑画家"恢复了身份和名誉，纷纷回到工作岗位。

1977 年留影　　　　　　　　1978 年，与同学王乐天合影

菏泽地区工艺美术公司当时的出口创汇产品主要是中国画和彩蛋，为了提升全地区技术骨干的绘画水平，特意邀请到几位画坛名家，举办了为期一个月的名家国画讲习班。通知下达到各县区，曹县工艺美术公司决定选派我和工友王乐天两人前去参加学习。听到这个意想不到的好消息，我喜出望外，来授课的大家名师，真是我们原来可望而不可即的。

进入工艺美术公司时虽然有一定的绘画功底，但手头的功夫终归是浅显的，缺乏系统的训练和学习。少年时虽然有培训班和文化馆学画的经历，但毕竟不是科班出身，出于对艺术的热爱，自己更是希望得到专业的学习和指导，幸运的是厂里提供了学习国画的机会。学习国画喜爱让我真正接触了绘画的技法和语言，有了后来搞艺术创造的造型基础。

讲习班授课地点在菏泽地区工艺美术公司，负责培训项目的是董伯固老师，参加培训的学员有三十多人，均来自各县的工艺美术公司，他们年龄跟我们相仿；授课老师是康师尧、俞致贞、王企华、王小古、郭志光等画坛名家。我们这群小年轻虽然并不十分了解老师们的来头，但都为他们高超的绘画技艺所深深折服。

康师尧老师是长安画派唯一的一位花鸟画画家。他早年在武昌

119

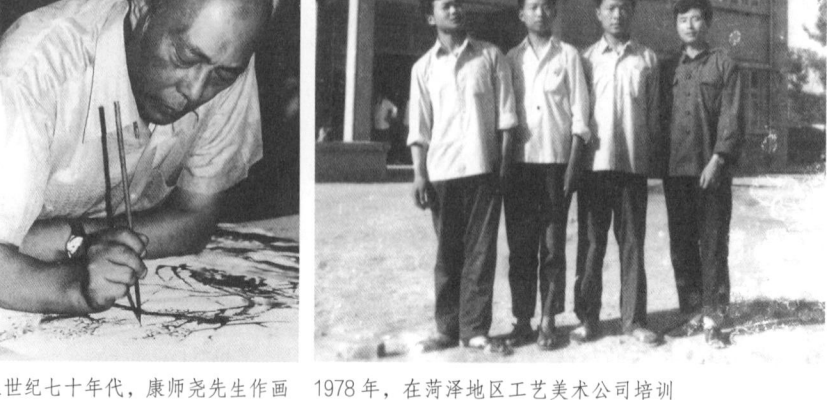

上世纪七十年代，康师尧先生作画　　1978年，在菏泽地区工艺美术公司培训班与画友合影

艺专学习，师从于王道平、唐一禾、张肇明等名家，一生追求花鸟画的创新，擅长画梅花、竹子，兼通花鸟鱼虫、瓜果蔬菜。解放后，康老师曾任中国美术家协会西安分会国画研究室主任，与石鲁、赵望云等著名画家朝夕相处，共同研习画艺。他为人很谦和、朴实，给我们上课时已经五十七岁，穿着件老式布衣，衣服上有一个大大的口袋，里面装着速写本。上课时，他先给我们讲述一段绘画观念、安排下作业之后，便从那大口袋中掏出画本，心无旁骛地画起来。康老师告诉我们，画画不能照搬古人，应该从形象上追求意境塑造和笔情墨趣，用不同的技法表现不同的对象，同时也要注意画面的统一感。他的示范画，画风自然、细腻，柔美清新，既有传统的意蕴，又有新鲜的生活气息。

菏泽地区工艺美术公司城墙外有一片果园，我们常跟随康师尧老师去那里写生。春天正值苹果树、梨树花开的季节，康老师就在繁花盛开的果树下给我们讲观察方法、运笔规律、笔墨技巧，为同学们改范画、题画款，墨香之中渗透进淡淡的花香。这种教学场景也如诗如画。康老师作的范画很多，他总是在不停地画画，除了吃饭和休息

上世纪七十年代,俞致贞先生作画(右为刘力上先生)

的时间,几乎一直在写生或创作。那时的广播报纸上经常宣传重返创作领域的艺术家文学家们的事迹,他们有一个共同点,就是抓紧一切时间努力工作,要把此前损失的时间补回来。受到康老师的感染,我们也都跟着像他那样夜以继日、时不我待地匍匐于画案,钻研绘画技法。康老师不仅给了我们一双观察物象之美的眼睛,也养成了随时随地积累绘画素材的习惯。临别之际,康老师赠送我们每位学员一幅他的作品,给我的是一幅梅花,还赠给我一幅字,"世上无难事,只要肯登攀",勉励我潜心习画。这幅字后来挂在我的设计室,并且成为我一生的座右铭。

康老师作画非常讲究技法,他勾花点叶的技法对我画写意花卉影响很大,看着康老师用色精彩又不失细腻的作品,更激励了我苦练画工的信念。康老师作为"长安画派"代表,用传统的手法表现物象,却能表达出新思想,表现出现代社会的特征,在他的影响下我的绘画也采用这种传统与现代相结合的表现方式,后来融合到自己的美术研究和教学里。

俞致贞老师是北京人,自幼习画,十九岁时拜师非阁门先生,专攻工笔花鸟画,后又得到钱桐、黄宾虹、张大千等名师指导,她的工笔花鸟创作被评价是继承了唐、五代至两宋院体工笔花鸟正宗传派,形成了一个新的高峰。新中国成立后,俞老师曾执教于中央美术学院、北京艺术师范学院、中央工艺美术学院。她的画作以真实细腻见长,形神兼备,清新隽永,精工富丽,富有文人意趣,被李可染称为"当代花鸟画的女状元"。给我们上课那年,俞老师已经六十三岁,人看上去略有些瘦弱,但精神头很好。当时,她刚刚在北京中央工艺美术学院主持完全国中国花鸟画教师培训班,便赶到菏泽来为我们授课。

俞老师教授的是工笔花鸟,示范时从白描进入,逐渐过渡到设色技法,她作画精描细抹,十分工整。俞老师说,画什么花要先认识它的生长规律,了解它的组织结构。她时常带学员去牡丹园现场授课,边画边讲,传授观察方法与写生技巧。印象最深的是,俞老师对景写生时用毛笔直接勾画稿,让我们这帮习惯描摹拷贝底稿的学员惊讶极了,佩服极了。那时汽车很少,自行车数量也不太多。我工作以后,

王小古赠画

父亲给我买了一辆旧自行车，用于载人载物和上下班通勤，我就是骑着它到菏泽学习的。一次培训班要去牡丹园写生，赶上公司的汽车外勤未归，公司领导便安排我骑自行车接送俞老师。俞老师人有些瘦小，路况又不好，为了能让俞老师坐得平稳舒服点，我特意找了块长布条在后座绑上一块座垫。在牡丹园，俞老师除了讲课就是专心作画，常常一画就是大半天。如今我每回到菏泽牡丹园，还时常会触景生情，想起俞老师带着我们写生授课的情形。菏泽牡丹园，不仅有我年轻时学画的足迹，也有恩师们在此作画的身影。俞老师曾为我画过一幅工笔牡丹小品，上面题写着"鲁生小友雅正"，成为我学习工笔画的珍贵回忆。

俞老师有着传统工笔画的扎实功底，更有着古典文学和艺术的积累，她会跳舞、演戏甚至还学过京剧和昆曲，翻阅老师的作品，这些艺术的体验都被她吸收到了绘画创作中，婀娜的花姿仿佛脱胎于灵动的舞姿。受俞老师的启发，我也在民间艺术中积累创作的素材与方法，尝试在年画、戏曲等艺术中寻求借鉴。"师古人，不如师造化"，俞老师把工笔写意与没骨法相结合，对工笔画法做了创新。在田野和自然里寻找灵感，以绘画表达生活的感受，这是俞老师工笔绘画的精妙之处。在老师的影响下，我也逐渐养成了观察生活，记录生活的习惯，尤其是民间的活动与物件，都成了我观察和收集的对象。

王小古老师是江苏灌云人，与俞老师年龄相当，人仗义，能喝酒，口才好，性格豪爽。王小古老师早年考入师范学校，学成后在家乡教书。后进入苏州艺专学习书画，山水花鸟兼善。教我们画画时，王小古老师是临沂教师进修学院的教授。在课堂上，他总是会用生动的语言和平易近人的方式教我们如何构图、怎样画写意花果。他作范画立意新巧，富有神韵，用色讲究，用墨大胆，用线独到，尤其是画牡丹、葡萄有独特的技法，堪称一绝。王小古老师说画葡萄如同葡萄的长成

1979年，菏泽地区工艺美术装裱培训班合影

过程，生时酸涩，熟时甘甜，这何尝不是艺术创作的历程。我现在所用的一些花卉技法，就是当年跟着王老师学习的，他启发我找到了宣纸的独特表现力。王小古老师常挂嘴边的一句话是"画不离手，曲不离口"，告诫我们不要手懒，一定要经常作画，切勿因为手生而丢掉手艺。有一次，王小古老师对范画的效果不满意，就直接撕掉了，我捡拾起来，重新拼凑着，仔细观察他的用笔用墨，获得了很多启发。

王老师不仅是我学画路上的一位良师，更是画牡丹的高手，为了画好牡丹曾"七下曹州"，吃住在花农家中，一时间在美术界流传。我们对于曹州牡丹有着共同的热爱，他爱画牡丹，一画牡丹便不知休，这种对画画的勤勉与坚持是我最钦佩的。王老师所画的花卉虫鸟皆从写生入手，

1979年7月，在菏泽地区美术公司培训班与同学合影

作品有着"应物象形"的意境，我现在所用的一些花卉技法就是当年跟着王老师学习，他启发我找到了宣纸的独特表现力。王老师画的牡丹既有寻常农家的淡雅自然，也有为国家重大项目创作的国色天香，他的画作多是诗书画印俱全，这种才情和意境也是最打动人的。跟着王老师学习的过程中，我开始尝试用材料表现艺术，丰富艺术的表现手法，寻找艺术的综合表达方式。

王企华老师是苏州人，比俞致贞老师还要年长三岁，其父是清朝举人，先祖父王武是清初的花鸟画家。他自幼习画，后求学于苏州美专。1935年赴日本留学，考入东京图案专门学校学习图案，1937年毕业回国，先后任教于安徽大学、山东师范学院和山东艺专，是山东工艺美术教育的拓荒人。王老师是一位非常温文尔雅的老师，他的画作以牡丹、梅花、竹、松、石为主画面，衬托以八哥、喜鹊、翡翠、黄鹂、锦鸡、蝴蝶、鸳鸯，十分富有生活趣味。他的牡丹画很有表现力，具有程式化的特点，有"山东牡丹王"的美誉。王老师主张，传统艺术讲究"诗中有画，画中有诗"，成功的花鸟画创作也要有诗的意境。他告诉我们，要想打好基础，既要多看、多画、多忆、多临、多作，还要增进修养，触类旁通。王老师画的范画，技法娴熟，结构严谨，装饰味浓，有一种富贵祥和的气象，适合工艺绘画的表现，影响了我此后工艺美术作品创作。

在王老师的指引下，我开始更注重在民间艺术中搜集素材，尝试把这些民间的元素运用到绘画里。对王老师的画作评价最确切和传神的应该是"笔底传春"，我想这个"春"不仅指春天，更是说他画作中表现的生机和力量。只有在生活中观察和发现美好事物，运用艺术的手法表达，才能创作出感人的作品。我也因此注意在绘画中融入情感，把绘画当作传递生命力，表现力量的媒介，在民间艺术里汲取能力，从艺术的表现转向情感的表达，渐渐摸索出自己的绘画风格。

郭志光老师生于山东潍坊书香世家，中学时期曾受教于著名画家徐培基、侯卓如。后攻读浙江美术学院中国画系花鸟专业，毕业后留校任教。求学期间潘天寿、吴茀之、诸乐三、陆抑非诸先生的教诲对他产生了深刻的影响。郭老师的创作追求"重气机，讲格调"，是他从浙江美院老师们身上用心体悟到的绘画境界。在他看来，"气"是气势、气魄；"机"是画家的掌控力，具有人文内涵；而格调是画家品德修养的自然流露。郭老师的作品追求潘天寿的雄浑博大，常以雄鹰、秃鹫、山猫、猫头鹰入画，具有冷峻挺拔的精神风骨。潘天寿的博大，吴茀之的豪放，诸乐三的浑厚，陆抑非的灵动，陆维钊的严谨，都被他吸收入自己笔下，创造出一种具有鲜明个性的

1979年，在菏泽赵楼写生牡丹

笔墨风格。郭老师给我们上课时已经从浙江美术学院调入山东工艺美校，是几位老师中最为年轻的一位，很有朝气。他的国画课讲得精彩，画得潇洒，所作的花鸟范画形象饱满且富有旺盛的生命力。不过，有点遗憾的是，当时因为郭老师还有其他工作任务的安排，他只给我们讲一天课就返回了济南。

越是短暂的接触，越能够引发我们学习的热情，郭老师的画作融合了南北风韵，加上常年的教学，在传统学派的基础上又有创新。郭老师的课上不仅为我们讲述了传统学派的工笔技艺，还一边范画一边讲解。印象最深的是郭老师画的鹰，泼墨的大写意画法可见他深厚的工笔功底，气势恢宏中又显示出时代的精神，有着强烈的生命精神和文化情怀。与其他几位老师的清新细腻不同，郭老师的画作有着极强的力量感，尤其是鹰的雄壮和眼神的犀利，非常具有震撼力。在工艺美术公司期间因为创作羽毛画的缘故，我经常到树林里观察飞鸟的姿态，动势，但郭老师笔下的鹰完全打破了我对鸟类的认知。他画中的那种气势与力度，是我之前绘画中不曾达到的，我也认识到自己在艺术表现方式上的欠缺。后来绘画中的用墨的技法和表达都受到了郭老师的影响，虽然我的花鸟画中花卉居多，但也意识到绘画要做到形神兼具，气势与力度都是绘画中不可缺少的。

这次名家讲习班虽然只有短短一个月，对我而言却是一段如饥似渴的学习经历。那时真想把老师讲的每一句话都印在心里、落在纸上，画出和老师范画一样精彩的作品。回到曹县工艺美术公司以后，虽然设计任务繁忙，我每天都坚持画画，从未间断。

直至今日，每当拿起画笔，内心就会感到快乐而充实。能有这样一段跟随名家学画的经历，不仅在绘画技能上有了系统学习的机会，是自己走向专业绘画道路的关键一步。从传统工笔的程式化的基本功练习，到尝试师法自然与造化，我开始在生活中感受和表现艺术。

绘画风格的养成绝非一日之功，跟随名师学画不仅在于学习他们的技法，我后来绘画中对材料的认识和利用都是在这一时期习得的。国画至今仍是我最常创作的方式，从国画写生到国瓷彩墨，从溯源的角度上看，一个月的国画学习影响了我后来几十年的艺术方向和创作风格。尤其是提笔再画牡丹，不仅是对这段学艺经历的回顾，更是以绘画的方式致敬前辈。在他们的影响下，我也更加重视在民间生活与民间艺术中汲取素材，寻求在绘画中实现传统与现代的融会，表现民间之美。

柳青先生在小说《创业史》中写过一段话，大意是说，人生的道路是漫长的，但关键处仅有几步，特别是当人年轻的时候。那些年似乎命运总是眷顾于我，见识到康师尧、俞致贞等名家高超绘画技艺的一年以后，我又有机会参加了一次工艺美术设计培训班。

1979年开春，菏泽地区二轻局响应党的十一届三中全会精神，举办了一个工艺美术设计培训班，为辖区各县工艺美术公司培训一批年轻设计员，服务于社会主义现代化建设新时期的生产需要。我得以有机会再一次来到菏泽学习。这个培训班为期三个月，授课的是丁庆平、王智、饶俊萱三位老师，均来自山东工艺美校，他们都是科班出身，接受过正规的专业教育，为我们讲述的内容也十分实用。我就是在这个班上学习了素描、彩画和图案设计三个科目，为日后的考学打下基础。

这次曹县工艺美术公司选派了我和王乐天、孟庆民三人前去学习，整个班有三十三个学生，均为菏泽地区各县工艺美术公司的设计员。培训班开课在一个牡丹花开的时节，地点还是菏泽地区工艺美术公司。老师们刚从大学毕业工作不久，个个意气风发，很快与学生打成了一片。

素描对我来说一直是个弱项。中学时学画主要是照猫画虎式地临摹国画、年画，在县工艺美术公司工作时，业务钻研的也都是国画。菏泽地区工艺美术公司的董伯固老师到我们工厂指导业务时，针对工艺绘画类产品存在的问题，曾经建议我们多练习素描，以便更准确地把握物象的形体比例关系。我特别高兴，这次培训班的第一门课程就是素描课。

授课的是刚从山东工艺美校毕业的王智老师。教室里条件简陋，没有规范的石膏静物模型，王老师便选了茶缸、草帽一类常见的生活物品充当静物，不知从哪里弄来一块素色的桌布做衬布，在靠墙的位置拼两张桌子布置了一下场景，便开始正式授课。最先学的是透视灭点以及明暗关系等基本原理，这些今天习以为常的知识点，那时对我们来说却十分陌生，听得似懂非懂。王老师做了概述理论之后，便开始在一张八开的素描纸上画范画，从起形构图到铺陈明暗关系，不到一个小时，一只摆放在桌上的茶缸便惟妙惟肖地浮现在画面上，同学们都很惊叹那只茶缸竟然在画面中心"立"得那么牢稳，觉得这种能把物体画出立体感来的画法很神奇，学习热情一下调动起来。在老师手把手地辅导下，每一幅习作都有令人欣喜的进步，到结课时大多数同学已掌握静物画的基本要领。

学了素描，才算真正学习了西方绘画的基础，绘画的功底不再局限于国画。在王老师的指导下，我开始建立起立体的思维方式，用线条和明暗关系表现空间中的物体。简单的线条就能勾勒出立体又逼真的物件，让人觉得新奇又激动，课下自己对着瓶瓶罐罐，练习了许多遍。起初明暗关系和阴影的处理总拿不准，每天上课都向老师求教，总算是慢慢得出了规律。素描是造型艺术的基本功，基本功越扎实，艺术作品的表现力就越强。在后来的绘画中，我更意识到造型是从感性认识开始的，有了对主体物的感觉和全面的理解，才能更好地表现主体物。素描的学习提升了自己的写实能力，对造型和审美的理解也更具体，这也成了我后来做设计的重要基础。

丁庆平老师教授的是水粉课，带我们画静物和风景。那时他刚从浙江美术学院毕业，人很严谨，造型能力强。水粉课是从静物写生开始的，最先也是如同素描课一样，画摆在桌子上的物品，只不过工具是从铅笔换成水粉笔。丁老师范画作得很多，色笔描摹的物象之上笼罩着一种饱满透明的气息。丁老师辅导时十分注重整个画面的严谨性，强调构图、透视、明暗、色彩之间的交织关系，以及"近实远虚""近大远小""近强远弱"的秩序规律。在经过一个阶段的色彩基础学习之后，丁老师便带我们到菏泽城郊外进行风景写生，通常是清晨出发，傍晚返回驻地。丁老师画油画，我们画水粉，休息时间，他常跟我们聊自己在浙美学画的经历，畅谈他的艺术理想和人生感悟。在丁老师辅导下，我在那时留下了一大摞菏泽城风景写生作品。

我在课上第一次获得了对于色彩的全面认识，尤其是丁老师对配色、用色的讲解，至今印象深刻。我当时习作写生的作品多用湿画法，色与色的湿接，形成了或含蓄或明快的画面效果，这是国画技法所没有的。正是在水粉课上，我开始注意到不同的纸张对画面效果影响，认识到纸张应该成为绘画的一部分。我开始尝试在不同材质的画纸上创作，在生活中搜集各种可能用来绘画和创作的材料。有了色彩知识的学习，不仅是写生时，自己在日常的生活中对色彩也更加敏感，水粉也成了我记录自然和生活的方法。

饶俊萱老师毕业于四川美术学院，工艺美术专业科班出身。在她的课上，我们第一次了解单独纹样、适合纹样、二方连续、四方连续这些图案学的基础概念，以及图案设计中应该遵循的平衡、对称、呼应、互补等形式美法则。饶老师授课非常注重规范性制图，借助工具画线条，分隔画面，填充色彩，有一套科学严谨的程序。饶老师也常带学生外出画写生稿，引导我们从大自然中选择构成意味的场景深入刻画。返回教室后，她会辅导大家在写生画稿基础上进行图案变化，提炼黑白稿单独纹样，然后进一步组合上成色稿的二方连续图案，整个过程缜密严谨、一丝不苟。我过去做羽毛画，有构图的基本功，再加上有工具的助力，设计出来的黑白双色拼贴画，效果跟机器印刷的一样。能完成这样的课程作业，让我很有学习的成就感。

在饶老师的课上我认识到，图案它不等同于绘画，它有自身的界定，需要依附于一定的载体。图案课上我掌握了图案的构成法则，更重要在于，认识到图案来源的多样性。人类生活是最丰富的图案资料库，既有几何图案也有图案元素的交织和组合。我开始在民间美术和传统建筑中发现图案元素，对民间艺术的研究也变得更有针对性。图案设计的学习，培养了我逻辑思维的能力，虽然未达到"静观默察，烂熟于心，凝神结想，一挥而就"的境界，但在后来的创作中也开始尝试，把自己的情感与性格转化成工艺美术设计的个性。经过图案课程的训练，我感受到设计的魅力与秩序感，开始尝试专业的平面设计。从想象的构图，到有技术和理论的支撑，我从艺术性的表达，转向设计性的创造，也是从那时起，有了对民间艺术素材转化的意识和想法。

菏泽工艺美术设计培训班的学习时间是三个月。那时，我们还未曾有过机会面对外面的大世界，因而对知识的渴求十分强烈。几位年轻的老师跟大家吃住在一起，课堂上总是倾囊相授，师生间的氛围和谐而融洽，全班上下与那个时代同样具有一种朝气蓬勃的全新气象。为了弥补专业知识的短板，大家常常在教室钻研技法至深夜，有时也会结合自己厂的生产需要画出创作草图一起探讨。通过这次培训班，我不仅在造型基本功方面获得很大提升，也加深了对于工艺美术行业的情感。这次造型与设计基础的培训，影响了我艺术的发展，是我走向艺术设计道路的真正的起点。我对于民间艺术和传统工艺有了专业的认识，发现了民间生活中色彩与图案的丰富内容，更加坚定了民艺研究的信心，更期待把民间的东西通过设计转化成现代的设计，为当下的生活服务。

20世纪70年代菏泽东方红大街

蜡杆家具的温暖

曹县工艺美术公司和博兴工艺美术厂，是我国比较早把蜡杆做成家具并开始外销的厂家。蜡杆家具，类似于南方的竹藤家具，它与桐木家具一样是鲁西南地区的特色家具品类。早在上世纪七十年代末，我在曹县工艺美术公司当设计员时，曾设计过条桌、沙发、椅子、橱柜等多款蜡杆家具。这种木料不像槐木、梨木那样硬挺，蜡杆的韧性强，去皮后色泽微黄如同象牙，质地细密，尤其是长时间使用后可以分泌出一定的蜡质，产生包浆似的效果，有一种光滑如玉的触感。居家陈列中倘若有件蜡杆家具，会给整个房间增添一种温馨怡人的感觉。

白蜡树，是生长于北方地区常见的一种落叶乔木，它对于环境适应性较强，十分适宜在黄河故道的砂质弱盐碱性土壤中种植，是我们家乡的经济树种之一。曹县城乡道路两侧，常植有很多成行的白蜡树用于防风固土。它的树干高大挺拔，可达数米。夏日里，白蜡树新枝上长满一丛丛羽毛状的对生叶片，聚拢成圆球形，宛若一顶顶高擎的华盖。白蜡树堪称是一种浑身是宝的树木，农民在树上投放蜡虫，得到的白蜡既可入药，又是制作蜡烛的重要原料。它的树皮，在中药材中称作"秦皮"，可以清热燥湿、清肝明目。白蜡树的小时候，三至四年的幼树时期，就是蜡杆。

因为蜡杆的材质坚韧顺滑，又比较能经得住潮湿的环境，应用十分广泛，可以做农具，比如

1998年，曹县的木工作坊　　　　　　　　　　1998年，曹县的木工作坊

锤把、锹柄，麦收时节扬场用的杈子，还可以用在编织器物的提梁等生活用具上，也能做一些体育用品，例如练武用的器械，比如武侠电影中少林武僧所使的刚柔并济、力敌千钧的八卦棍。事实上，在古代，白蜡杆就是一种兵器材料，如长枪的枪身、斧头等冷兵器的手柄等。

1979年春天，受曹县工艺美术公司委派，我去广西桂林参加全国旅游纪念品交易会，在那里看到不少小型竹藤家具很受外商欢迎，由竹藤联想到家乡的白蜡杆，萌生了设计开发蜡杆家具新产品的想法。当时，我们厂子已经在做蜡杆家具，但产品类型比较传统，也比较单一，与十分活跃的市场需求有距离，因此我们亟需往多元化方向发展。同一时期，山东博兴县工艺美术厂研制成功了一些蜡木家具，并且在广交会打开了销路。听说这一消息后，我们也很受鼓舞，工厂很快就决定进行设计和研发。

蜡杆家具的制作，要经过选材、造料、软化、弯曲整形、风干、刨削砂光、结构、装配等多个环节。

选材要选用头尾粗细均匀、色调一致的蜡杆，以保证成品的成色。容易生虫是我们研制蜡木家具遇到的第一个需要解决的问题。当时，全厂上下都一起想办法，我们厂的王景恩书记，也和大家一起四处打

去皮晾晒的"蜡杆"

听处理蜡木材料的方法。后来，有人蒸煮消毒，我们就定制了一口大锅，试验高温蒸煮蜡木，结果发现蒸煮不仅可以煮死白蜡虫，还有一个意外收获，就是煮过的蜡木更易弯曲塑形，可谓一举两得。

就这样，我们在蒸煮过程中，尝试着利用蜡杆的不同曲度，研制出沙发弯儿、椅子弯儿、靠背等多种形态和样式。蜡杆家具是手工性很强的家具，但是，要面向市场，就必须考虑批量生产的问题。为了应对大批量生产的压力，我们开始着手制作各种家具部件的模具。模具用于塑形环节，将蒸熟的蜡木放入特定的模具，可制成环形、弓形、斜形和异形等部件，再进行烘干定型，最后装配组合。当时蜡木家具在国内外市场都处于设计创新的起步阶段，蜡木家具的销量尚未可知，研制开发模具开了工厂设计创新的先河，工厂的规模和产量在探索中逐步发展起来，后来逐渐发展到生产书架、屏风、沙发、安乐椅、衣架、条几、凳子等常见的家具品类。

蜡杆特有的韧性，使其具有曲线造型的优势，不同于其他材质的家具，它更易于制成形态特别轻盈典雅的家具。我最初设计蜡木家具，着重考虑的是展现结构形体，后来关注到设计与艺术的结合。凡是工艺美术产品的生产，都受到材料和工艺的制约，如何把两者巧妙融合，是设计师必须面对的问题。

蜡杆屏风就是我对材料和工艺融合的一次尝试，蜡杆做成边框，

1998年，调研曹县桐杨木工艺产业

屏风的遮挡使用草编设计制作，两种看似毫无关联的工艺融合到一起。整个屏风所用材料既自然又环保，将草编的自然与蜡木的雅致融为一体，这样的设计创新即使放在今天也是应该倡导的一种理念。

功夫不负有心人，1979年年底，我们厂设计制作的蜡杆屏风产品，在山东省二轻厅主办的"山东省工艺美术创新设计展览"中，荣获了一项二等奖、两项三等奖。

而在离开工厂去省城读书之前，我新设计的一套蜡木家具产品正在车间打样制作，可惜的是，我上学走时匆忙，没有见到最后成型的产品效果。

设计蜡木家具是我从事产品设计的一次难忘经历。从车间工人到设计员，我在不断转变思路的同时，研发与创新的意识也得到激发，这个经历提升了我的设计理念，初步认识到工艺设计的社会价值与意义。作为工艺设计员要充分考虑到材料、工艺、市场、消费等多种因素，要具有市场预判性和风险意识，要兼顾设计产品实践、生产、流通的全过程。而在做蜡杆家具设计的过程中，我也清楚地意识到了艺术与设计的区别、工艺美术的本质；领会到设计工作要关注到社会生产及生活实践等方方面面的因素，才能做出更适合大众和市场的设计产品。

  遥望当年，那座小小的工艺美术厂，设计员寥寥无几，设计条件很艰苦，设备和技术都是从无到有，一点点发展起来。但也正是那有限的条件与切身的体验，使这段记忆格外珍贵且清晰，以至于在山东省工艺美术学校读书期间，我对蜡木家具设计的热情也没有消减，课余时间继续做着蜡杆家具相关研究。1984年12月，我在学报上发表了一篇文章《简谈蜡木家具》，从蜡木材质特性、蜡木家具制作工艺特点谈到蜡木家具造物原理等多个方面，介绍了我设计蜡木家具的经验与思考。理论的研究使我对工艺与原理认识更为全面，依据蜡杆加工手法的特殊性，材质独有可塑性和表现力，把环保、自然、具有亲和力作为设计蜡木家具的原则，带有对蜡木家具生产设计更深入的认识。如今看来，蜡杆家具的造物观念不仅限于就材加工、量才为用，更重要的在于它对生活的观照，它对家的温暖营造，在触感与视觉效果上的感染力与亲切感，是其他材质家具不可替代的。

  换言之，蜡杆家具是有温度的，它总能瞬间带我回到那段与工友一起探讨手艺、钻研创造的日子，唤我重温自己对工艺创新的最初热忱。

泡桐棺木东渡记

近年来，曹县可谓火出了圈，"全国最大的演出服产业集群""全国最大的汉服生产基地""全国唯一的中国木制品跨境电商产业带"等桂冠加身，配合着互联网上不断爆出调侃意味的"北上广深曹""宇宙中心曹县"之类的梗，让这座原本低调的古老县城仿佛一夜之间"火"了起来。

其实，就我对曹县几十年来的产业发展情况的了解，它突然大火爆红，并非一朝一夕之功，这背后有着多年的资源积淀和完整的产业链支撑。就拿在网络上炒得火爆的泡桐棺木来说，网友们戏谑它："垄断了日本百分之九十的曹县棺材"，"承包了日本人最后一程的体面"。没错，如今在日本销售的棺木，九成是曹县生产出口的，但是，自从上世纪九十年代中期我们就在曹县制作出第一口出口日本的棺木，持续发展至今，这项产业已经在此扎根深耕近三十年。曹县棺木因其价格和质量的优势赢得市场，加上厂家能依据日本客户的需要提供差异化的私人订制服

曹县大集镇云龙木雕对日出口棺木生产车间

上世纪九十年代，陪同南京艺术学院专家在曹县调研桐木工艺

务，曹县棺木的市场地位更加稳固。随着棺木产业的发展，曹县对日本出口产品的种类逐渐扩大到整个丧葬产业。每次回故乡，看到以制作桐木棺材为业的人们忙忙碌碌的身影，不禁心生感慨，当初为设计首款出口棺木与日本客商沟通交涉的情形，犹在眼前。

曹县之所以能够抓住棺木市场的发展机遇，自有天赐良机，更有其相当硬核的实力做基础——这离不开当地的泡桐这种物产资源，也离不开当地的传统民间木作技艺的传承和影响。

曹县地处黄河故道，土地沙化严重，处处是盐碱地，每到冬天更是黄沙漫天，寸步难行，而泡桐是为数不多适合在盐碱地生长的树种之一。曹县的西邻，是焦裕禄同志曾经主政的河南兰考县，当年的焦裕禄书记为了治理黄土风沙，努力推广种植此树木，曹县也深受启示和影响，种植

139

了大量泡桐以防风固土。泡桐树的叶片大，树冠也大，生长周期短，成材快，栽下一棵小树苗用不了几年就长得亭亭如盖。我从小就很喜欢这种树，春天它开出一串串紫色的喇叭花，还散发出沁人心脾的清香，我少儿时期幼稚的画作里，画过不少的紫色泡桐花。泡桐的木质轻、软，非常适宜做古筝、二胡等传统乐器，而且，它的透气性好、不易变形，从前鲁西南老百姓家家户户都拿这种泡桐木料做风箱。日本人此前对这种木料也有所了解和应用。据说，侵华战争之前日本人就对泡桐木料的特性和产地分布做过系统研究，多采用这种木质材料来做日本和服以及精密仪器的包装器具。早在上世纪七十年代，曹县所产泡桐木就在县里出口贸易中占较大比重，其中的部分，就是出口到日本用于棺木加工制作。到上世纪八九十年代，日本的人口老龄化现象日趋严重，日本国内的劳动力成本也在不断提高，这使其国内以劳动力为主的一些制作加工产业不得不开始向其他国家转移，其中就包括棺木制作。而曹县除了是泡桐的重要产地，还是中国最大的桐木加工生产基地，曹县民间木制品的制作历史，可

棺木瞻仰窗设计

棺木设计方案探讨

工人师傅制作棺木雕花　　　　　棺木纹饰设计细节

　　以追溯到明代末年，在木艺制作的各个工艺环节中，尤其擅木雕。因此，合适的木材、精湛的雕工，让"曹县制作"在这个出人意料的市场上悄然崛起。

　　1994年，华侨客商马先生联系曹县有关领导洽谈合作桐木棺材生意。马先生的老家是曹县，早年他曾经留学日本，后来主要经营中美日之间的国际贸易。他们正是从曹县桐木出口贸易中看到商机，追溯到原产地，寻求当地木器工艺厂制作棺木直接出口日本。

　　我在曹县工艺美术公司有位工友叫李志轩。当时，我是设计员，他是木工师傅，我们曾经合作研发桐木和白蜡杆家具。我设计产品方案图的时候，总是尽可能地兼顾材料特性和造型效果，琢磨怎么更适合后续的加工制作成品，当时木工组的工友们都喜欢跟我合作做事。1987年，李志轩在曹县成立了一家木艺公司，叫作曹县柳木工艺厂，主要生产木艺家具、小型饰品和包装制品。当时在县政府任职的沙副县长接到马先生的棺木合作邀请后，了解到日本人对棺材加工有十分苛刻的工艺标准，第一时间邀请我去主持棺木设计项目。我那时正在南京艺术学院读博，其间也正做些民间丧葬文化的研究，意识到棺木是事关生命终极关怀的一件重要器具，接到这个邀请后便毫不犹豫地

141

设计定型的棺木

应了下来。

　　我和李志轩初次与日方的合作洽谈地点,是在曹县磐石宾馆。马先生带来了日本的客商代表,沙副县长对这项合作十分重视,全程陪同我们与日方开展谈判。日方提出日式棺材的工艺,完全由对方垄断掌控,他们出于工艺保密考虑,初次合作不仅不愿意将日本棺木制作的技术向我们开放,还提出了十分苛刻的工艺条件要求。起初,他们仅提供了一套棺木实物照片,告知基本尺寸,让我们照图仿制。我国民间的棺材制作多用柏木等硬木材料,传统工艺结构样式与之有很大区别,最初做出来的样品不能满足日方客户要求。为探明日本棺木制作工艺的秘辛,我们进行了多轮艰苦谈判,最终日方答应协助解决棺木工艺制作的部分配件。

　　日式棺木的形制,与我国唐代以来的棺材形制相似,为六面体方形构造。但是,与我国不同的是,日式棺木要在遗体上方位置开一片透明双扇瞻仰窗,用于遗体告别仪式时亲友瞻仰遗容。日本是个对丧葬文化特别重视的国家,有部获过奥斯卡最佳外语片的电影《入殓师》,去年也在国内影院上映了,特别受到年轻观众的追捧,这部电影讲一个年轻人做入殓师前后的精神变化,由他对这项工作的态度转变,进而引发了他生活和观念的深刻改变,变得善待生死、珍惜生活了，用今天的网络语汇说，这个让人感觉"精神治愈"的故事，今年的中国金鸡百花电影节上，这部电影的主角还获得了观众最喜爱的外国男演员奖，这部电影算是成功地向世界普及了一次日本丧葬文化。有网友还从电影里截图出来有曹县棺材的剧照。日本人的认知观念，不忌讳棺木，反而对棺木的要求很多，有些人还健在时就郑重其事地订制好棺木，甚至还要亲自试用一下。对于他们来说，素洁、典雅、高档的棺木，不仅是死后的归宿，还是干净、体面的人生最后告别。日本的习俗，是棺木要在遗体入殓后一同入炉焚化，焚化后不能留有残存物。这就要求棺木制作各环节的用材和工艺的严格，日本人选中泡桐木做棺材，最看重的便是它的木质轻、易燃烧。

在研究了日本现代丧葬文化后，我们就设计出了棺木上方以及四个侧面图案稿。上层平面是龙凤呈祥图案，两侧是对称的凤凰穿牡丹纹样，前后两头小面选用了牡丹图样，这些都是中日民众普遍接受的富贵吉祥图案。当时，我带领学生王承利、唐家祥根据设计小稿进行了初期放样试制，接着请张连生、单德林对放样稿进行细节的深化处理。在最初的设计思路中，只考虑到用凤穿牡丹显得富贵吉祥；后来又考虑到棺木主人有男有女，便增加了男女均适用的龙凤呈祥雕花装饰。直到今天，龙凤呈祥图案仍是曹县出口棺木中使用的主流纹饰，原封不动地延续了下来。

设计方案确定后，样板雕刻成了又一个亟需解决的难题。曹县也有许多雕花的师傅，但他们擅长的是硬木雕花。桐木质软，刻刀下去之后开口处容易带出毛刺，影响刀口的平整度。在张连生、单德林的介绍下，我们找到了擅长雕花的江苏泰州国营木艺厂联合进行技术攻关。雕花车间师傅是副厂长戴平，在他带领下，全雕花车间十几个工人忙活了一个月，赶制出了一套桐棺木雕花版样品。运回曹县组装为成品后，大家仍然觉得雕花面的花纹精细度还是不够理想。为了攻

上世纪九十年代，珠峰木艺有限公司的雕刻车间

克这一难题，我们又邀请戴平师傅带着他的雕花团队来曹县，驻厂试制花版。经历一次次失败之后，有一位师傅终于想出对策，改良了刻刀刃口，改变木质含水量，同时研究刀刻技法，终于刻制出平整圆润的木雕图案。

棺木样品组装完成，大家总算松了一口气。我们将样品先从曹县送到商丘，又从商丘托运到上海，再经客商转运给日本客户。对方提出修改意见后，我们反复修整后再次将样品托运到日本。这期间，我们多次赶赴上海与日本客户面对面沟通，如此来来回回好多次，最终，制作出的棺木达到日本客户的要求标准，通过青岛外贸公司做成了曹县第一批棺木生意订单。

此后，源源不断的棺木订单，给曹县的桐木加工业带来了良好的发展势态。1996年，李志轩的工厂也扩大规模，更名为珠峰木艺有限公司，由家庭式作坊发展为一家乡镇企业。加工桐木板材的企业多了起来，我们山东工艺美术学院也在工厂建立了教学实践基地，联合开发桐木、白蜡杆制品，先后有学生来驻厂实习。印象中，这个厂应该是我们学校正式挂牌的第一个教学实习基地。

1995年，山东省科技厅推出"星火计划"，扶持农村重点行业科技进步、农业产业化和乡镇企业的可持续发展。获知这一信息后，我马上想到，家乡的桐木、白蜡杆制品，可以通过科技创新和设计创新，来提高产品附加值，况且，当时已经初具规模的棺木生产行业还有进一步提升的空间。我们联合珠峰木艺有限公司申请了桐木白蜡杆制品科技攻坚项目。不久，在山东省科技厅支持下，我们动员师生力量进驻珠峰木艺，开展了桐木白蜡杆制品等一系列设计研发。

有了"星火计划"的支持，我们改良了桐木棺材的生产工艺，扩充了雕花图案样式，通过抛光等方式，进一步改进了棺面的圆润度，内饰选用了高端织物裹衬，不仅新增了一批棺木产品款式，也很好地提升了产品的品质。在棺木产品之外，我们还联合开发了桐木红酒包装、陈设架及蜡木屏风、晾衣架、茶几、座椅、硬面沙发等小型出口类的白蜡杆家具，采用几何形装饰图案，样式新颖现代，受到了海内外客户的广泛欢迎。在"星火计划"项目验收评比中，我们的项目还获得了二等奖。现在看来，"星火计划"在推动桐木产业规模化发展，曹县棺木产业化、集群化发展，带动大量中小型商品产业链的建立与完善的过程中，起到了推波助澜的重要助力作用。如今的桐木加工的棺木产业已经成为曹县的支柱性产业之一。

多年来，我曾主持过很多国家级的重大设计项目，曹县棺木设计项目是为帮助乡亲们做的一个小项目，却是我最为欣慰的设计成果之一。因为这个项目，促成了一个乡村特色产业的发展，造福了一方父老乡亲，让我亲眼见证了家乡从典型的农耕时代小县城转为制造业强县的发轫和发展历程。

如今，曹县棺木的业绩传奇在互联网上广为传播着，曹县生产的棺木误差已严格限制在二毫米以内，为了节能环保，曹县人还把生产棺木的实木改造为空心桐木，优化物流的同时实现产业结构升级，但我们三十年前设计的棺木方案仍在沿用,对此,稍有欣慰之余,也略有遗憾。遗憾的是,多数人只看到它的神奇业绩,而少有人能了解这产业发轫之初的艰难起步,所以,记下这段很少提及的经历,为后来人提供一面可资借鉴的镜子。

把传统木雕手艺和遍地生长的泡桐木组合做成棺木,来满足日本人对"身后事"的多样化需求,何尝不是曹县人民的一种智慧创造呢。三十多年间,从个人作坊到日本人离不开的棺木产业,设计创新发挥了关键作用。从"星火计划"时期的设计尝试,到如今曹县棺木走向世界的规模化发展,传统工艺得到了传承,设计改变了家乡老百姓的生活面貌。棺木产业的发展保护和传承了家乡的传统工艺资源,从传统木作的雕琢到产业化的加工,生产的规模在变化,但手艺人对生命的敬畏,传统手工艺带来的温暖是不变的。棺木的设计与规制反映着丧俗文化,丧俗是人生礼仪重要组成部分,棺木的设计不仅是对生命体面的关照,还表达着人们对生与死这样一个重要过渡环节的重视。正直而达观地对待生命的逝去,认真地表达人情的关怀和敬意,用生者的怀念与祝愿去照亮通往另一世界的道路,我想这正是家乡老百姓在制作棺木时心中的感念吧。家乡人民不安于现状,勇敢创造的积极态度,加上辛勤与智慧的坚持带来了曹县棺木产业的走红,更深深启发着在异乡打拼的游子,让我们更爱家乡,在脚踏实地干好事业的同时,也不忘热爱生活。

自上世纪九十年代我就开始研究人生礼仪,特别是丧俗文化,它是被工业文明抛弃的中国人的人生礼仪,我坚信越是现代化传统文化就越可贵。人生三步,出生,成人,故去。目前日本进口中国的棺木、墓碑,这是我们的传统,欧洲人订制我们的纸扎手艺,也是中国传统祭祀文化的当代转化,美国人能接受烧冥币祭祀自己的祖先,认同玉皇大帝的保佑,这或许意味着我们的传统被别人接受,我们有什么理由丢弃自己的传统呢。

桃源花供走着看

由于在县里工艺美术公司工作的关系，自觉不自觉地换了一种审美态度，对我原先习以为常的民俗民艺现象，产生了另外一种视角的认识，过去只是看看热闹，现在则有意无意地关注和观察起它们的门道儿来。也是因为工作的原因，到别处出过几次差，参加交易会之类的活动，和其他省市的同行偶然闲聊起来，逐渐意识到我们曹县很有一些特别的民间宝藏，在全国都是独一无二的。

比如，有"天下第一供"之誉的桃源花供。

地处黄河故道的曹县桃源集，旧俗正月初七为火神节，有轰轰烈烈的春节花供习俗，给火神爷做生，人们要举行隆重的祭祀仪式，纪念远古时期人类发明"钻木取火"的祖先燧人氏与火神祝融，祈求风调雨顺、五谷丰登。桃源花供历史悠久，在明清时期就已盛行，至于缘起何时何事，有花供老艺人讲，古时候，有一年的正月初七夜

上世纪九十年代，正月初七曹县桃源花供场景

2019年，正月初六桃源镇制作花供

里，北风呼啸，桃源突然起了一场大火灾，连烧三天三夜，损失惨重，人们赶紧摆上供烧上香，虔诚祝祷。由此，渐成习俗。

每年农历正月初七，火神节，即是花供会，又称花供节，家家户户要烧香摆供。过去，穷苦人家拿不出鸡、鱼、肉等实物供品，便用面捏蒸成鸡、鸭、鱼、猪头等仿生面塑代之，后来又发展成用白萝卜刻成香瓜圣果、亭台楼宇等艺术品，种类也由原来单纯的鸡、鱼、肉发展为水果、蔬菜、花草及戏剧人物、瑞禽珍兽等等，其形象逼真，生动传神，五彩缤纷，由此桃源面塑便获得"花供"的美称，祭祀形式也从各家各户自行摆设，逐渐演变为全村共同筹办，由村里统一组织人员雕刻、捏塑、摆放，成为具有当时特色的庙会民俗，现在更是发展成为一场民间传统雕塑工艺品展览盛会，不仅周边的十里八乡的人们纷纷涌来，外省邻县的游客也络绎不绝，一时间车水马龙、人山人海，仿佛一年一度的民间面塑艺术嘉年华。

桃源集有"面塑之乡"的美誉，全村六千多人口，上至八十岁的老妪，下至十几岁的孩子，几乎人人都会捏塑花供，花供会除了常规的一年一办，还有"三年一大办"的讲究，花样品类也不断翻新，成为一处闻名全国的民俗盛景。

2019年，
正月初七花供游行（抬花供）

2019年，桃源花供摆供

    花供的传统塑法有多种，有生面塑，不需蒸煮；有熟面施以彩绘；也有用面、萝卜、水果、羽毛、麦秆、高粱秸等其他材料制作的。它不同于一般的花塑和面塑的是，在制作时间上，它具有一项独特的强制规定——正月初七的花供必须是正月初六做的！

    正月初六当晚，各街各户的能工巧匠带着制作花供的原材料和制作工具，聚集在一家院落，各施所长，挑灯夜战，在限定时间内匆忙赶制，自然有些别具一格的粗犷风格，带着率意、自由，随性发挥的创造性。这些花供从人物鸟兽、花卉果蔬，到房屋建筑，无所不有；祭祀对象也有天地诸神、祖先亡灵及民间俗神，不一而足。如今的桃源集花供，是一张桌面浓缩着天地万物，花供是统统摆在桌上的，从前却是另有许多桌子上摆不下的落地大物件。老人们讲，早先的祭天地鬼神，要"白马祭天，青牛祭地"，是用大型花供的，如青牛、白马、黄龙等。那制作的手艺也是时间匆忙里十分用心尽意的。艺人们先用草扎成骨架，用豆面塑成外形，再用棉花粘在上面，谓之白马；用草木灰染棉花粘上，即谓青牛；黄龙也是先用草扎成骨架，糊上生豆面后，用西瓜子贴在外层做鳞，用贝壳粉和槐米一起煮熟后，滤出渣滓，掺糖稀刷上，即成黄龙。这类大体积的花供祭品，一般用于庙

曹县桃源花供祭品局部

会祭典中。而如今的曹县桃源集花供面塑,则多以桌案排供,且从单纯祭典演化为民间社火活动,面塑造型也在先前的祭礼诸神灵,尽心娱神的基础上兼备娱人的功能,还有艺人们暗自的技艺比武,不断开发出新题材新花样,也大大增强了花供的观赏性,例如用软面做成的戏曲人物,造型多样、丰富生动,有刘关张桃园结义、寿星梅花鹿、穆桂英挂帅、孙悟空三打白骨精等等。

正月初七这天的桃源集,人们还要请戏班子演唱以示庆贺,一般唱祭火神的"神戏",整个桃源集充满了节日气氛。

桃源集镇上有七条街,每年一街轮台主持,主持街不办花供,只准备供桌、搭棚、扎彩。通常的花供节流程是:初六下午,各街带人员前去朝台,悬挂火神像,烧香,磕头。晚上,家家户户张灯结彩，备好蜡烛、颜料、鞭炮以及制作花供的各种工具和材料，人们各自施展自己的手艺，捏制各种各样的面花，供奉神灵，以保佑在新的一年里，能有好的收成。初七一大早，人们再行朝拜，以街巷或家族为单元，集中到土地祠或街首，将各家精心制作、雕刻捏塑好的神话故事、戏曲人物、花卉、果品、动物等样式的供品，集中摆放到八仙桌上，桌子的两旁绑上两根长竹竿，或轿状，或四人抬，或八人、十人抬。至初七的午时，由家族的长辈主持，族中青壮男子抬起摆满花供的供桌，列队游街串巷，送往供棚。这游街串巷供沿途人群祭奉观赏的过程，即俗话说的："桃源花供走着看。"

此刻，便是每年桃源花供盛会的高潮场面，数十上百的青壮年手捧肩扛，绵延的花供列队前往供奉彩棚，沿路不断有路炮手在前边以鞭炮开道，锣鼓喧天，吹拉弹唱，人声鼎沸，声闻于天，成千上万的路人前呼后拥，形成一场声势浩大的嘉年华，博出"天下第一供"的名声。

其实，正月初七，全国各地都有各种各样的习俗讲究，无非是年节之中做一个朴素的祈愿表达，在曹县及相邻县的部分地方，这天还有一个特殊习俗：人们早晨要吃饺子，叫作"捏老鼠嘴"；晚上不能点灯，据说是让老鼠娶媳妇。总之，是不让老鼠出来祸害粮食的寓意。老鼠算是百害而无一利，但在那个"老鼠娶亲"里，十分拟人的戏剧化场景，充满民间艺术特有的诙谐幽默，这也流露出民间百姓对待自然万物的平和、通达与包容的态度了。

桃源集花供，是一种民间工艺品，也是一件心愿道具，寄托着人们祈求风调雨顺、五谷丰登、人丁兴旺、消灾祛病的良善愿望，当一件件色彩鲜丽的花供品以敬神为目的被制作出来，融入祭祀社火的狂欢之中，即呈现出天地人和的节庆气象，以及黄河故土上跃动的生命情感。

手捏江米人

曹县的民俗活动，每到年节的时候特别多，我印象里很有一些红火热烈的年俗活动，像是一场场盛大的全民狂欢。到了正月里，在热闹非凡的花供游行中，除了那些让人眼花缭乱的花供，孩子们更喜欢跟着形态各异、色彩鲜亮的江米人跑个不停，这些花花绿绿的小面人，除了供给神仙们面前做做样子，之后，就是孩子们的心爱玩具啦。

曹县的江米人是江米捏成的一种当地特产面人，因为糯米当地俗称"江米"，就有了这"江米人"的叫法。曹县俗谚"散走的赶不上推车的，推车的赶不上担担的"。在曹县农闲时节，游走大江南北的民间艺人中，叫卖江米人的占了多数。当地流传："肩上放上扁担货，走遍九州不挨饿"，"一根扁担两条绳，走遍天涯不受穷"，说明手捏江米人是曹县手工艺人的一项重要的副业收入。直至今天，曹县青岗镇、桃源镇、安蔡楼镇等地仍有江米人师傅走街串巷，街头卖艺。

曹县江米人

曹县手捏江米人与胶东"花饽饽"、冠县郎庄面花都是流传于山东地区的特色面塑技艺。江米人的与众不同之处，是在曹县这片戏曲沃土中，面人造型艺术自然地吸收了戏曲艺术元素，成为戏曲文化传播的载体，丰富的戏曲人物形象使其成为民众喜闻乐见的艺术形式。曹县各地江米人手艺，因地域和传承谱系不同而存在明显的差异，在题材、手法及造型方面，保持了鲜明的当地特色。

江米人制作流程看似简单，但要做出彩则考验着艺人的经验与制作水平。

制作材料的妥当准备，是后续制作工序的基础，更是捏制与展示效果的保证。兑面是江米人制作的第一步，取江米面与小麦面按1∶2的比例混合均匀。烫面过程讲究火候，将调配好的江米粉倒入煮沸的锅中，并以竹板搅拌均匀，摊成圆饼状，盖以锅盖"焖锅"至熟。盘面环节，要用手反复挤压揉搓烫面团至软硬适中，弹性与韧性合适。兑色时，依据捏制江米人所需颜色对面团进行等分，再依次加入粉末状颜料，揉搓至色彩均匀。

江米人的制作，既是力气活又是技术活，需要手和胳膊同时发力。比如盘面时，盘面对揉搓的方向、力度、次序、力道都有相应的要求。江米人制作题材取材于生活，有神话人物、戏文故事、花卉果蔬、祥瑞禽兽等多种类型，造型样式极为丰富多彩。曹县多习武之人，练家子们的"武把式"姿态，也常被民间艺人做成江米人，在庙会或集市出售，很受孩子的欢迎。

曹县江米人制作与传承的历史已有近百年。至于江米人的来历，还是离不开我们黄泛区的生息艰难，江米人老艺人讲，黄河流域多有灾祸横生，为祈求风调雨顺，要经常杀猪宰羊，祭祀天地神明，后来慢慢演变成用面捏制成猪羊等家畜的样貌，当作供品，并且又增加瓜果蔬菜模样的蒸馍，涂上各种漂亮的颜色，江米人就这样由家畜供品，

曹县江米人戏曲人物形象（从左至右：穆桂英、关公、山大王、花荣）

扩展为桃李瓜果、花鸟鱼虫等多种造型，成了一项流传广泛、传承有序的民间手艺。

在技艺传承与变迁的过程中，江米人的主要题材与用途也逐步发生变化。不同历史阶段，江米人的主要功能与应用场景有所差异，祭祀供品的基础功能之外，更增添了教化娱乐的功用，形式与内容呈现出时代性元素。装饰工艺品的发展趋向是传统工艺现代化转变的一大标志，作为地方性传统工艺，江米人成为地方艺术与文化的艺术展现形态，在今天继续发挥着影响作用。

每年正月初七举行的桃源镇"花供会"，是江米人艺人展示技艺的重要舞台。江米人与桃源花供一样，也是庙会的祭祀供品，它和桃源花供一起见证着独特的民俗传承，承载着当地民众的信仰和对火神的崇拜。花供会上，供品摆放极为讲究，江米人往往被摆放于第三排做装饰使用，有八仙过海、桃园结义、穆桂英挂帅、岳飞抗金、唐僧取经等多种人物形象，色彩鲜艳、姿态生动，好不热闹。这些以祭祀为目的的江米人，通过表现神话故事、民间传说传播民间信俗文化，传递出民间社会秉持的惩恶扬善的朴素伦理观念。"花供会"祭祀仪

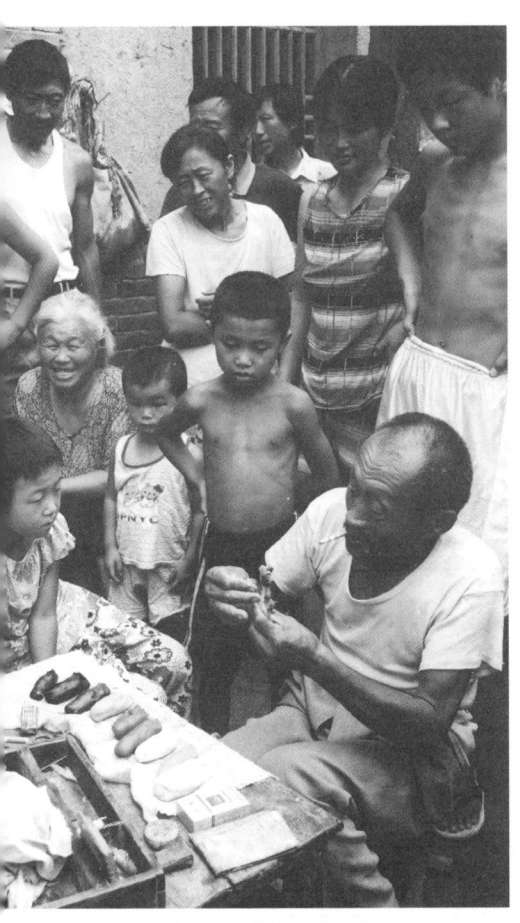

2008年，曹县江米人老艺人王锡金捏制江米人

式结束后，大多数造型别致的供品被分给观礼现场的孩子们。因此，江米人从花供会上的装饰物，摇身一变，成了儿童玩具，也可谓是有一份走下神坛回归寻常生活的传奇履历了。

  游方艺人制作的江米人多为"签举"样式，形制较小而且底部多有插杆，儿童把玩携带十分方便。艺人们每到一村，平底锣一敲，总能吸引村里的妇女儿童簇拥围观，他们在捏制过程中绘声绘色地讲述着面人的称谓、故事、兵器配饰等信息，是招徕自家生意，也是传播民间知识。孩子们通过江米人形象了解历史与传统，在娱乐玩耍中潜移默化地形成了明辨是非善恶的伦理观念。精彩生动的历史故事与人物形象深受孩子们的欢迎，江米人手艺人行云流水的技艺，更让他们感受到了艺术创造的魅力。对于艺人来说，只要孩子们喜欢，担着货担跑江湖的辛苦与波折，仿佛就在手捏、揉搓面团时烟消云散，信手拈来的关公、张飞更是活灵活现。艺人们高超的技艺不仅展现在捏制面人的一招一式里，更体现在制作精良、机关巧妙的工具箱里。他们的工具箱都好像百宝箱，

2019年8月，调研曹县江米人工艺

上层为一盒盒的工具，底部设有夹层用来装钱，从外部不易被发觉，用力强推也难以打开，卖艺换来的收益藏在设计精巧的机关里。

　　上世纪五十年代以后，曹县江米人作为装饰陈设用的工艺品，逐步流入城市并对外流通，尤其是在旅游产业发展兴盛的改革开放时期，江米人更是成为富有特色的旅游产品、工艺品。面对越来越广阔的市场，作为装饰工艺品的江米人在题材和种类上也更趋丰富，祥瑞动物、神话传说故事、小说历史故事、儒道释人物、戏文故事人物、市井风情，无不涵盖其中。当时有江米人曾流传到河南商丘、开封，江苏徐州、沛县一带；甚至扩展到东北三省。到上世纪九十年代，艺人跑江湖的范围不断扩大，在江苏等省份捏制销售江米人，成套订货的情况也时有发生，江米人成功销往新加坡，曹县"土耍儿"由此走向世界。每当在中国民艺馆为学生及访客介绍这一家乡的手艺，想到艺人制作时对戏曲故事、传说人物的再现，心中不觉生出一种自豪与敬意。

江米人工艺传承发展的过程中，江米人由祭祀天地的供品演变成游艺玩具、装饰工艺品，江米人的功能随着生活方式与娱乐方式的变化而发生转变，成为孩子们爱不释手的玩意儿，从神话传说到现实题材的转变更是一方水土发展变化的见证。

手捏江米人最初寄托着祭祀的愿望，作为道德与习俗的载体，是人们向善心理与造物艺术的表达。当一排排江米人以形态各异、色彩绚丽的形态为着祭祀的目的捏制而成，在盛大的民俗典礼之中，展现出造物与民俗的互动，人类情感与艺术表达的互通。巴掌大小的江米人，成为传统工艺逐渐走进生活的乡间风物，已经成为展现曹县风土文化与艺术特色的工艺装饰品和儿童娱乐产品，它展现了艺术构思与生活愿望的结合，更显示出艺术源于生活的本元性。

曹县江米人戏曲人物形象

别样风物相糖模

如果说桃源花供，是绽放在黄河故土上生命狂欢的一种表现形式，那么，另一种家乡风物的"相糖"和制作它的模具，则是展示着这片土地的民众更加乐观与豁达的生死观念：既有生之喜悦，也有死之圆满。这样精工细作、香甜美味，红白事皆可用的风物，在全国各地也十分独特，因之，相糖模也比较早地出现在我的民艺收藏单中。

相糖，是鲁西南地区特有的一种以白砂糖为原料，其制作成狮子、柱子、塔、牌坊、丞相等形象的大大小小成系列的祭祀用品，主要分布于菏泽曹县、单县等地。孔子《论语·为政》教导弟子们孝敬父母："生，事之以礼；死，葬之以礼，祭之以礼。"意思是说，父母健在时，要按礼节侍奉；父母离世后，要按礼安葬、按礼祭祀。我们老家紧邻孔孟之乡，是很讲究儒家孝顺思想的地区，人们对长辈都比较孝敬，当地老人去世后，有入殓、报丧、吊丧、发引、出殡、谢丧、圆坟等一系列的传统丧葬祭祀活动，其中有一样祭祀

曹县相糖

上世纪九十年代，曹县老城卖相糖的作坊

必备供品，便是相糖。

相糖之"相"，取自古代朝廷里的"丞相"之意，因为丞相是侍奉王的，塑造两个丞相侍者形象作为供品，是代表子孙们侍奉逝者的美好愿望。牌坊具有纪念功德功名的意义，狮子守护家园，冥柱往往是盘龙柱，具有铭记之意。丞相形象多是执拂尘的侍者，既用以突出逝者身份地位尊贵，也寓指后代子孙仕途风顺。相糖之所以用白砂糖做原料制成，做祭祀供奉之用的同时，还用以预示子孙后人未来的甜美生活，因此，它用作供品时，又叫"糖人供"。

祭祀供奉的相糖，按照时间节点，有不同用法。一般老人过世后，有三天、三七、五七、一百天、一年、三年等用量之别，以"三年供"的相糖数量最多。菏泽地区丧葬习俗中的"三年供"，其隆重程度不比出殡场面逊色，相糖在这时用得也最多。相糖的外形素雅，糖块呈半透明的白色，尤其在刚刚成形时，更显晶莹剔透。在纷扰繁杂的人来人往的传统丧葬场面中，通体素白、润泽如玉的相糖，就显得对小孩子们格外有吸引力。相糖用于祭祀时的情景，是和供果、供菜等一起摆放在供桌上，通常，这时候家族中的晚辈孩子们要陪在灵棚旁边，

曹县老相糖模　　　　　　　　曹县祭祀供奉时用的相糖

俗称"跪棚",待有祭奠的客人来在供桌前行过礼后离去,供桌上的相糖便分给孩子们。待有下一批客人来之前,主事的人会在供桌上重新摆放一些相糖,孩子们也就继续有所期待。抢相糖吃,是那时候孩子们的一种乐趣。

相糖并非仅用于上述场合,人生红白两件大事,相糖参加白事,也参与红事。制成大红、粉红等喜庆的颜色的相糖,还少量用于老人祝寿、结婚志喜和春节期间的祭祀。用于祝寿的相糖,造型多为寿桃、佛手、十二生肖、石榴等;用于婚嫁喜庆,寓意甜蜜幸福、白头偕老。有一种双面相糖,一面刻有"福如东海,寿比南山",另一面是"天赐良缘,百年好合",既可用于祝寿,也可用于婚嫁。通常祝寿用的寿桃相糖,多用红色点染,更显喜庆,但也有相糖表面涂施蓝色,鲜艳亮丽。明代李时珍所著《本草纲目·卷三十三·石蜜》曾记载有一种"造兽糖",制作方法是"以白糖煎化,模印成人物、狮象之形者为飨糖",十分类似于相糖。

注塑相糖的模具,有的人家有八九件一小套的,有的人家有三四十件一大套的,每件其大小体量,高约五六寸到八九寸不等,多是用梨木雕刻。拥有相糖模的人家,根据亲疏远近,对不同的婚丧活动相应组成不同件套使用。而没有相糖模的人家,则会自己带着白糖等用料,登门到有模具的人家,请对方给自家倒塑一桌。一桌,是相

曹县相糖模制作工具

曹县相糖模轮廓谱样

糖的造型应用单位，分为五件、七件或九件造型的为一桌。

倒塑相糖时，先将模具用清水泡湿，以便注塑成形的相糖脱模；再将模具扣好放在长凳上，模具下大上小，注意模型图案的方向，让图形底座在上边，若注塑过程中有需要修补，可从上边伸进木铲操作。接着，将糖料加水化浆，细火慢熬，至适宜浆状即可注入模具，待冷却成形，拆模即成。

相糖模一般多用梨木（为与花梨相区分，当地称其"家梨木"）制作，梨木纹理细腻，软硬适中，既便于细致雕刻和相糖成形，又持久耐用。也有的用杨木，但木质较软。制作相糖模时先下料做大形，将木头按不同模子的形状做成长宽厚薄适中的方形木板或圆柱形。如牌坊模子为方形，狮子、塔、丞相、寿桃的模子为圆形。

相糖模的制作，需要耐心、经验、技术兼备。制作相糖模时先取中线。将选好的木头按照需要做成模子的形状，锯为长宽厚尺度适中的木块。在锯好的木块上取中线。取中线的方法是：左手拿尺确定出一定的长度，在木块顶面左右两边，以确定出的长度

曹县相糖模雕刻工具

为准，分别画两条小短线；如果两条小短线不重合，那么两线之间的中点，就是木块顶面厚度的中心，此法能快速目测出中点，是艺人在长期实践中得出的经验；而如果两条小短线重合，那么重合之处即是中心。这种自创的方法简便快捷，相差无几。然后，以同样方法在木块顶面再取一点，两点确定一条直线，用笔画好，顶面的中线就画好了。底面的中线则借助镜子画上去。先把镜子放置在桌子上，在镜子上放一把有一定厚度的尺子，将顶面画出的中线沿尺子放在镜子上，中线和尺子不重合而是露出尺子的边缘，以便从镜子中可以看到画好的中线，利用镜子的反光，睁一只眼闭一只眼目测画出木块底面的中线。这种找中线的方法，可以避免木块的不规则而带来的剖面不平整。

制作方形模子时，沿画好的中线将木块纵向锯成两等份，将其中一份的上面刻线做记号，使组成模具的各个部分便于寻找、组合，以方便日后的雕刻、使用，然后，将这两等份再分别竖向分成两等份、四等份。

圆形模子是将木块等分为四或六等份，甚至更多。圆形模子平分的等份越多，成形后的相糖立体感越强，造型越饱满。而且，熬糖灌满模子后掰开取出相糖时不影响造型完整性，且易取出。如牌坊模、塔模平分成六等份，丞相模、狮子模由四等份组成。

曹县老艺人陈炳魁制作相糖模场景

　　木料下好后准备画花样轮廓，即上墨线。轮廓谱样是用硬纸板做成，画样子时，用纸板样做粉本放在木板上沿外轮廓描绘。由于模具是立体的，在一块木板上画好正面后，还要在等分后的其他木板描画相糖立体型的背面，在木板底部画相糖的侧面。有一点需要注意的是，在复制花样过程中，谱样的底线必须与木板的底线相重合，而谱样的顶部与木板的顶部之间必须留出一定的空间，这样相糖模雕刻成形后，正面背面等几部分拼合起来才形成一个底部开口，中空、顶部堵实的圆洞形的空模。另外，相糖的造型一般底部较大，顶部略小，因而模子的底部开口也较大，这样即使相糖制作时由底部注入熬好的糖汁，糖汁也不会从顶部流出，底大顶小也使相糖在供奉摆放时更牢稳。

　　外轮廓样子画好后，将木板放入清水中浸泡大约一天时间，然后取出制坯。制坯时将木块放在出坯凳上，顶在出坯凳上固定的长方形木块上，用打木槌敲击圆刀，沿着画好的外轮廓线依次刻开。打木槌一般采用较硬的木质材料制成，如枣木等，把手为圆形，前宽后窄如梯形。出坯凳以前就是木工用的长凳，有的艺人自制的出坯凳是用钢筋焊接的三条腿圆凳，重量较大且较稳定。制坯就是根据画好的外轮廓墨线，用木槌敲击圆刀凹刻出相糖立体型的一半或一部分；雕刻时在外轮廓墨线内侧勿紧靠边缘处下刀，以便为以后修改和刻画细节留有余地，刻的深度则要依据相糖立体的凹凸，并参照画好的底部和侧面墨线，但亦不宜太深。这正如木工艺人的准则，即"长木匠，短铁匠"。另外，浅刻对相糖制作的使用者来说，相对小的厚度有利于从模中取出，也节省原料，自然，这样的造型也就不甚饱满。因为相糖做祭祀供奉用品，对背面要求不大，但比较重视正面形象的细致刻画。

制坯完成后根据画好的样子先进行粗雕。在已经制成的坯上，主要用圆刀、弧形刀、平刀、反口圆刀等工具，大体刻出所要雕刻对象的外形。其中，圆刀主要用于刻去多余的部分；平刀用来深刻。刀具根据大小、弧度、功能不同分为多种类型，同一类型的刀具又分为多种型号。在雕刻过程中，根据造型的需要和雕刻的方便灵活使用，并不固定。因为还要进行修光，粗雕只需刻出大体外形，不必进行细致加工，但是，须准确把握造型的起伏、位置、大小等，以便于下面进一步刻画。

粗雕完成后，根据相糖造型及木材纹理走向，将粗雕后的表面修整光滑，即修光。这一过程主要使用反口圆刀，反口圆刀与圆刀的区别是：反口圆刀的刀刃在外，而圆刀的刀刃在里。反口圆刀主要用于相糖模凹进底面的修整；斜刀用于侧面的修整。修光必须做到模子的表面光滑，因为模子雕刻成形后就不再进行表面处理。

修光后，用铅笔在处理光滑的表面画出相糖的细节，这时较前面的大样要精细、完整。这些细致的花纹不像先前描绘外部轮廓时有谱样，完全靠艺人的想象来处理，直接用笔描绘，要做到意在笔先。细节部分画好后，再用斜刀、凿刀进行细致雕刻，如人物的眼、眉、手、衣纹，以及牌坊的瓦片、文字、装饰，狮子的面部等。在雕刻过程中要不时用刷子将刻出的木屑及时清扫，以便于雕刻。这一步从造型的角度讲是最出彩的环节，各种层次、细节都在此呈现出来，相糖成形后也更耐看。

这样整个一套活儿下来，一套完整的相糖模就成形了。

制作相糖的工具，除了常用的木工工具如锯、刨、尺、轨等之外，还要使用各种型号的刀具，如圆刀，刀刃为圆弧形，刀刃在里，刀身为凹槽状，主要用于剔除多余的部分；反口圆刀，形状与圆刀相似，刀刃为圆弧形，但刀刃在外，刀身也呈凹槽状，主要用于修光；平刀，刀刃是直的，刀身平直有一定厚度，主要用于深刻；弧形刀，刀刃为弧形，刀身平直有一定厚度用来雕刻有一定弯曲弧度的位置；斜刀，刀刃有一定斜度，刀身平直有一定厚度；尖刀，刀刃细尖，刀身平直有一定厚度，主要用于细部刻画，如人物或动物眼睛的刻画。这些刀具都有各种大小不同的型号。

仅从制作工具的繁杂多样，即可体会相糖模雕刻艺人劳作的不易。我曾经访问过一位优秀的曹县相糖模雕刻老艺人，他叫陈炳魁，家里世代从事木雕工艺，他已是第六代。陈炳魁老人的父亲，是技艺出类拔萃的相糖模雕刻艺人，民国时期曾成立"文光

曹县相糖模艺人陈炳魁

宝塔形的相糖模子

雕刻社",带有十几个徒弟。他从小跟着父亲耳濡目染,十一二岁便会简单的雕刻,十九岁时即能木雕制作,承接一定的订单,但只做副业。后来退休赋闲在家,才专门从事木雕制作,上世纪八十年代成立曹县雕刻社,现有一个徒弟。陈炳魁老人的木雕制作有月饼模、神龛、印章,以及相糖模等,他的相糖模的题材十分广泛,包括十二生肖、八仙、鸡、鱼、马、羊、寿桃、石榴、佛手、牌坊、塔、烛台等样式,栩栩如生,意趣天成,质朴的造型之中,留存着儒家孝道传统的庄重气息,令人赞叹。

在家乡过重阳

前两年我回曹县参加了一次以孝善敬老为主题的重阳节活动,给乡村里的老人们送扁食、送戏曲,场面热闹欢庆。看到民俗民艺这样热烈隆重地回到人们的现实生活中,不禁感慨思忖:传统民俗节日对于我们时代生活应有怎样的作用和意义。

在民间,重阳节与除夕、清明、盂兰节,是中国传统的四大祭祖节日。重阳的源头,最早可追溯到先秦之前,据《吕氏春秋·季秋纪》记载:"(九月)命家宰,农事备收,举五种之要。藏帝籍之收于神仓,祗敬必饬。""是日也,大飨帝,尝牺牲,告备于天子。"当时是用秋九月的农作物的丰收,来祭飨答谢天帝与祖先的恩德的活动。汉中叶以后的儒家阴阳观,有六阴九阳,农历九月初九,二九相重,九是阳数,称为"重九",亦叫"重阳",各地不同风俗的祭祖与敬老的活动很多,甚至日本、韩国等周边国家在这一天也有类似习俗,近年来,我们国家正式确定此日为

上世纪九十年代,菏泽民俗活动拍摄现场

上世纪七十年代，曹县北关行政村表演的"二鬼摔"　　上世纪七十年代，曹县"舞龙"表演场景　　上世纪七十年代，曹县小车子舞

老年节。

如今，我们的节日越来越多，越来越红火，主要原因是人民群众的物质生活水平不断提高，精神文化追求进一步提升，节日不只是物质消费的"假日"，而是回归"节日"的文化本质，凸显了文化自信、文化认同、文化记忆的内涵。因为节日不仅是生活节奏的划分，划分了时序节点，也区分了日常生活和神圣时刻，是日常生活的一种升华；节日，不仅是历史的延续、传统的继承、集体的凝聚，还是一种精神文化的纽带，我们在庆祝活动中不断铸牢民族共同体意识，也是实现当代生活文化的荟萃和发展，将手工技艺、服饰、歌舞等融入其中，形成文化传承与创造的生活基础。

对于我们民艺工作者来说，推广我们的传统节日是一种使命。一是发挥传统节日的认同价值和凝聚作用。中国的节日凝结着中华民族的民族情感和文化血脉，承载着中国人的国家统一、民族团结、社会和谐等根本追求，是共享的文化传统，我们要在节日活动中丰富和发展精神家园，铸牢中华民族共同体意识。二是增强生活的获得感和幸福感。节日在于分享传统带来的快乐和幸福，中国的传统节日不是购物节，不是消费节，是有着时间顺序、人生意义、人伦情感关系的节日。我们要发挥好节日所蕴含的民间文艺的精神文化意义，以欢愉

上世纪八十年代,曹县庙会竹马舞场景

的审美体验、愉快的节日仪式增进文化的、心理的获得感和幸福感。三是传承优秀的文化传统和精神力量。传统节日活动中包含家庭幸福、敬老孝亲、团结互助、勤劳友善的价值观念,是人格建构、道德建设的重要力量,我们要作为文化建设的组成部分加以传承和发展。

正如眼前这重阳节,"九九重阳"的"九九"与长长久久的"久久"同音,包含的是生命长久、健康长寿的美好愿望,是弘扬中华民族传统美德的文化节日。我的家乡重阳节这一天有吃扁食的习俗,要把第一碗扁食给家中的老人吃,表达敬老孝亲的感情。不少地方,重阳庙会上,还有给家里老人、长辈买过冬衣物的传统。"老吾老以及人之老",重阳节对于弘扬中华民族优秀传统文化、凝聚民族精神,会起到积极的推动作用。

现在,孩子们都会背诵唐诗,"独在异乡为异客,每逢佳节倍思亲",王维写在重阳节的诗

169

曹县木雕生产企业　　　　　　　　曹县柳编生产企业

句千古流传，乡愁是永恒的共鸣。从中也可见节日文化的精神力量。传承发展好我们的节日文化，从根本上说，还要推动传统节日在新时代生活中落地生根，深入挖掘和阐发中华优秀传统文化的时代价值，提炼精神标识、文化精髓，通过创造性转化和创新性发展，将其转化为人们的精神追求和行为习惯，让中华民族最基本的文化基因与当代文化相适应、与现代社会相协调。这要求我们：一是运用发散性思维谋求文化创新，通过全方位、多角度、多结构的思考，将传统节日中富有当代意义、具有永恒价值的文化要素和文化形式传承转化为当代文化。二是对那些至今仍有积极价值的节日内涵和习俗加以发展，赋予新的时代内涵和现代表达形式，激活其生命力、影响力和感召力，使中华传统节日的内涵为新时代中国社会发展服务，积极探索中华优秀传统文化介入新时代社会生活的可行路径。比如，在节日文化中，不仅有人的活动，还有物的载体，关注节日文化传承发展的落地落实，还要落实到各类民间文艺的创作发展。以传统手工艺为例，对于发展基础良好、具有较好传承与生产基础并有望拓宽发展空间的品类，可促进"创新链"建设，引导传统工艺产品在研创、生产、销售、服务等方面系统化发展，增强传统工艺相关产业延展性，服务于节日文化，所谓"国风有形"，要使节日的文化内涵落实为可见可感的审美与文

化体验。与此同时，可以看到，从当代生活方式出发，在当今特色旅游发展的新场域下，大量的现代文化元素与产业元素注入民族传统节日之中，在当地逐渐形成了以民族传统节日为核心的现代旅游产业链条与现代化产业集群。

发展好我们的文化传统，包括发挥好生产性、活态性的文化资源优势，吸引现代产业以传统节日为核心而产生聚集效应，形成具有竞争力的现代化产业集群，大有可为。

岁岁重阳，今又重阳。

2020年1月，调研菏泽定陶区柳子剧团观看柳子戏

辑三 乡曲韵致

心里有了念想，精神有了起伏，嗓子便痒，于是家乡的人们就把唱戏作为抒发情感的一种方式。结婚时唱戏，生孩子时唱戏，老人祝寿时唱戏，祭奠父母也唱戏，节日喜庆请民间戏班，更是人们讲究排场气势的天然良机。

菏泽是个"戏窝子"

爷爷奶奶喜欢听戏，父亲母亲也是戏迷，平日里，茶余饭后，在家总能听到这里那里响起一些戏曲唱段，有时是大喇叭或收音机里的声音传出来，有时是家里人自己干着活或踱着步哼唱出来，比如奶奶织着布、父亲下了班，反正在我印象里，家里的大人个个都会听能唱。流行在家乡的地方戏的各种唱腔，处处回旋笼罩在这片土地上，如同百姓日常生活的背景音乐，它们烘托着人们日常的喜怒哀乐，也提供着人性的丰富养料。一方水土养一方人，一种艺术样式的形成与繁盛，和当地的民风民俗是分不开的。

鲁西南是农业文明发达的地区，鲁地儒家文化影响深厚，尊礼重教，岁时节日的民俗活动非常丰富。每值这些年节活动，好热闹的场面是不可少的，除了基本的吃和穿，还有些精神上的活泼想象和追求，看戏听戏唱戏，便是人们内心最

菏泽大平调剧团演出

定陶两夹弦剧团演出《梁祝》

便捷的出口，心里有了念想，精神有了起伏，嗓子便痒，于是乡亲们就把唱戏作为抒发情感的一种方式。结婚时唱戏，生孩子时唱戏，老人祝寿时唱戏，祭奠父母时也唱戏，节日喜庆请民间戏班，更是人们讲究排场气势的天然良机。民众需要戏曲，戏曲更需要民众。"大嫂在家蒸干粮，锣鼓一响着了忙，灶膛忘了添柴火，饼子贴在门框上。"这个顺口溜，形象地说明了人们对听戏着迷的热切之情。

当地拥有丰富的戏曲资源，这也是菏泽人能够亲近戏曲的前提条件。菏泽地处交会之处，与河南、安徽、江苏三省相邻，北倚黄河，东靠京杭大运河，这种地理优势，为不同剧种的交流发展提供了便利。所以，民间唱戏听戏时，演员们一般都唱好几个剧种，唱了豫剧也唱山东梆子，也可能唱两夹弦、大平调、枣梆、大弦子、柳子戏等；什么戏讲的是个什么故事，戏里的人物都

定陶两夹弦剧团演员扮相

菏泽市地方戏曲传承研究院枣梆剧团惠民演出

是什么角色,剧情如何发展的,人物和情节之间的发展变化在说明什么道理,人们都耳熟能详,甚至于哪个人物到什么时候出场、怎么出场,剧情如何发展甚至每个人物的唱腔、唱词、一招一式,大家都完全熟知。人们不仅仅是在看戏或听戏,而是在品戏,在品演员,在品唱腔。一出戏真正地把演员和观众、现实和虚幻、传统和现代、天上和人间联系在了一起,不分彼此,一出戏,不如说是大家共同"演"出来的。

历史上,菏泽所属的区域,东部属于鲁国,中部的曹国与鲁国相邻,还有一部分属于其他列国。在菏泽地区流行的戏曲,娱乐民众生活的同时,也担当着沿袭传统民众生活风化教育的重要功能。

菏泽地方戏里有武侠成分的曲目也比较多。菏泽的军事兵法和侠义文化,也富有特色,能攻善守。由于地处多方交错之地,历史上一直是军事战略要地,战乱较多,所以军事思想、兵法战略、侠义文化、民间武术比较发达,出了《孙膑兵法》,还有水浒文化。以水浒为例,鲁迅先生曾说这

菏泽市地方戏曲传承研究院枣梆剧团惠民演出《杨家将》

是一种热血和烈酒搅拌的文化。客观说来，这种勇猛尚武的文化，与传统鲁文化的温雅敦厚，有着明显区别。儒家是不尚武力的，但是"侠之大者，为国为民"，侠义文化与儒家"修身、齐家、治国、平天下"的理想也是有融合和共鸣的。

每次到乡间调研，看到街头庙会热烈的戏曲演出情景，我常想，作为一个民艺工作者，我们应该怎么进一步理解和把握菏泽水浒戏等侠义文化与核心价值观的联系，弘扬优秀的精神文化。其实，路见不平、行侠仗义，嫉恶如仇、肝胆相照的好汉精神，恰恰是我们当前缺失和不足的，也导致了一些具体的社会事件和问题的发生。优秀的传统文化、传统美德是我们社会主义核心价值观的根基，在大力弘扬和践行社会主义核心价值观的过程中，要把这种一脉相承的优秀思想、美好品德、乡风民俗传承好、发展好，使之发扬光大。

张宝英饰演陈妙善　崔兰田饰演窦氏　1962年剧照

从文化资源的角度来看,这些地方戏曲具有很高的资源价值,我们可以从中进一步发掘和阐释丰富的戏曲文化,来发展当代的内容产业。就以《水浒》为例,明清以来,戏文、传奇、地方戏中形成了各式各样的水浒戏,其中有些水浒戏曲在民间至今流行不衰。但是今天,除了有几部年代版本不同的影视剧,"水浒"已经被境外游戏公司进行商标抢注,用我们家喻户晓的文化形象和故事,去填充他们的动漫和游戏。这是一个反差,对于这样富有文化内涵、历史底蕴和地方特色的文化内容,我们需要加强知识产权的保护,更需要加强自主的创作、传播和发展，使之融入当代。

民间戏曲的文化作用，还能够加强传统文化传承，增进我们民族对自身文化的认同感与凝聚力。民间戏曲可以作为城镇社区、农村群众喜闻乐见的文化样式，它一边丰富文化娱乐生活，一边用十分具体的故事，传播优秀传统美德，弘扬民族历史。这有助于我们加强对民族审美精神的培育。因此，我们既要具体加强对于剧种、曲目、传承人、剧团的保护与扶持，也要在专业人才培养、少年儿童启蒙教育、公众文化传习上下功夫，保持好这个"戏窝子"的文化生态。

如今，菏泽的一些地方戏曲，已经列入不同级别的非物质文化遗产代表性项目名录，有的还走出了国门唱响海外，这已经表现出国家政策和民间认识的一致提升，而眼下最为关键的，还是让这些动人的唱腔和曲调，在我们生活里热热闹闹地延续下去，传之弥远。

1982年曹县籍著名豫剧表演艺术家马金凤回乡演出，受到曹县县委、县政府以及群众的热烈欢迎

郓城派山东古筝

菏泽古称曹州，地处中原腹地，文化底蕴丰厚，不仅是我国著名的牡丹之乡、书画之乡和武术之乡，还享有"曲艺之乡""戏曲之乡""民间音乐之乡"的美誉。古筝又名汉筝、秦筝、瑶筝、鸾筝，属于弹拨乐器，是中国独特的民族乐器之一。郓城派山东古筝由来已久，至今在当地仍有广泛的传承。

郓城派山东古筝艺术在长期流传过程中，受到当地曲艺、戏曲、民间音乐的影响，逐渐形成了刚柔并济、洪亮率真的郓城筝派艺术风格。郓城派山东古筝乐就像山东人一样粗犷、耿直、豪爽大气，这是由于当地风俗、言谈话语的传统而形成的地域文化风格。郓城筝曲多与山东琴书、民间音乐等当地民间艺术有直接联系，曲子多为宫调式，以八大板编组而成。过去山东筝多为十五弦，外边低音部分用的是七根老弦，里边是八根子弦，俗称"七老八少"。筝在山东菏泽市的郓城、鄄城、牡丹区一带广为流传，素有"城

郓城水浒好汉城的仿古建筑

内大户多有瑟，城外村村都有筝"的说法，可见古筝在菏泽具有广泛的群众基础。郓城当地话"哪里有扬琴班，哪里有制琴筝"，是说哪里有山东琴书的表演，哪里就有制作古筝的作坊。郓城古筝乐的发展带动了当地制筝业的发展，赵玉斋、张燕、高自成、赵登山、韩庭贵等全国著名古筝演奏名家都使用郓城刁庄古筝作坊的筝，并通过他们的山东筝曲弹奏，使更多的人了解郓城筝手工制作技艺，郓城筝与郓城制筝就这样相辅相成地共同发展着。

一

历史上菏泽城区的高庄、城东张营乡高庄、城西武安镇张坑村、郓城刘花园、刁庄等地，分布着很多制筝作坊。新中国成立前，郓城刘花园制筝以刘世旺木工活最好，他制作的古筝、扬琴都深受弹奏者的喜爱，后来刘世旺之子刘学新去世得早，刘花园的制筝业就此中断。解放后，郓城制筝业主要集中在刁庄，至今刁庄的传承谱系相对较为完整。

古筝制作艺人刁望河介绍，郓城制筝作坊产生于明洪武三十年（1397年），至今已有六百多年的历史。《刁氏宗谱》记载，一世祖刁琅在移民途中，巧遇一位流浪李姓制筝艺人，遂拜其为师，并定居于郓城北七公里的刁庄，随后便有了第一家制筝作坊。

刁庄古筝制作技艺的沿袭主要靠的是师徒相传和父子相传的传承方式。刁望河是郓城古筝制作工艺第二十四代制筝传人，他十七岁开始跟大爷刁秀钦学习制作古筝，制筝是一种家传的糊口营生。古筝制作必须首先会木工，因此制筝艺人都有一定木工手艺基础。从前，古筝手艺传内不传外，做木工的都是家传的，而且传男不传女。新中国成立后，到了成立生产队的时候就开始收徒弟，与家传并行的方式

水浒好汉城制筝坊的烘炉　　　　　　正在晾晒的板材

进行着手艺传承，制筝被作为生产队的副业。到改革开放后，随着郓城古筝演奏名家在各大专院校任教，郓城古筝制作在上世纪八九十年代出现了繁荣景象，刁庄古筝销售到北京、上海、河北以及美国等国内外市场；至九十年代后期，由于社会多方面原因，刁庄古筝的制作销售有一段时间的萧条。2007年，随着水浒好汉城旅游的开发，郓县文化局把刁庄古筝制作技艺作为当地文化特色内容，引入了水浒好汉城，既展示刁庄古筝制作技艺，又作为一个销售窗口面向游客开放。刁庄手工制筝迁入水浒好汉城后，仍然采用传统工艺技法全手工制作古筝，同时不断进行改良和创新发展。刁望河等刁庄制筝艺人迁至作坊里，采用计件计酬的方式专注于古筝制作，销售方面由水浒好汉城负责。刁望河的儿子刁兆霞，1971年出生，他不仅在水浒好汉城里跟随父亲制作古筝，还在老家刁庄营建自己的作坊，钻研古筝制作技艺，特别是从古筝装饰着手，把古筝与麦秆画和各种雕刻装饰相结合，改善郓城古筝的造型，使其更加精细。

　　古筝结构由面板、筝码（雁柱）、琴弦、前岳山、弦钉、调音盒、琴足、后岳山、侧板、出音口、底板、穿弦孔等部件组成。古筝形制为长方形木质音箱，弦架"码子"（也称雁柱、筝柱）可以自由移动，一弦一音，按五声音阶排列，最早以二十五弦筝为最多，唐宋时有弦十三根，元明清为十四、十五弦，几经改革研制，现在刁庄古筝已经

采访非遗传承人刁望河

发展到十六、十八、二十一、二十三、二十六弦等五个品种的系列。

刁氏作坊传承下来很多制筝秘诀，制作过程十分考究，分"选材、剖解、晾板、烘烤、刨板、对接、组装"七道主要流程，每道流程又分为十几道工序。制筝选材方面使用优质泡桐木，当地有一种十至二十年的生青桐树，质地松软，透气性好，特别适合制作乐器。古筝的选材十分讲究，近乎严苛。选材时梧桐树干分为三截，上边和下边都不能用，只选取中间的向阳面，因此一棵树最多只能截取五至六块好板子，如果摊上有疤痕的树干就不能选用。甚至是同一块地面上生长的木材，还要讲究"七不取""三不能"。"七不取"包括：施过化肥的桐木不取，明水灌溉的不取，生长过快过缓的不取，树身低于五米的不取，地上一米处直径达不到五十厘米的不取，有疤痕烂皮的不取，阴面丰满阳面萎缩的不取。"三不能"则是讲究烘烤火候，上炉点火必须是晴天，而且只要点着火，烘烤人就不能离开火炉：不能吸烟，不能吃饭，不能小便。

据刁望河介绍，一台筝的制作工期，通常要十三四天，仅制作顶弦的码子就有十八道工序，码子的选材，是枣木和梨木等硬木。一台古筝制作过程大体如下：

第一是选材。要求必须是野外沙土质生长的十至二十年树龄的

郓城古筝坊的刁庄制筝工具

梧桐树，树身高不能低于五米，地上一米处直径要达到零点五米以上，树干的小头直径不能低于四十厘米。伐截下来新鲜树干要在背阴通风处放置半年。先截去靠地面生长的一点二米，然后选朝阳面解下二点五厘米厚的板材做筝面生料。

第二是烤面。板材按顺序码放在砖架上，通风放置七天左右，再放到炉上烘干。烤炉内的燃料以锯末或者碎木屑为最好，大火以不见明火、不冒烟为宜。烘烤时需有一人守候观察，并随时翻板。一块板大约烤十五至二十个小时，直到完全熟透定型，刁庄制筝的烘烤工艺，是郓城制筝的秘诀所在。

第三是刨板。刨刀选用八分口平面刨，刨刀露出刨床底约一毫米，先由刨工双臂伸直平躺一边，以便刨净毛茬，标准以手背在板面摩擦时感觉不到戗肉皮为准。然后，把刨刀退回半毫米，继续净面，直到刨净的板面上，用嘴吹可以听到嗞嗞的出气声，才算完成。

第四是散板接缝黏合。接缝黏合，不用化工合成胶，只用鱼鳔。使用鱼鳔的方法是把炮制好的鱼鳔用布包住，放置锅内，上笼蒸大约三十分钟，待完全熟透后，取出放到木板上，用锤头反复砸，直到砸成白沫状，晾干；用的时候再加热融化。用鱼鳔黏合的散板，经久耐用，即便放入水中也不会开裂。

185

古筝制作流程

第五是安装组合。安装组装又分为"扣框、串门、上底、镶边、上乐山、粘花、抹腻子、喷漆、上码、上弦、调音"十一道工序。郓城筝是通过榫卯连接方式制作的，各个构件之间严丝合缝。

相对于机器加工的古筝来说，郓城传统全手工古筝制作具有无可替代的优势，榫卯结构的郓城古筝更加耐用，鱼鳔制作的胶黏合得更加坚固，其结实耐用、音域宽广、音色纯正的特色，深受古筝演奏名家们的青睐。

刁庄传统全手工古筝制作自上世纪八十年代逐渐繁荣起来，一直延续到九十年代中期。由于高自成、赵玉德、韩廷贵、赵登山等古筝演奏大家都来自郓城，刁庄制筝业一时发展非常红火，除了销售到全国各地，东方歌舞团演奏家张燕还在刁庄定制古筝销往美国，此外还销往日本、新加坡、中国香港、中国台湾、韩国等国家和地区。至九十年代后期又一度萧条。2007年刁庄古筝制作技艺进驻水浒好汉城后，由于旅游经济的影响，郓城古筝制作和销售的形式发生了改变，既在景区里作为一种传统手艺的传承，还成为各地游客了解手工制筝工艺流程的窗口。随着国家非物质文化遗产保护和人们对于传统民间手工技艺的关注,郓城手工制筝慢慢得到复苏。目前,刁庄手工制筝艺人探讨如何创新发展的问题,以克服手工制筝在造型上的单一,使古筝制作细节美观和精致,传统古筝制作技艺正逐步向更高的水平发展。

二

郓城派山东古筝乐受当地戏曲、说唱、民歌和其他器乐的影响,与山东琴书关系最为密切。山东古筝是山东琴书的主乐器,素有"围着桌子一圈"的说法,是说山东琴书艺人无论乐器和演唱都要非常擅长,往往会唱的艺人,乐器也掌握得很好,很多艺人一专多能,各种乐器的演奏可以达到独奏的水平。

过去的古筝艺人常利用赶庙会、逢年过节,以及冬闲时期,在家庭院落、寺庙、地窖等处合乐演奏;作为弦索乐的一种类型,古筝乐深受社会各界人士喜爱,是一种雅俗共赏的艺术形式。如今的古筝演奏在社区、学校、音乐高考、艺术考级等各个方面得到普及,已进入许多寻常百姓家,作为一种重要的艺术形式,在当地的音乐教育中普及。

山东古筝的学习,有类型多样化的特点。著名古筝演奏家赵登山,八岁的时候跟着杨安字学习曲艺《道清》;十四岁向民间老艺人王登吉学习坠琴,同时向梁衍义学习软弓胡;后来师承民间艺术家樊西雨、张应易、李大邦、王邦贵等前辈学习古筝。1950年拜师于赵玉斋先生专攻古筝,1953年奔赴东北音乐专科学校深造音乐理论兼习擂琴等,一专多能,这种情况在菏泽地区比较常见。可见当地的弦索乐既有自己独特的艺术风格,又有和其他民间音乐融合的特点。

目前已知最早的郓城派山东筝艺人是黎邦荣,他是郓城县黎同庄的一位教书先生。许多山东筝演奏家如张为昭（1963年去世）、黎连俊、张为台、张念胜、樊西雨、黄怀德等人，都是他的门生。随后的许多古筝名家、教育家都是由此走出，遍布全国各音乐艺术院校和专业文艺团体。

山东筝曲多与山东琴书、民间音乐有直接联系，曲子多为宫调式，从曲目上说，包括大板体，即八板体三十多首古曲，小曲有二百多首，还有传统筝曲十大套。如《汉宫秋月》《鸿雁捎书》等；民间常常用套曲联奏的形式来表现多侧面的音乐形象，如山东派《高山流水》是由《琴韵》《风摆翠竹》《夜静銮铃》《书韵》四首连缀套曲组成，在上世纪五十年代广为流行。此外，由山东琴书的唱腔和曲牌演变而来的《凤翔歌》《叠断桥》等曲牌也非常受欢迎。

在结构上，郓城筝的弦子过去多为十五弦，有"七老八少"之说，即外边低音部分用的是七根老弦，里边是八根子弦。演奏时，大指使用频繁，以"大指托劈"为主要特色，声韵刚健有力，即令是"花指"，也是以大指连"托"演奏的下花指为多；而左手的吟揉按滑则刚柔并济，铿锵深沉，特别讲究"阴、暗、滑、柔"这些技法。

山东筝派的演奏不花哨，弹好慢曲子比较难，其演奏风格纯朴古雅。此外山东派古筝的演奏曲目也有自己的特色，山东派的曲目主要以大板、小板、琴书曲牌联奏为主，如《汉宫秋月》《美女思乡》《莺啭黄鹂》等联奏曲子，《五子开门》碰八板的古筝独奏曲子等。

自2000年始，为保护山东古筝乐这一古老的传统艺术，菏泽市政府及有关部门给予了大力支持，每年投入部分资金，专门用于传统筝艺的挖掘整理、资料收集、音像录制、曲谱文字印刷、调演、比赛、进京演出等有关工作和活动。菏泽市政府还组织制定了五年保护计划，菏泽市非物质文化遗产保护领导小组和市文化局负责监督、检查市非物质文化遗产保护中心和市艺术馆的具体实施情况。2007年继续深入普查、搜集收购民间遗存的曲谱、老筝等实物，走访尚健在的民间艺人，对他们进行抢救性的文字记录、录音录像；2008年对已有文字、图片、录音、录像资料进行全面、系统的分类、整理、存档；2009年举办培训班，聘请菏泽籍在外专家和民间艺人传授山东筝艺，对年轻古筝教师加强培养，使其全面掌握古筝传统曲目和演奏技法，全面开展山东传统筝艺的普及教学，使山东古筝乐的演奏技法和传统曲目传承下去；2010年深入开展山东古筝乐的理论研究工作，并把研究成果编撰成书陆续出版；2011年建立包括山东古筝乐在内的菏泽传统文化生态保护村，并对重点艺人进行保护，设立健全有关赛事和奖励的机制。

三

古筝与菏泽百姓生活有着不可分割的联系。不仅是作为菏泽地方戏曲的必备乐器，还作为一种合奏音乐和独奏乐器进入当地百姓家庭。在学校教育方面，古筝作为一种民乐艺术进入高等学府。中央音乐学院、中国音乐学院、台湾艺术大学等高等音乐艺术院校，均把山东古筝乐作为教材进行研习。山东古筝乐经常出现在各种舞台上，展现出其旺盛的生命力；它寓意深长的传统曲目和古朴的音韵以及纯朴而又有难度的指法，具有高度的艺术鉴赏价值；对丰富人民群众的文化生活，增强人们对中华优秀传统文化的重视程度，保护我国民族民间传统艺术，起着重要的促进作用。

郓城古筝进校园，开始于上世纪五十年代，全国的很多音乐院校聘请了山东筝派的民间艺人任教，如山东艺术学院韩庭贵、沈阳音乐学院赵玉斋、西安音乐学院高自成等，他们在传承山东筝派的

郓城派古筝演奏

基础上形成个人演奏特色，所教学生广泛散布在全国音乐界，在郓城筝派发展中发挥了重要作用。1989年，郓城古筝艺人刘瑞强创办了"鲁韵古筝艺术学校"，将自己多年的演奏经验，总结整理成教学内容，辅导学生考入厦门大学、四川音乐学院、山东师范大学等知名大学的古筝专业。至上世纪九十年代，郓城一中、二中、十八中等四个中学开设了古筝课程，陆续发展古筝爱好者和学生进入古筝学习队伍。

山东古筝派富有地方特色的演奏曲目和演奏方法，在社区文化传承和艺术培训方面，近年来的表现突出。郓城古筝老师刘瑞强说从2015年开始，不仅有古筝教学学生班，还开设了成人班，现在人们的经济条件好了，很多人有了闲暇时间，也有提升精神品位的追求，有不少中老年人会报名到古筝班来学习。而在郓城古筝进社区的各类演出中，从三个方面体现出它在群众公益艺术活动中的强大适应性：一是作为山东琴曲等主乐器的团队演出的有机部分，是乐队不可缺少的核心部分；二是作为合奏的乐器，适合多种节目形式；三是作为独奏乐器，可以独当一面。古筝不仅仅是高等殿堂和学生教育的一部分，还发展成为社区文化丰富普通大众百姓生活。古筝演奏技艺越来越多

学术团队成员赴鲁韵古筝艺术学校采访刘瑞强

地成为社区文化的一部分，从郓城走出去的大学生不仅传播了山东筝的文化，还是山东筝教育发展的见证，作为一方水土的地方文化，其在公共文化服务中的渗透，将成为当地人们的文化自信，融入到菏泽地方乡风文明建设中去。

四

琴筝清曲，是明清时期流行于鲁西南地区的艺术形式，它是山东琴书、山东古筝乐、菏泽弦索乐三个国家级非物质文化遗产代表性项目的早期形式，主要分布在郓城、鄄城一带，琴筝清曲音乐丰富，风格古朴典雅，并带有浓郁的地方民间色彩。演唱曲牌有二百余首，唱段百余个，演奏曲目有十大套曲和二百余首小板曲。演唱者自操乐器，亦唱亦奏，是一种一专多能的艺术表演形式，常用乐器有古筝、扬琴、琵琶、如意钩、软弓胡、坠琴、擂琴等，被中国音乐家协会原主席吕骥先生称之为"元明诸宫调在民间的遗存"。曲坛名家张军先生称之为"远溯唐宋，近谐乡音，明清俗曲，串珠集珍"，可见其综合性艺术形式的特征。琴筝清曲是多种艺术形式的母体，衍生了山东琴书、山东古筝、菏泽弦索乐、小曲子、软弓胡、擂琴六项国家级和省级非物质文化遗产代表性项目。

琴筝清曲古乐社于2012年成立，菏泽地区艺术馆是山东古筝乐和弦索乐的保护单位，其主要职能为挖掘整理传统曲目、唱段，并作为其演出平台。从建立乐社以来，常有邀请四处演出。2012年去中央音乐学院演出；2014年参加中国音乐学院、南京晓庄学院举办的全国首届民间艺术表演；2016年参加第十一届中国节，在陕西西安演出；随后到四川音乐学院、浙江音乐学院演出；2017年到台湾艺术大学、台湾世新大学、大同大学进行展演及公演。

乐社在继承传统的基础上，进行了许多创新探索。比如，根据山东梆子音乐改编的《戏韵》，乐曲以擂琴模仿戏曲旦、生的叫板，运用民间特色乐器的音色与个性，生动地演绎了山东梆子生、旦角色的行当声腔，表现出独特的审美韵味。因为是由拉弦和弹索乐器组成的，以古筝为主的弦索乐，过去是用碰八板作为合奏的，碰八板又是以古筝作为主奏，其他乐器软弓胡、扬琴、琵琶、如意钩都作为协奏，加上当地民间戏曲的曲艺素材，所创作的新曲子受到当地观众的热烈欢迎。此外，琴筝清曲古乐社还经常组织一些公益演出，致力于将这种传统艺术传播到大众群体里去。

纵观山东古筝乐的发展历史，其根植于民

琴筝清曲古乐社演奏现场

间，是广大人民群众在生活中创造的艺术形式，与当地人文艺术、语音语调、地方戏曲、曲艺等都有着不可分割的联系。郓城山东派古筝乐与古筝手工制作技艺二者相辅相成，共同创建着山东筝乐的辉煌。

当前，互联网时代人们的精神文化生活条件发生了很大变化，各地筝派出现互相交融的特点，无论是古筝演奏还是古筝制作，共同面临着如何传承发展的问题。因此，在演奏技法上既要兼收并蓄又要发掘传统、传承传统，才能够更好地保鲜和具有竞争力；在古筝制作上，随着人们审美要求的不断提高，古筝造型和表现功能更要跟随现代发展步伐，找准定位，保持特色，形成山东筝品牌文化，带动山东筝演奏共同发展。

民间小调包楞调

成武县隶属菏泽市，地处黄淮平原，位于鲁西南菏泽市的东南部，属于苏、鲁、豫、皖交界地带，西与定陶县、北与巨野县接壤，西南与曹县、东南与单县毗连，东部与济宁金乡县搭界，地势平坦，属温带大陆性半湿润气候区，四季分明，这样的地势与生活环境，造就了一种独特而经典的民间艺术形式《包楞调》。

《包楞调》是一种流行在山东成武的传统民歌，源自于"担经""包楞戏"。所谓"担经"是过去成武妇女去赶庙会时，肩上挑的担子里盛着到庙里进供拜佛的香火，她们一路走，一路念念有词，渐渐形成挑担念经的民间歌舞担经包楞戏，其唱词来自佛经、孝经、民间故事等，其曲调杂糅有当地民歌，也有地方戏曲。担经包楞戏涵盖丰富的唱词内容，格式严密，曲调富有节律感，但清末之后，不复流行，包楞调在民间偶有流传，自被重新挖掘整理出来以后，迅速传遍全国，被视为中国的民间花腔，具有很高的学术价值和实用价值，尤其受到了音乐学术界关注，现在中央音乐学院将其作为花腔训练曲目，此外还被改成二胡曲，并作为全国古筝八级考级曲目，形式多样的舞蹈包楞调、交响乐包楞调等艺术形式层出不穷。将担经和包楞调两个省级非物质文化遗产代表性项目结合而成的"担经包楞调"是成武的地方特色节目，具有表演艺术形式和演唱为一体的特点，受到了人们的喜爱。

1962年,《包楞调》的搜集者魏传经在农村搜集民歌

一

　　包楞调是担经包楞戏中的一首,即担经人唱的小曲。历史上,菏泽市成武县多寺庙,每逢庙会,总有许多妇女到寺庙里求神拜佛,以祈求家人平安。当地妇女在拜佛念经的时候挑着扁担,一边放着拜佛用的香火,另一边放着日常使用的物品,以起到平衡作用。后来这种挑着扁担的形式,发展成为一边担莲花盆,另一边担着使用布或绢制成的鲤鱼,也有人用手抱起莲花盆,边舞边唱小曲,向进香人化缘求善,这种一边跳舞一边唱歌念经的形式被称作"担经"。担经是一种民间歌舞,它是佛教音乐与本地民歌、戏曲等相融合而形成的一种表演艺术,担经的曲调是民歌或地方戏曲,巧妙地把当地民俗文化和民间音乐杂糅在一起,形成一种带有地方方言特色和语调的民间音乐形式。"包楞"系原民歌中的衬词,据传,是由模仿从前农妇手动纺车转动时,纺车发出的"楞楞"声而来的。过去农村妇女聚在一起纺线织布,常常一边劳作一边聊天,从农事节气到乡间趣闻无所不谈,越谈越投机,最后可能唱将起来。

成武县梁王庙担经场面

包楞调作为一种民间小调，早期在历代担经人之间口口传唱，并没有文字资料记载，因此早期的传承谱系不详。1962年文化馆干部魏传经在成武县农村采集民歌时，遇到了会唱这种小曲的65岁老人周金英。经过与周金英的反复交涉，由周金英口唱，魏传经、孙啸天改写填词，并且将周金英口唱曲子记谱，这种由民间艺人口传的包楞调由此整理完成，得以重新面向大众，并广泛流传。后来姚月兰、张瑛、彭丽媛、郑宝华等都曾演唱过包楞调。

二

包楞调作为一种地方传统民歌，其唱词、唱腔和表演艺术形式富有特色。专家们认为包楞调的问世打破了国外音乐界认为只有欧美才有民间花腔的论断。由于其唱词来源于民间大众，并不断地丰富和提炼，其丰富的曲词内容和思想内涵成为学界致力研究的内容，不论是曲词表现的文学内涵，还是其曲牌形式的特殊，都具有丰富性。

《包楞调》现存的唱词是周金英跟好几位说书、唱戏、担经的老师学来又经魏传经搜集整理形成的。它是由一首诗发展而来的六十四段唱词，此诗内容有"晴空明镜，松峰凤鸣，星亭清静，景动风轻"，诗中的每个字按先后顺序演变成四段词，每段由四句组成。第一句的末尾是"白楞楞楞"，第二句末尾是"一点红"，第三句末尾是组诗中的字眼，第四句末尾是"紧包楞"。据介绍"紧包楞"是紧紧相连、永不可分割的意思。比如"清空明镜"一句中"镜"字后的一段词：

2018年，采访成武"担经包楞调"现场表演

调研组观看担经包楞调表演

天上的银河白楞楞楞，织女的头绳一点红，
鹊桥通天水如镜，牛郎织女紧包楞。
嫦娥奔月白楞楞楞，天女散花一点红，
中秋月圆明如镜，星星月亮紧包楞。
玉马如生白楞楞楞，马铃的缨缨一点红，
金童马背托宝镜，金童玉马紧包楞。
少女素装白楞楞楞，指甲拨琴一点红，
月夜晴空悬明镜，少女月琴紧包楞。

从中可以看出包楞调的唱词特点。《包楞调》六十四段全词总计有两千两百一十一字，内容之丰富，可谓包罗万象，运用借喻的手法巧妙地将眼睛里看到的、脑子里想到的、内心里希望的情景用富有节律的调子唱出来，抒发了劳动人民的情怀。整个唱词内容涵盖生活中人们所经历的春夏秋冬、山水花草、日月星辰、君王贤士、公子

包楞调

《包楞调》简谱

小姐、天仙神怪、名胜古迹、说教劝诫等，包含了儒道释的内涵，语调脍炙人口。《包楞调》唱词的编写内容具有非常重要的文学价值。

　　包楞调作为民间传唱的歌曲，由担经人和民间艺人不断更新、充实、完善，使其具有独特风格和浓郁、淳朴的乡土气息，具有明显的民间性特征。包楞调具有民间花腔特色，中间又揉进了抒情乐句，与头尾的花腔形成了鲜明的对比，装饰音和滑音运用得非常巧妙，强弱对比惟妙惟肖。花腔干净利落，特别是花腔中的 1 i 和 5 的八度大跳，更反映出了民间的一种泼辣风情，旋律具有民间花腔的艺术特征。包楞调经常出现在舞台和荧屏上，作为民间花腔的代表性民歌，具有旺盛的生命力。

　　"担经包楞调"是成武独有的特色。担经是一种民间舞蹈，是一种佛教音乐与本地民歌、戏曲等相融合而形成的一种表演艺术，是成武县的省级非物质文化遗产代表性项目。担经表演者身穿彩衣，担着经挑，前面是鲤鱼后边是花篮，演员边唱边舞。这项古老的民间艺术在菏泽鄄城、成武一代流传较广，在鄄城县的沙土庙会、郭北口庙会和信义庙会上均有表演。它常表现民间故事、民间传说，用此教化人们尊老爱幼，多做善事，好人有好报等。

　　1963年2月，《包楞调》由当时成武第一中学的学生宋慧芳（后为成武第二中学音乐老师）学唱，并参加了地区的七县文艺汇演，在汇演中第一次正式演唱，反响热烈。1963年，由魏传经整理记词、魏传经和成武县第一中学音乐教师孙啸天共同整理记谱的成武民歌《包楞调》发表在中国音乐界权威杂志《歌曲》第四期，引发音乐业内人士关注。之后，姚月兰、张瑛、郑宝华等歌手分别在山东省民歌会演和"上海之春"音乐会演唱了《包楞调》，并由上海唱片厂录制了唱片。1980年，彭丽媛参加全国民族民间唱法会演，演唱的《包楞调》博得专家和听众的好评。1982年，彭丽媛首次在春节文艺晚会上演唱了《包楞调》。此后，彭丽媛随中国艺术团出访北欧六国，把《包楞调》介绍给了世界。多年来，《包楞调》又分别由吴碧霞等著名歌唱演员多次在重大文艺活动中演唱。

如今，中央音乐学院、中国音乐学院等高等院校已将《包楞调》编入音乐教材；中国国家交响乐团推出了交响乐《包楞调》，成功演奏多场，并广受好评；古筝曲《包楞调》已被全国民间器乐考级委员会指定为八级曲目。《包楞调》现已由原来民间的独唱，发展为合唱、舞曲、器乐曲、交响乐等艺术形式。

三

《包楞调》是一首具有丰富地方特色的民间歌曲，但是随着它的推广与演变，逐渐衍生为具有中国民间花腔特色的民族曲调，作为中国民歌界的一种独特的民间音乐形式，而重新被广泛流传的过程中，受到音乐界专业人士的研究和推崇，将《包楞调》作为一种优秀的地方音乐遗产，进行了多方面的挖掘和演绎。现在，许多歌手对《包楞调》进行了改编，它不仅仅是作为一首歌曲进行传唱，还被演变成集舞曲、器乐曲和合唱曲于一体的歌唱题材，并得到全国音乐艺术界的多种响应，形成了多种多样的艺术形式深受人们的喜爱。

迄今为止，《包楞调》所蕴含的丰富内涵和技法特点仍在不断地发掘中，它作为一种从黄河故土中生长出来的源流不息的母体艺术，有待于更加多样化的深入探讨。

从乡野小调走进大雅殿堂，作为能够代表中国民间音乐的经典性作品，各种不同形式的创新，为这一传统民间乐曲的发展，提供了更加宽广的舞台。《包楞调》作为一种从民间"担经包楞戏"中挖掘出来的民间小调，脱身于传统"担经"在传统庙会民间活动空间抽取、

中央电视台到成武采录本二胡齐奏《包楞调》

古筝曲《包楞调》被定为全国考级八级曲目

提炼而成的艺术形式，在不同的音乐艺术领域中生根发芽，创新转化成为二胡曲、交响乐，被音乐艺术家们发展提升为花腔高音的音乐形式，在表现形式上进行创新发展和艺术提炼，逐步形成具有丰富艺术表现力的音乐形式，是地方文化内涵的体现。《包楞调》的传承体现出其自身发展的特性，作为音乐研究，《包楞调》无疑具有其明显的地域文化和发言语系特征，是独一无二的音乐艺术资源。《包楞调》唱词中丰富的内容，体现了担经人丰富的生活经验和在历史长河中的文化积淀，其丰富的文化内容是不断挖掘的宝藏，期待着更多角度、更多领域的挖掘，具有更为多元的文化挖掘价值。

附：《包楞调》六十四段原词

晴

梨树开花白楞楞楞，桃树开花一点红，
春雨满地天刚晴，桃花相映紧包楞。
风吹水波白楞楞楞，水中的莲红一点红，
夏雨迅猛天快晴，莲花莲子紧包楞。
长长的豆角白楞楞楞，尖尖的辣椒一点红，
秋雨连绵天放晴，辣椒豆角紧包楞。
雪花飞舞白楞楞楞，梅花开放一点红，
冬雪盖地天大晴，雪抱梅花紧包楞。

空

茉莉开花白楞楞楞，石榴开花一点红，
南国的青竹腹内空，竹竿竹叶紧包楞。
纸糊的风筝白楞楞楞，风筝的穗穗一点红，
线牵风筝飘在空，风筝线绳紧包楞。
黄河的鲤鱼白楞楞楞，鲤鱼的尾巴一点红，
鱼跳龙门飞在空，鱼和水来紧包楞。
纸卷的炮仗白楞楞楞，燃着药捻一点红，
炮仗声声响在空，闪光雷鸣紧包楞。

明

崂山的泉水白楞楞楞，乐陵的小枣一点红，
蓬莱仙阁放光明，八仙过海紧包楞。

泰岳的肥桃白楞楞楞，肥桃尖尖一点红，
月照桃园一下明，月光肥桃紧包楞。
茫茫的海潮白楞楞楞，海中的珊瑚一点红，
珊瑚棵棵透水明，海水珊瑚紧包楞。
悬崖的瀑布白楞楞楞，山峰的野花一点红，
水洗滑石照眼照明，水动花飘紧包楞。

镜

天上的银河白楞楞楞，织女的头绳一点红，
鹊桥通天水如镜，牛郎织女紧包楞。
常娥奔月白楞楞楞，天女散花一点红，
中秋月圆明如镜，星星月亮紧包楞。
玉马如生白楞楞楞，马铃的缨缨一点红，
金童马背托宝镜，金童玉马紧包楞。
少女素装白楞楞楞，指甲拨琴一点红，
月夜晴空悬明镜，少女月琴紧包楞。

松

仙鹤展翅白楞楞楞，仙鹤的头顶一点红，
狂风呼啸知劲松，青松仙鹤紧包楞。
仙翁的银发白楞楞楞，拐杖的龙珠一点红，
仙翁高山育青松，青松仙翁紧包楞。
冰山雪岭白楞楞楞，山前的庙宇一点红，
庙宇门前一棵松，青松古庙紧包楞。
月宫的玉兔白楞楞楞，玉兔的眼睛一点红，
月宫院内不老松，青松玉兔紧包楞。

峰

唐僧的龙马白楞楞楞，孙猴的小脸一点红，
西天取经越山峰，妖魔鬼怪紧包楞。
山腰的羊群白楞楞楞，牧童的鞭鞘一点红，
山歌婉转绕山峰，羊群牧童紧包楞。
梨子熟了一点红，山楂熟了一点红，
山楂梨树满山峰，青山果树紧包楞。
天空的星星白楞楞楞，地上的灯笼一点红，
灯笼高高挂山峰，星星灯笼紧包楞。

凤

绣花的银针白楞楞楞，针上的绒线一点红，
飞针走线绣彩凤，银针绒线紧包楞。
谷雨的露水白楞楞楞，牡丹开花一点红，
牡丹花中飞彩凤，凤凰牡丹紧包楞。
月洒银辉白楞楞楞，夜香花开一点红，
花好月圆出彩凤，凤舞花枝紧包楞。
高山流水白楞楞楞，花染春光一点红，
山清水秀鸟朝凤，鸟语花香紧包楞。

鸣

岳飞的银枪白楞楞楞，风吹盔缨一点红，
精忠报国世长鸣，英雄千古紧包楞。
韩世忠的战袍白楞楞楞，梁红玉女将一点红，
红玉退敌战鼓鸣，鼓声杀声紧包楞。

赵子龙浑身白楞楞楞，长坂坡前一点红，
力敌百将战马鸣，怀抱阿斗紧包楞。
月下的张生白楞楞楞，西厢的莺莺一点红，
谯楼五更雄鸡鸣，梆声鸡声紧包楞。

星

曹州的耿饼白楞楞楞，柿子熟了一点红，
夜半古筝伴星星，柿园古筝紧包楞。
西湖的水波白楞楞楞，少林寺大门一点红，
拳术快速赛流星，神拳飞脚紧包楞。
黄山的云雾白楞楞楞，山中的芙蓉一点红，
松涛云海半天星，星星云海紧包楞。
燕山的冰雪白楞楞楞，长城的烽火一点红，
长城连天接星星，星星长城紧包楞。

亭

一排排石桌白楞楞楞，油漆的石鼓一点红，
松峰峻岭一琴亭，琴声歌声紧包楞。
小小的酒盅白楞楞楞，樱桃酒有一点红，
深山峡谷一酒亭，猜拳行令紧包楞。
河中的帆船白楞楞楞，船头的花瓶一点红，
山前河湾一花亭，山歌渔歌紧包楞。
小小的银钩白楞楞楞，钩上的鱼饵一点红，
江边一座钓鱼亭，鱼上银钩紧包楞。

清

玉兰花开白楞楞楞，月季花开一点红，
花映水中看得清，落花流水紧包楞。
鹅毛大雪白楞楞楞，雪中的新娘一点红，
雪水烹茶甜又清，洞房花烛紧包楞。
露水滚珠白楞楞楞，花染水珠一点红，
露水绿叶分外清，花噙水珠紧包楞。
深秋的晨霜白楞楞楞，霜叶片片一点红，
鱼翔浅底河水清，秋风落叶紧包楞。

静

光天化日白楞楞楞，花儿朵朵一点红，
世无欺心人平静，春夏秋冬紧包楞。
诗书画卷白楞楞楞，中了状元一点红，
寒窗苦读心安静，苦和甜来紧包楞。
关公的大刀白楞楞楞，赤兔战马一点红，
闯过五关不平静，又斩蔡阳紧包楞。
大江东去白楞楞楞，火烧战船一点红，
三国鼎立难平静，争权夺权紧包楞。

景

冰雪融化白楞楞楞，春暖花开一点红，
万里河山尽美景，山清水秀紧包楞。
长江三峡白楞楞楞，崖畔山花一点红，
诗情画意山川景，江水龙舟紧包楞。

东海龙宫白楞楞楞，哪吒闹海一点红，
翻江倒海水战景，鱼鳖虾将紧包楞。
雁池秋月白楞楞楞，西浦荷花一点红，
斗鸡台前十大景，文亭成武紧包楞。

动

桌子的灯台白楞楞楞，点上银灯一点红，
灯光闪闪影影动，灯光灯捻紧包楞。
佛前的香炉白楞楞楞，烧上高香一点红，
香烟缕缕微微动，香烟香灰紧包楞。
苏州的官粉白楞楞楞，杭州胭脂一点红，
佳人婀娜飘飘动，合手念佛紧包楞。
月明地出来白楞楞楞，太阳出来一点红，
太阳落山星星动，月亮太阳紧包楞。

风

说书姑娘白楞楞楞，灵巧的小嘴一点红，
鼓词名艺满城风，历代风云紧包楞。
月下萧何白楞楞楞，追赶韩信一点红，
战马加鞭快如风，文官武将紧包楞。
渭河的浪花白楞楞楞，姜子牙钓鱼一点红，
文王拉纤走顶风，明君贤臣紧包楞。
人挖的运河白楞楞楞，杨广的花船一点红，
花天酒地刮臭风，祸国殃民紧包楞。

轻

月下游春白楞楞楞，花看半开一点红，
酒饮微醉脚下轻，风花雪月紧包楞。
夏云多变白楞楞楞，烘云托月一点红，
浮云飘飘轻又轻，雷雨云雾紧包楞。
满天星斗白楞楞楞，洞房花烛一点红，
听房的小伙脚步轻，悄手蹑脚紧包楞。
桑蚕老了白楞楞楞，蚕老变蛹一点红，
蚕吐银丝一身轻，丝茧裹身紧包楞。

花鼓腔四平调

成武县除了包楞调，还有一种比较突出的剧种：四平调。四平调是由旧时流行于山东、江苏、河南、安徽四省接壤地带的一种民间说唱艺术"花鼓"发展演变而成的。它的主要曲调由花鼓的"平调"发展演变而成，曲调四平八稳，四句一平，因而得名。四平调剧种流行于山东的成武、金乡、曹县、单县；江苏的沛县、丰县、徐州；安徽的砀山；河南的商丘、范县、长垣及河北南苑、邱县、大名和山陕部分县市等地方。

成武县四平调剧团的前身，是河南省柘城县新生剧社，成立于1950年。经过成武县与柘城县双方协商，该剧团于1952年划归成武县，更名为成武县工农剧社。甄友明为第一任团长，张旭为剧团第一任指导员。1960年该团改称为成武县四平调剧团。该剧团成立之后，甄友明、王桂芳、王世君、胡世君、冯守君、周庆泰、王凤云等戏剧艺术家享誉于鲁、皖、苏、豫广大地域。2006年，成武四平调被山东省人民政府公示为省级非物质

成武县四平调剧团送戏下乡演出剧目《泪洒相思地》

2011年11月，四平调《李文忠征北》演出剧照

文化遗产保护项目；2009年被国务院公示为国家级非物质文化遗产保护项目，王凤云被评为国家级四平调传承人。现在，成武县四平调剧团是具有常年演出的处于稳定发展状态的专业剧团，四平调也是成武县最流行、最受欢迎的地方剧种。

一

豫东花鼓与鲁西南四平调之间有着深厚的渊源。四平调由苏北花鼓演变而来，形成于上世纪四十年代。花鼓是流行于苏、鲁、豫、皖四省交界区域的一种古老说唱艺术，四平调是在其基础上加上弦子逐步形成的。初时，花鼓以撂地演唱的形式，在各地流动演出，深受地方群众喜爱。1930年，艺人们在济南将其搬上舞台，其间名称变化多样，曾用过"山东干砸梆""山东老调""山

东老梆子"等名称。1943年至1945年，以甄友明、邹玉振为首的两个班社进行了加弦乐伴奏的尝试，以平板为基础，吸收豫、评、京剧的长处，将《花庭会》《陈三两爬堂》作为脚本试验演出，至此，形成了四平调的雏形。

新中国成立后，在党和国家"百花齐放，百家争鸣"的文艺方针指引下，四平调获得很好的发展。1956年商丘市四平调剧团排演的《陈三两爬堂》，在河南省首届戏曲汇演中获得表演一等奖，极大增加了该剧种在豫、鲁、苏、皖的影响力。当时山东省的成武、曹县、单县、鄄城、范县（1964年划归河南），江苏省的丰县、沛县、徐州，安徽省的砀山，河南省的商丘、长垣、清丰，河北省的邱县、大名等地，均相继成立有专业四平调剧团，短时期内，四平调从原来一个剧团，迅速拓展成立了三十多个专业和业余的四平调剧团，使该剧种的发展达到一个高潮，这些剧团的范围遍及苏、鲁、豫、皖及河北、陕西、山西等地，并且涌现了一批优秀四平调演员，如甄友明、邹玉振、王汉臣、王桂芳、刘玉芝、邹爱琴、李桂荣、王凤云、拜金荣等著名演员在广大观众中享有盛名。

在"文革"时期，各地四平调剧团全部被撤销。1978年，山东成武、金乡，河南的商丘、长垣又恢复了四平调专业剧团。党的十一届三中全会以后，四平调发展进入一个新时期，1980年，山东、河南、江苏、安徽的四平调专家聚集河南商丘，召开了四平调音乐座谈会，共同研究四平调剧种存在的问题，确立了四平调各类板式名称，议定了剧种的发展方向，并在山东代表刘犟、朱广英的倡议下，成立了四平调音乐学会，这个剧种的发展出现了新的高潮。但进入上世纪九十年代后期，受到电影电视等新媒体形式的冲击，加之许多演员投身到经济活动，下海经商等各种综合因素的影响，四平调的发展走向低谷时期。河南商丘、长垣、范县，山东金乡等地的四平调剧团有的处于瘫痪状态，很多甚至被撤销，只有成武县四平调剧团还能够常年坚持演出。

硕果仅存的成武县四平调剧团，谋生存的同时，也继续想方设法谋求发展，聘请商丘市四平调的拜金荣、金乡四平调的苏献芹等四平调优秀演员，编排出了《弯弯鸳鸯河》《玉桃恨》《春暖梨花》《情满人间》等一批优秀剧目，跑河南，下河北，到安徽、江苏等地演出，深受当地广大群众的喜爱，进一步扩大了剧种的影响。

由于四平调是最受当地民众喜爱的剧种，除了成武县四平调剧团，当地还活跃着民间业余性质的剧团。例如，成武县白浮图镇百合演唱团，剧团有二十五个演员，他们平时从事农业生产，每逢有演出的时候聚集到一起，团长名字叫侯照银。这个剧团是2004年建起来的，为推进乡村文明建设，白浮图镇从抓基础建设、文艺队伍入手，积极开展文艺下乡活动，围绕乡村文明建设创作了一大批群众喜闻乐见的节目，投入到地方精神文明创建中。剧团主要由各村文艺爱好者、农村文化经营户、非物质文化遗产传承人等人士组成，表演的节目多以感

成武县四平调剧团第一任团长甄友明

四平调艺术家王桂芳

国家级四平调传承人王凤云剧照

化和教育为主，表现形式贴近民众生活，自编自演，每年在全镇各村演出一百多场次。剧团的演出收入很微薄，多数演员都是靠着对四平调的热情爱好在坚持，大家想努力把这个剧种传承下去。

二

四平调在吸收花鼓艺术的基础上，融合其他剧种的优点，逐步创新发展，形成了其独特的唱腔特点和审美特征。它之所以能受到民众的广泛喜爱，与花鼓艺术的文化基础和不断地传承创新有着不可分割的关系，无论是加入弦子以后逐渐丰富乐器伴奏形成的音乐美，还是融入地方语音语调的声腔之美，不断丰富的内容题材和提高的舞台造型，都为成武四平调发展逐渐添加了深厚的审美内涵。

四平调以花鼓的[平调]为基础，吸收了评剧、豫剧、京剧的营养，派生出不同板式，主要由"平""直""念""散"四种声腔板式组成。

"平板"包括[平板][慢平板][反平板][快平板][货郎调][娃娃]等板式。它是四平调唱腔音乐中的基本曲调，一板一眼（2／

国家级传承人王凤云剧照

王凤云演出四平调剧目《泪洒相思地》

4节拍)闪起板落,由起、承、转、合四句体组合而成。唱词以十字句和七字句对偶为宜,一般不要求过于规范,但不论字数多少,必须三四句为结构。

"直板",包括〔直板〕〔直板垛腔〕〔直板哭腔〕等板式。直板声腔,中等速度,有板无眼,以平板曲调为基础,也是起、承、转、合四句体结构。多表现豪迈奔放、刚直雄壮、悲愤哀沉等感情,是一种表现力很强的声腔系统。

"念板",有"紧打慢唱"之俗称。包括〔念板〕〔念板哭腔〕〔念板垛腔〕等板式。有板无眼,由平板唱腔发展而来,说唱性很强。多表现激昂愤慨、紧张急切、悲愤欲绝、欢快活泼等情感,其唱词以七字上下句为宜。

"散板",包括〔散板〕〔引腔〕〔叫板起腔〕〔散板哭腔〕等板式。以花鼓的〔迷子〕为基础,无板无眼,节奏自由。多表现悲哀沉痛、沉思哀叹、忧伤疼痛、悲喜交集等情感。因它不受节奏的制约及过门音乐的限制,所以曲调的发展变化要求更加自然、真切。

四平调包括文场乐器和武场乐器两种搭配形式。

文场乐器主奏乐器是高胡，为使演员（特别是男演员）的演唱趋向自然、流畅，将定调从降B降为A调。拉内弦时弓杆同时将外弦擦响，形成一个纯五度和弦，是四平调独特的风格。其他乐器有扬琴、三弦、唢呐、竹笛、笙、坠胡、二胡、月琴、琵琶、中胡。还曾有小提琴、大提琴、单簧管、大管、小号、圆号、长号等。武场乐器主要是使用板鼓、堂鼓、大鼓、大锣、手镲、小锣、碰铃、木鱼、低音锣、大铙、大镲等。

四平调的器乐分为吹奏乐和丝弦曲两种主要形式。

吹奏乐即唢呐曲牌。多用于起兵、迎宾、修书、舞蹈等处。常用的曲牌有〔点绛唇〕〔三枪〕〔马扬欢〕〔打老虎〕〔四大锣〕〔娃娃〕〔砍头序〕〔辕门鼓〕〔落马令〕〔吹牌〕〔欠场〕〔唢呐皮〕〔尾声〕〔金鼓吹〕〔猎舞〕等。丝弦曲有〔普天乐〕〔风摇柳〕〔望宫〕〔清闲游〕〔临江楼〕〔喜洋洋〕〔苦相思〕〔扯红绫〕〔巧梳妆〕〔赶鸡娃〕〔广寒宫〕〔步步坎〕〔斗蝎子〕〔猪拱泥〕〔小牵牛〕〔美平调〕〔羊喜草〕等。

四平调剧目内容多反映男女爱情、家庭伦理的"三小戏"，即小生、小旦、小丑，在花鼓基础上搬上舞台演出后，又借鉴了一些小说、鼓词，改编成连台本戏，后又移植和编写了部分现代戏，形成编演现代戏，整理、移植古装戏的多样题材内容，经常上演的主要剧目有二百余出。

按照内容来分，可分为传统剧目、连台本戏和现代剧目三种类型。经常上演的传统剧目有《陈三两爬堂》《小借年》等五十余出，连台本戏有《访昆山》《蜜蜂记》《白玉楼》《杨家将》等二十余出，现代剧目有《白毛女》《小二黑结婚》《春暖梨花》等二十余出。按照剧情类型，又可以分为神话故事类、道德伦理类、男女爱情类、民间传说和历史故事等题材类型，在剧目故事里教育人们崇尚正义、向往美好、惩恶扬善，弘扬真善美，传播正能量，在当前社会生活中具有

成武县百合演唱团演出剧照 　　　成武县百合演唱团（庄户剧团）

1989年，武县四平调新编现代剧《焦裕禄》剧照

教育意义。

　　作为一种新剧种，四平调的脸谱通常借鉴其他剧种来绘制，有"红脸""黑脸""白脸""二花脸""小花脸"及其他"勾脸"的脸谱类型。四平调的表演程式与其他传统戏曲一样，有生、旦、净、丑行当的差别。生行有红脸、净面文生、架子生、袖生、武生；旦行有青衣、红衣、闺门旦、老旦、丑旦；净行有大花脸、二花脸；末行称白胡、老外或外脚，已归入生行；丑行有文丑、武丑。各行的形体表现都有自己的造型要求。例如，旦行讲究"青衣走，大甩手；小旦走，风摆柳"。再如"推圈"，各个行当"出手"推合的具体要求不同：花脸与眼齐，小生与嘴齐，旦角齐胸，小丑单指等表演的技巧。

　　四平调表演十分注意吸收其他戏剧表演的艺术形式，尊重观众的审美需求，并根据演出的现场观众反馈不断丰富表演内容。随着人们审美水平的变化不断地创新融合，四平调无论是题材拓展还是表演技法，都受到民众的喜爱。这也是四平调能在成武县枝繁叶茂，扎下根来的重要原因。

三

四平调传统剧目从民间生活中提炼出的丰富主题，贴近人们的生活和民间信仰，多取材于神话传说、道德伦理故事、男女爱情、民间传说和历史故事等，弘扬中国传统文化精神，具有娱乐教化作用。剧目故事情节里有大量表现仁义礼智信、尊老爱幼的人间真情，宣扬扶危济困、精忠报国、清廉爱民等中华民族传统美德，并富有地方民俗和文化特色，其内容丰富，形式生动，蕴含的爱国民族情结，以及道德教育思想，是塑造民族道德风范的娱乐性宣传教育方式，是对学习传统历史文化的寓教于乐的娱乐化版本，它对增强社会凝聚力、增进民族团结和社会稳定意义深远。

四平调在成武有专业剧团，也有庄户剧团。2011年，各地剧团改革，菏泽市出台政策，每个剧团编制是四十人，纳入财政支出，包含养老保险、医疗保险、职业年金，还有工资。作为当地文广新局的工作组成部分，鼓励进行四平调的剧目创新，倡导与时俱进，根据时代特色和地方特点编写剧本，创作关心关注现实生活的剧目，以满足人们日益增长的审美文化需求。比如新排练的《三子争父》《小姑闲》和《小姑姑贤》三部新戏，观众就非常喜欢。成武还是伯乐的故里，以地方文化为主题的新剧编排，还有助于宣传当地文化，比如聘请本地四平调剧团退休的国家二级编剧编排新剧《伯乐传奇》。四平调剧团还经常在社区里的文化广场举办演出活动，参加公益活动，通过送戏进社区，增强人们对四平调的认知度，弘扬积极向上的精神面貌。编排新剧目需要很多人力物力，耗时周期长，各方面的成本都投入较多，但

1984年9月，
成武四平调剧团赴省城济南演出剧照

王凤云与小学员在山东电视台
演出《裴秀英》选段

是成武文广新局还是把拍新剧作为重要工作，以推动四平调的创新。

此外，除了专业剧团相对固定的演出，还有行政村一年一场戏的流动演出需求，仅靠专业剧团无法完成要求，庄户剧团也常被邀请演出。

四

四平调虽然是一个年轻剧种，却显示了强大的生命力，从上世纪五十年代以来，不断地吸收评剧、豫剧、黄梅戏、京剧等艺术形式的唱腔和表演方法，兼收并蓄，通过几代人的实践和创新，逐渐形成了其自身鲜明的艺术特征。

花鼓说唱艺术的特点，尤其注重吐词清晰，便于理解，一字一句地送到观众的耳朵里，因此格外喜闻乐见。比较起大平调等其他梆子腔的戏曲，四平调的曲调没有大幅度的起伏，其四平八稳的形式，听上去更容易被接受。王凤云老师介绍，先前的四平调唱腔，是四句一喝，六句一喝，一个快板一个慢板，相对比较简单。现在的四平调比过去的板式丰富了许多，比如大慢板、平板、快板、锣鼓冲、散板等，表现方式更加灵活多样。戏曲创新的关键，是要听起来更加优美、

1962年，成武县四平调剧团《将相和》剧照

更加耐听，观众才能接受，曲目也才能够流传下去。

通过不断吸收兄弟剧种的表演艺术特长，弥补自身不足，四平调经过长期舞台演出实践，形成了武戏粗犷豪放、文戏细腻典雅的独特艺术风格，不但能演行当齐全的《梁山将》《戚继光斩子》，还能演出《四杰村》《拿高登》《闹天宫》《三岔口》《武松打虎》等高难度的武戏、身段戏。

近些年，在成武县文广新局的领导下，四平调不断地创新剧目，来满足人们日益增长的审美需要和与时俱进的文化需要。每年的麦收之前，是各剧团演出活动比较集中的时间，过了这段时间之后，演员们便进行集中排练，每年会排演两三部新戏。而对四平调的传承，也采用多种渠道与多样方式。成武四平调剧团采取"请进来，送出去"的方法，邀请国内名家进行技艺指导，让年轻的传承人和退休的老艺人一起切磋学习，打磨唱腔，提高演艺水平；同时，通过与菏泽艺校等高校的合作，把优秀演员送到高校学习，培养后续的年轻表演队伍。

历史上，很多剧种在外部环境发生改变的情况下，因为没有听众和市场而濒临灭绝。早期各地四平调班子曾经多达三十多个，且遍布多个省区地市，但是唯独成武四平调能够存活下来，并得到持续的

四平调伴奏乐器

成武县四平调剧团送戏下乡
演出剧目《泪洒相思地》

发展，这一方面来自地方文化部门的重视，另一方面还是艺人们自身不断努力创新谋生存发展的结果。当前，人们的生活空间和媒体传播方式，都不断发生着巨大的变化，四平调只有以更加符合人们或者引导人们艺术审美的姿态，才能够保持其不衰的活力。

大平调的前世今生

菏泽之所以被称为"戏窝子",实在是遍布各县区的很多剧种和剧团支撑出来的实力所至。前面说过在成武县枝叶繁茂的四平调,我们再来聊聊以东明县为中心辐射"五省八州"的另一种剧种——大平调。

大平调本名平调,属于梆子声腔系统的地方大戏剧种。由于它的定弦、唱腔比当地流行的其他梆子,如山东梆子、豫剧、河北梆子的音调都低,故称平调或大平调;又因其击节的梆子规格特别大,约六十厘米长,故被称为"大梆戏"或"大油梆",现今通称大平调。大平调主要流行于冀、鲁、豫、苏、皖五省相临近地区,以东明县为中心,西到郑州,南到亳州,北到大名、磁州,东到济宁、兖州等地,流行的区域号称五省八州。

目前,菏泽大平调专业剧团有两个:一个是牡丹区大平调剧团,另一个是东明县大平调剧团;

成武县大平调演出现场

另外，成武还有一个民营的大平调剧团，这也是菏泽唯一一家获得国家非物质文化遗产项目的民营剧团。

一

据记载，大平调已有五百余年的历史。关于大平调的起源有两种说法，其一说它是由木偶戏，即当地称为"大头吼"的皮影戏演化而来，因此其唱腔、上场式、下场式、亮相等带有木偶戏的痕迹。另一说是，它的源流背景是由高调梆子或武安平调发展而来的河南大梆戏，河南大梆戏流入东明，又吸收当地戏曲表演形式，进而形成东明地方剧种。大平调的起源可追溯到明代。据1497年（明弘治十年）河南滑县《滑台重修明福寺碑记》中记载："以上布施，除修葺佛塔外，敬献大梆戏、大弦戏各一台。"新中国成立后，河南滑县发现了1659年（清顺治十六年）"大兴班"大平调的演出合同。明清以后，菏泽区内较有名的大平调班社，有东明县包其营的"三鳖肚"班、曹县袁家班、菏泽县尤家班和彭堂天兴班。艺人中流传着"七东八西莫乱窜，曹州还有四个班"的说法。至1830年（清道光十年）左右，菏泽县衙的马班、步班、快班三班总管李玲秀、安兴镇艺人魏守法，成立一个职业班社"双盛班"。之后，又出现了东明县东明集的耿发深班、曹县的袁豁子班、菏泽县尤保田的德盛班等。

中华人民共和国成立后，菏泽、东明、成武、梁山等县成立了大平调专业剧团，上世纪六十年代初进行了调整合并，"文革"初期全部取消，改革开放后东明、菏泽恢复了大平调剧团。

按照地理位置的分布，大平调分为河东平、东路平、西路平三大流派。东明大平调，属于河东平，即山东境内黄河以东的平调流派。

大平调的唱腔与山东梆子大体相同，属板腔体，唱词结构为上下句式，以七字句和十字句为主，也有数字不等的长短句唱词，男女同宫同调，都是七声音阶徵调式。唱腔的基本板式分为〔正板〕〔慢板〕〔二八板〕〔流水板〕〔三板〕〔起板〕〔金钩挂〕〔散板〕等三十多个板式及辅助板。

大平调演唱声韵基础属于汉语北方方言语言范畴，在山东、河南方言中归属鲁西和豫东语言片区，以东明、菏泽、长垣、濮阳、滑县一代为基础语音。

大平调的音乐唱腔吸收了其他剧种的精华，曲调行腔委婉动听、高亢明亮。女生唱腔优美抒情，男声唱腔朴实刚劲，多用真嗓，大平调的特殊唱腔是"讴腔"，在吸气时发音可以长达十几秒，是大平调的一大特色。

大平调使用的主要乐器包括文场和武场两大类。

文场乐器有大弦（八角月琴）、二弦（短杆皮弦二胡）、三弦（钢弦），俗称"老三把"；武场除一般锣鼓外，还有四大扇（大铙、大钹各两扇）、尖子号等，多用于主要角色的出场和战斗场面，以烘托角色的威风。当地有歌谣："四大扇、尖子号，论听还是大平调。"

大平调的人物表演，有一些独有绝技动作，以用来彰显不同人物的性格身份特征。如蹽腿、推圈、抄脸、外摆连儿等，是大平调的特殊表演程式。另外，还有翎子、甩发、髯口、水袖等技巧程式。大平调的练功吸收了京剧的动作程式，角色分生旦净末丑。大平调的曲牌有〔大金钱〕〔小金钱〕〔水上漂〕〔滚龙珠〕〔五字开门〕等一百多个；还有〔朝元歌〕〔紫金杯〕〔嗦咯皮〕等三十多个笛牌，开场锣鼓俗称"打闹台"。

大平调经常上演的剧目有一百四十多种，多数根据《东周列国志》《三国演义》《包公案》《杨家将》等古典演义小说改编而成，也常

1957年，成武县大平调剧团《孟丽君》剧照

取材于民间传说、历史故事等。

大平调剧目多表现帝王将相、英雄豪杰的历史题材。有黑脸、红脸、花脸戏多，武打戏多，袍带戏多的表演特色。主要剧目有《百花亭》《无水关》《铡美案》《铡赵王》《铡梁友辉》《铡郭槐》《战洛阳》《哭头》《陈平打朝》《盗卷宗》《白玉杯》《收邳彤》《栖梧山》《盘坡》《大登殿》《困河东》《李炳下江南》《雷振海征北》《对金抓》《闯幽州》《无盐探地穴》《双龙剑》《汤文明私访》《辕门斩子》《东昌府》《打门楼》《无头案》《琥珀珠》《胡奎卖人头》《反洪山》《游四门》《打面缸》《玉河关》《禅宇寺》《阴阳扇》《胭脂配》《徐策跑城》《徐林造反》《晋阳关》等五十多出戏。其中的《二打金枝》《滚鼓山》《楚王灭夏》《弑朝篡》是大平调的独有剧目。

1981年，成武县大平调剧团《白玉楼》剧照

成武县大平调剧团
在曹县青崮集镇南李集关帝庙村演出

二

东明大平调的前身，是菏泽县彭堂的"天兴班"。1930年，有刘西魁（艺名花脸兴）、牛良材（花脸垫）掌班，在东明支悦刚的资助下开始演出，后有刘天成（艺名大黑脸皮）掌班改称"天成班"。1948年，天成班经冀鲁豫军区登记，改名"利民剧社"。新中国成立后河南省东明县人民政府命名为"东明县新艺剧团"，后改名为"东明县大平调剧团"至今。

新中国成立后，该剧团涌现了很多著名的演员，如申德高（艺名花脸虎）、刘天成（艺名麻红脸）、郭盛高（艺名小黑牛）等。"文革"期间，1968年12月大平调剧团被撤销，演员有些去了工厂，有些下放农村，剧团服装道具被焚烧。1975年10月东明县大平调剧团恢复。1978年东明县在社会招收了五十名学生，成立了东明县大平调戏曲培训班，校址在东明县大平调剧团院内，学制三年。1981年，又在戏曲培训班的基础上，组建了"东明县大平调二团"。1985年为贯彻每

225

个县保留一个专业剧团的政策精神，两个剧团合成一个"东明县大平调剧团"。2009年，东明县大平调入选国家级非物质文化遗产名录。

现在东明县大平调剧团有四十多人，多数演员年龄在五十岁左右，近些年招收学员是通过菏泽学院（原菏泽艺术学校）的合作培养。过去的大平调学员培训是随团学艺，年轻艺人跟着老师在剧团边学习边表演；现在，由于经济条件好了，很多父母也不愿意孩子从事这个职业，所以通过剧团招收学徒的传统方法培养演员变得非常困难。即便招来学员，由于待遇问题，体制学员能留下的艺人也非常少。

菏泽县（今牡丹区）于1957年成立了大平调专业剧团。上世纪六十年代初大平调剧团进行调整合并，1968年"文革"期间中断后，1978年菏泽县恢复了大平调剧团；1985年成立菏泽市大平调剧团，2001年更名为牡丹区大平调剧团。2006年大平调入选省级非物质文化遗产代表性项目名录；2008年入选国家级非物质文化遗产名录；2012年剧团改名为"牡丹区大平调非物质文化遗产保护传承中心"，成为文化部全额拨款的事业单位。目前，牡丹区大平调剧团有四十多个演员，多数为中老年演员，年轻演员较少，目前演员青黄不接的问题较为突出。

三

1940年初成立大平调班社，1948年归属成武县人民政府，定名为"新艺剧社"，1955年更名为"成武县大平调剧团"，1960年3月撤销剧团，演职人员撤回做农活。但是剧团撤销后，这两代艺人并没有把唱功丢下，牛现争说祖父以及父亲两代人将原剧团人员重新组织在一起，在"文革"末期的农闲时节，走村串巷，组团演出，至1980年成立成武大平调剧团，开始了自负盈亏的商业化运营发展。

2009年成武大平调剧团入选省级非物质文化遗产代表性项目名录；2011年入选国家级非物质文化遗产代表性项目名录。

成武大平调剧团业务团长马德良介绍，他们每年演出五百余场，业务范围北到河北邯郸、山东聊城一带，南到河南信阳、商丘，西到河南濮阳一带。牡丹区大平调、东明县大平调成为入选国家级非物质文化遗产代表性项目名录后，作为专职剧团能得到政策和财政支持，而成武大平调剧团作为个体剧团，人员保障以及资金投入方面尚没有相关政策。目前，成武大平调剧团演出活动，文体局给予一部分补贴协助发展，但是剧团的基础运营多数靠自筹资金，没办法像国家资助专业剧团一样有保障，因此发展存在一些困境。

入选后，民营的成武大平调剧团并没有太多改变，剧团仍是唱一天才有一天收入，演员唱完戏回家继续种地。成武县的大平调庄户剧团有三十八个人，剧团演员有二十多人，年龄大多在四十八至五十五岁之间，最年轻的有个唱红脸的演员二十三岁，叫宋志祥，是业务团长马德良的徒弟。县文体局给这个大平调剧团很多业务和资金上的支持，这个民营剧团从演出质量和演员水平都有很大提高，享有一定知名度。对于剧团来说，招收年轻艺人难的问题，是他们最难应对的窘迫现状。成武大平调剧团的团长牛现争介绍，1995年接手成武大平调剧团时，自筹资金二十多万元，对服装、灯光、音响等设备进行更新换代，对唱腔、音乐、舞美、表演进行改革创新，但是，当时招收的二十多个新艺人都没有留下来。

四

大平调演出是一种村落文化的延续。鲁西南一带，自古就有每逢重大节日和祭祀活动请大戏的习俗，大平调演出是一种凝聚地方文

曹县青堌集镇南李集村庙会聚精会神看戏的村民

化、维系村民关系的纽带。如今，大平调剧团作为"送戏下乡"文化惠民活动在村落庙上演出；在农村城镇化发展中，"送戏进城"则作为社区文化的一部分，在现代生活中延续了传统文化生活的基因。为了更好地留住年轻人，使这种戏曲有"传"有"承"，当地剧团和文化部门在教育方式和传承途径方面逐渐与高校、与企业等进行多方面的探索。

无庙不成村，村落庙会往往具有诸多功能，在曹县的地方戏演出中，来自附近十多个村落的人们聚集在一起，共同邀请戏班子演出，我们在当地几个演出现场，可以看到老百姓除了观看演出以外，还敬奉香火祭祀当地的神灵。这种维系群体关系的联络方式，通过当地的"会首"统筹张罗，沟通剧团的演出剧目和主题内容，有针对性地择戏演出。在观看戏剧的同时，起到和谐共处、敬睦四邻、教化传承、教化交流的作用，这是大平调所要传承的生态文化环境。

如今的村落里，观看戏剧的老年人居多，还有些中年人，是陪伴老年人来的。年轻人白天打工谋生，晚上有时候也是多数看手机上网，总体来说，观众群体呈现老龄化倾向。作为一种民间戏曲，大平调承载着菏泽这片土地的生存方式和历史文化印象，是老百姓多年来创造并活态传承的本源文化形式，培养年轻一代的大平调观众，也是传统文化对现实生活的一种观照。

在我国目前的公共文化服务体系建设方面，国家给予一部分资金用于农家书屋、文化站、信息资源共享以及文化活动的开展，另外，还有送戏下乡、送电影下乡等。在菏泽各个行政村里，要求每年每个行政村演一场戏，专业剧团演不完的情况下，邀请庄户剧团演出。成武县大平调剧团是发展较好的庄户剧团，2011年入选国家级非物质文化遗产代表性项目以后，每年也有五十万到六十万元的补助。庄户剧团每个乡镇组成一个班，一个班二十个人左右，文体局每场给五百到一千元的补助进行就近演出，由于庄户剧团的演员基本是本地农民，因此演出成本也低一些。

近年来，在政府的重视和支持下，菏泽庄户剧团得到快速发展，目前菏泽市民营庄户剧团包括山东梆子、枣梆、大弦子戏、两夹弦、柳子戏、豫剧、坠剧、大平调、四平调等剧种，有将近一百二十个剧团，2015年年初，从这些剧团选拔二十一个剧团，举行菏泽首届民营剧团调演，在菏泽梨园剧场开展了为期一个月的"送戏进城"活动。这次调演，各剧团参演剧目皆是一些经久不衰的经典剧目，如巨野县核桃园镇满庄村雪平山青年梆子剧团演出的《反西唐》，成武大平调剧团演出的《下河东》，东明县百花坠剧团演出的《包公案》，牡丹区建华豫剧团演出的《巡按斩子》等，这些都是家喻户晓、脍炙人口的传统剧目，广受观众欢迎。

开展"送戏进城"活动，可以培养年轻观众，并可以将传统戏曲融入现代生活空间中。随着农民生活的不断富裕，将传统戏曲在社区等公共文化空间展演，不仅展示了当代新农民的新精神、新风貌和新时尚，还能培养不同年龄和身份的观众群体。随着城乡一体化战略的深入实施，越来越多的农民变成了市民。在市民成员更加多元化的今天，新潮与传统的碰撞，势必会推动城乡文化潮流的发展和变革。

各类艺术院校与相应高等院校进行有针对性的联合培养，是近些年来国内艺术专业人才的重要培养模式之一。菏泽学院是当地一所专业院校，面对大平调年轻艺人发掘难的问题，东明大平调剧团与菏泽学院已经开始着手具体尝试合作模式，并且已招收一批十三岁到十八九岁的学员进入学校，开始学习和传承大平调，探索新的后续人才培养模式。

我们在对大平调的调研中发现，当前大平调的发展，存在培养新人难、观众结构老龄化、排演新戏难和宣传途径单一等等的问题。不论是专业剧团还是庄户剧团，送戏下乡主要还是以村落为主体、以庙会为主要活动体的空间传播形式；在社区活动及送戏进城方面仍然存在受众单一，观众老龄化，宣传方式单一的问题。在演出方面，除了送戏下乡、送戏进城，还可以送戏进企业、学校等多方面的舞台空间，吸引不同年龄层次的观众群体。

在当下的"互联网+"时代，如何利用好更多的信息传媒平台，借助新兴媒体的力量，进行多方位、多层次的系统宣传，扩大影响范围，或许是大平调发展所要面临的时代机遇。借助高校的校团合作，加强大平调的媒体传播转换力度，可以在微博、微信、网站、论坛等方面建立信息共享平台，使艺人与艺人之间、艺人与观众之间、艺人与企业之间、艺人与政府服务之间都建立行之有效的联络，进行信息共享、资源共享，将大平调戏曲交流的公共资源转化为文化传承的公共平台，促进大平调的传承、传播和宣传。东明县大平调剧团的张海仁说，一些热爱大平调的演员和群众，自发组成了一个大平调交流群，有新的演出和剧目都发进去一起交流，无形之间建立了一种网上资源共享，随时关注东明大平调及促进其跨地区，甚至于国内外大平调爱好者的联络，形成了一种文化共生体，共同推进大平调发展。

相信在信息互联网、物联网发达的不远的将来,将会有更多的交流形式在不同人群中建立联系,而太平调这种具有独特风格的地方戏曲剧种,也会根据自身的戏曲表演特征,更为多样地实现现代生活空间中传统文化生态的延续。

成武大平调《梁祝》

成武大平调《三进士》

成武大平调戏服

荡气回肠的梆子腔

在流行于菏泽的诸多地方戏曲之中，若说有哪一种戏曲与这一方乡亲那种豪爽仗义的脾性深为契合的，那便必然是梆子戏了。这里古属曹州，这里的山东梆子戏，被当时人称为"舍命梆子腔"，它的唱腔高亢激昂，剧目丰富，行当齐全，属于地方大戏，听起来令人情感振奋，荡气回肠。

到底是梆子戏成就了鲁西南人那种豪爽仗义的硬气性格，还是鲁西南人的性格禀赋给予了梆子戏格外浑厚的气魄？这个问题对我这个生于斯、长于斯、自幼对梆子戏耳濡目染的曹县人来说，却仍然难以说得清。不过长久地工作生活在异地，回乡时偶尔听到山东梆子的老腔老调从空中飘荡而来，顿时便会觉得耳热心酸，浓重的乡情瞬间充塞于胸。

一

高亢激越的唱腔、情感充沛的表演，是曹州梆子所代表的山东梆子以鲜明特色立于梨园行的

大姚班戏折

艺术特质。戏曲的腔调是辨别剧种的基本方式，梆子腔源自山陕梆子，在传播过程中与地方方言融合，形成了多种地方梆子剧种。在山东境内流行的就有山东梆子、莱芜梆子、平调、东路梆子、枣梆等地方戏剧种。曹州梆子是对以菏泽为中心的高调梆子的统称，成为独立剧种已有三百余年的历史，其行腔方式与当地流行的大平调、四平调等"平调"唱腔有明显的不同。那种似乎铆足了劲慷慨激昂飙高腔的行腔方式，就是曹州梆子艺术最为重要的唱腔特征。调高、气足、有劲，有一种鲁西南人独有的精气神，令人听起来十分畅快、过瘾。以前的梆子戏红脸、黑脸演员全部采用本嗓大本腔唱，后来逐渐变化改用假嗓二本腔演唱。

一代老艺人窦朝荣，出科于巨野县大姚班，二十岁时即以唱红脸名震鲁西南。新中国成立后曾出任山东省梆子剧团团长，他的唱腔音色嘹亮，高亢浑厚，刚柔相济，情感充沛，1960年录制的《两狼山》经典唱段被制作成音配像节目视频广泛传播。郓城有山东梆子戏"戏窝"之称，县山东梆子剧团红脸须生任心才老艺人的唱腔声音洪亮，音域广阔，高亢激越，极富山东梆子传统唱腔韵味，代表作有《剿杜府》《临潼关》《闯幽州》等，他的唱腔影响深远，堪称一代宗师。任心才先生的再传弟子孟凡义，系郓城山东梆子剧团知名红脸演员，谈到山东梆子唱腔特点时认为："山东梆子的红脸唱腔的音是从丹田气发出来的，非常浑厚，是它与本地流行的豫剧艺术相比最为明显的特点。"

高亢的梆子腔所演绎的山东梆子传统剧目浩如烟海，数量众多。目前，仍在菏泽各地演出的山东梆子戏剧目主要有《老羊山》《反西唐》《对花枪》《桃花庵》《界牌关》《闯幽州》《辕门斩子》《穆桂英挂帅》《地藏板》《日月图》《胭粉记》《茶瓶记》《刘公案》《抄杜府》《赵匡胤哭头》《八宝珠》《红遇路》《黑遇路》《芈建游宫》

233

山东梆子国家级非遗传承人　　郓城县山东梆子剧团任心才先生剧照
刘桂松剧照

《青蛇传》《盘丝洞》《一丈青奇缘》《三子争父》《墙头记》等。

　　上世纪五十年代初山东省戏曲研究室挖掘记录统计，山东梆子戏共有四百四十出，待抄剧目六十三出。老艺人们常用"老十八本""四大征"等行话来概括常演剧目。"老十八本"是指《春秋配》《梅降雪》《千里驹》《全忠孝》《江东》《战船》《宇宙锋》《玉虎坠》《百花咏》《老边庭》《富贵图》《虎丘山》《佛手橘》《天赐禄》等。"四大征"通常是指《穆桂英征东》《秦英征西》《姚刚征南》《雷振海征北》。郓城县山东梆子剧团冀梅霞团长曾经谈到："团里经常下乡演出的剧目有《老羊山》《闯幽州》《刘公案铡西宫》《抄杜府》等四十余出看家剧目，这些虽然是传统剧目，但老百姓百看不厌。"

　　山东梆子戏人物形象塑造个性饱满，大多具有大义凛然的英雄气概。《两狼山》中的杨继业、杨六郎、杨七郎，《抄杜府》中的贾勇，《刘公案》中的刘墉，《穆桂英挂帅》中的穆桂英，《老羊山》《反西唐》中的樊梨花，《对花枪》中的姜桂芝等等都是鲜活生动的经典人物形象，他们的故事情节跌宕起伏，唱词脍炙人口。很多故事情节，以及名角的亮相姿势都为戏迷们所津津乐道。如窦朝荣演的《两狼山》，杨继

山东菏泽地方戏曲传承研究院梆子剧团演出《秦雪梅》

业父子三人被困荒山,老英雄唱道:"老父我年迈六十三,六十三占了个先行官。老天爷再赐我二十年寿,定宋宝刀劈狼山。"英雄已老,壮志难酬,心有不甘之情溢于言表。任心才演的《闯幽州》片段也常为戏迷们称颂。杨家将因奸臣通敌幽州受困,杨继业为了振奋士气,高声唱道:"军营之中只许千声喜,不许一声忧——我看哪个敢哭?都得给我笑,都得给我笑。哈哈,哈哈,哈哈。"老将军托髯抖盔的三声大笑,强烈反衬出其内心的悲凉。

犹记得家乡曹县冬春农闲时节,每逢庙会或有人家的婚寿庆典,那些演员在戏台上卖力唱、观众在台下听得如痴如醉。在那个娱乐方式并不丰富的年代,演员与观众,演戏与听戏,共同实现了一种集体互动的审美生活。曾经有剧团的演员朋友说,很多梆子戏经典唱段往往唱上千遍也不觉厌烦,每次演出都能很自然地情绪饱满地投入到角色之中。山东梆子戏对于演员如此,对于观众而言又何尝不是如此呢?长久地浸润于山东梆子戏营造的文化氛围中,人的性格与思想、平日里的情感与行为也难免会受其影响。我在他乡遇到的很多从鲁西南走出的老乡,闲暇时都能哼唱上几句梆子腔,每每遇上,乡音乡情便会

郓城县山东梆子剧团演员们后台备戏

油然而生，人与人之间的距离也会在无形中被拉得很近。

二

在曹州梆子三百余年的发展历史中，活跃在鲁西南的大大小小的知名班社为数众多。晚清民国时期，巨野县的田家班、大姚班，汶上县的大曹班都是当时名声在外的大戏班。我的家乡曹县也有牛家班、吕围子班、曹家班、王堤圈班、蔡兴科班、火神台班、李同百班、大张楼张班、孙老家班等十多家梆子戏班社。

新中国成立后，山东梆子戏发展进入了新的阶段。山东省文化局戏曲工作组1953年调查统计，山东境内共有四十三个专业梆子剧团和演出团体。1958年山东省文化局组织了"山东梆子剧目工作队"，对传统剧目、唱腔和曲牌，进行了挖掘和整理。同年，在菏泽专署人民剧团基础上，从济宁地区调集了窦朝荣、卢胜奎等梆子戏老艺人成立了山东省梆子剧团，排演新编剧目。同年七月，山东省梆子剧团进京汇报演出了《万家香》《墙头记》《玉虎坠》《两狼山》等剧目。之后，排演了现代戏《三回船》《前沿人家》《老王卖瓜》《铁马宏图》《柳下人家》等，山东梆子在丰富戏迷们的精神生活方面发挥了重要作用。

　　但是，在此后改革开放的潮起潮落中，山东梆子戏的发展一度陷入低谷。1986年，山东省梆子剧团在院团调整改革中被撤销。上世纪八十年代中后期至本世纪初，在歌舞、电影电视等新兴娱乐方式冲击下，民间戏曲演出市场萎缩，各地市县级山东梆子剧团也曾一度面临困境。在最困难时，演员们的温饱问题都难以解决，许多演员离职自谋生路。令人欣慰的是，即使面临了诸多困难，很多演员还是因为对山东梆子的热爱坚持了下来，使这门地方戏曲得以薪火相传。2008年，山东梆子入选国家级非物质文化遗产代表性项目名录，在文化体制改革中，山东梆子国有专业院团的地位也得到了加强。在社会各界的广泛关注下，这门古老的戏曲艺术形式，也在民间又重新焕发了活力。

　　如今除了菏泽市地方戏曲传承研究院山东梆子剧团外，隶属菏泽市的巨野县、郓城县都有国营专业山东梆子剧团。这些基层国营剧团主要承担了送戏下乡惠民演出的任务，剧团每年送戏下乡的演出场次都在四百场以上，为乡村的戏迷奉献了实实在在的"精神食粮"。剧团送戏下乡的剧目充分尊重当地村民的意愿。郓城县山东梆子剧团下乡演出之前，都要到村中拜访"大知"，征求他们的意见确定演出剧目。这些"大知"都是村中德高望重的"明白人"，他们不当官，但都十分了解村人的意愿，他们的选戏意见代表着大家的心声。如果某个村喜欢听旦角唱的戏，剧团就会多安排旦角担纲主唱的戏；如果

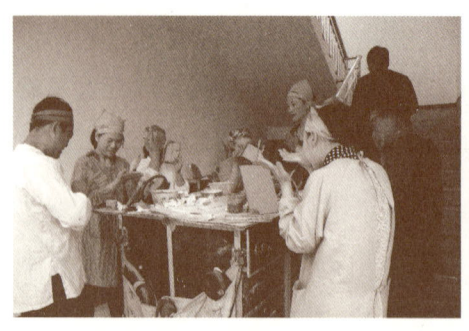

郓城县山东梆子剧团在郓城杨庄集镇陈屯村演出《铡西宫》剧照

喜欢听黑头唱的戏,剧团就安排黑头类的戏;如果喜欢听生角唱的戏,剧团就多安排《刘公案》这类大生的戏。剧团的冀梅霞说:"我们下乡演出要投戏迷所好,一样是要演出,咱让人家高兴多好。"话说得朴实,也足够真诚。

农历三月十一,郓城杨庄集镇陈屯村三官爷庙会的山东梆子戏演出已经唱到了第六天,观众的热情依然不减。当天演出的是《刘公案》,观众大约有三四百人,他们大多是方圆二十里以内的村民,以中老年人居多。时值阳春三月,田里的农活还不算太多,很多戏迷都是天天来看戏。六十七岁的田先敬老人是梆子戏的铁杆戏迷。在等待演出的时间,和我们聊起梆子戏时,老人家显得神采飞扬。他说喜欢梆子戏的原因是"舍命梆子腔,腔好,有劲,高亢,尤其是红脸唱起来嗷嗷叫,让人听了就是过瘾"。的确,山东梆子声腔的优势是很多剧种所没有的,不管是红脸还是黑头,唱起来即使不用扩音器,声音也能传遍十里八乡。问这位老爷子喜欢哪些梆子戏,老人家一口气说出《对花枪》《刘墉下南京》《桃花庵》《界牌关》《打渔杀家》等十多出戏。

陈屯村是以陈、房、钱三大姓氏为主的两千人大村。村中有一处三官爷庙,供奉三官爷神像。庙宇坐北朝南,原建筑早已损毁,近年来香客们捐钱在原址重建,红墙红瓦,建得十分周正。村民

郓城县山东梆子剧团在郓城杨庄集镇陈屯村演出《铡西宫》剧照

说这位三官爷是唐朝人，姓陈，三月初六是三官爷的生日，也是举行盛大庙会的日子。逢庙会必请大戏是这里的规矩。香客们认为"谁捐钱请戏，三官爷就会让谁发财"，因此捐款踊跃，这让剧团原本三天的演出延长到了六天。当地的朋友介绍，这个村子是个典型的"戏窝"，县剧团的多名演员就出自陈屯村。有庙会的地方必有戏班，这是民间文化很自然的生成规律。

专业剧团的演出代表了山东梆子艺术水平的高度，大量的庄户剧团则成为专业剧团的补充。当地政府文化官员介绍，郓城县注册的山东梆子剧团有四十一个，常年有演出活动的有二十家。这些庄户剧团规模相对较小，以家庭戏班为主体，部分演员为专业院团的退休人员，班主联系商业演出台口，演出剧目一般以传统剧目为主。

三

戏曲，是中华优秀传统文化的载体，是戏迷们的精神家园。发挥道德教化作用是山东梆子剧目发展拓展的主轴。从新中国成立初期的《墙头记》，到动漫梆子舞台剧《跑旱船》，以及现代戏《百鸟朝凤》，都体现了这样一个创作主旨。

山东梆子《墙头记》是根据蒲松龄的同名俚曲，结合淄博五音剧团《二子争父》改编,将说唱艺术转化为了戏曲艺术的表现形式。故事演绎的是张木匠年老体弱,两个儿子大乖、二乖不孝,在老人的养老问题上相互推诿,最后终得报应的故事,讽刺鞭挞了农村不孝敬老人的现象。该剧首演由赵剑秋、尚之四导演,刘玉鹏饰演大乖,刘桂荣饰演李氏,卢胜奎饰演王银匠,刘翠仲饰演张木匠。1960年5月,毛泽东主席曾在济南观看了山东梆子《墙头记》的演出。《墙头记》演出受到了戏迷们的喜爱,久演不衰,传承至今。后来,这出戏还成为吕剧、曲剧、秦腔、豫剧等剧种的移植剧目,是山东梆子艺术对中国戏曲界的贡献。

《跑旱船》是郓城山东梆子剧团与中国戏曲学院联合创作的戏曲动漫舞台剧,将传统戏曲与现代3D动漫技术融于一体,探索了戏曲艺术新的表现形式。该剧讲述的是鲁西南黄河岸边的农民高连喜、王二月、何老四、胖婶四位鳏寡老人黄昏恋的故事,在新农村文化建设的背景下,以老年人再婚为切入点,剧情贴近生活,通过喜剧动漫舞台剧的形式展现了新时代

两夹弦国家级非遗传承人李景华剧照

在陈屯村观看郓城县山东梆子剧团演出的观众

郓城县山东梆子剧团在郓城杨庄集镇陈屯村演出《铡西宫》剧照

农村文化新风貌。舞台上演员和屏幕里的动漫人物一起跑旱船，对白幽默，唱腔高亢，很受老中青各个年龄段戏迷的欢迎。目前正在编排完善的扶贫剧目《百鸟朝凤》，讲述的是驻村第一书记刘喜莲在贫困的唢呐村扶贫先扶志，不靠输血靠造血，因地制宜带领贫困户闯难关，最终让全村脱贫的故事。

　　文化学者冯其庸先生曾说："中国的戏曲如果灭亡了，中国传统文化也就灭亡了一半或三分之一；一个民族如果失去了传统文化，这个民族也就失去了他的独立存在的精神基础。"冯先生之所以这样说，是因为戏曲具有极强的教育意义，如果放弃传统戏曲，也就是放弃了一种有力的民众教育形式。像山东梆子戏这样的传统戏曲，扎根乡土，以春风化雨的方式孕育了一方文化，教化着一方百姓，在新时代显示了旺盛的生命力。

菏泽市地方戏曲传承研究院梆子剧团演出

从花鼓丁香到两夹弦

两夹弦是由花鼓丁香发展起来的一种盛行于鲁西南地区的地方戏。它的唱腔婉转活泼，清新优美，甜脆悦耳，在民间有"两夹弦，半碗蜜"之说。比起山东梆子、枣梆那些征战杀伐的大架子戏，其生活化内容的表现，是两夹弦艺术所专擅的方面。

如果说梆子戏是一桌精美的盛宴，那么两夹弦则是平日里餐桌上的清粥小菜。大鱼大肉固然能够让食客们大快朵颐，一直吃到痛快淋漓，但食用得多了容易上火；清粥小菜则不然，不仅能够养胃健脾，还能在咀嚼吞咽中品出细碎日子的味道。两夹弦带给你的就是这般的味道，要细品。

一

作为一种乡土气息浓郁的地方戏，两夹弦脱胎于民间曲艺，花鼓丁香是它的前身。清道光年间，花鼓丁香是流行于鲁西南、豫东、皖北等地的一种民间俚俗小唱。这种曲艺形式多为单人清唱，凸肚腰鼓击节伴唱，唱词多为《休丁香》《梁祝下山》《安安送米》《小姑贤》《王定宝借当》等民间耳熟能详的故事传说。濮州引马集的穷秀才白殿玉夫妇农闲时间就靠演花鼓丁香贴补家用。白秀才擅诗词，通音律，能填花鼓调新词，颇有些才华。受妻子纺车"嗡嗡"声的启发，他制作出了类似二胡的乐器"弦子"为妻子伴唱，使得唱腔听起来更加优美和谐，老百姓根据它的乐器特点赋予了这门曲艺"两根弦"的称谓。

白氏夫妇在从艺生涯中带出了莘县的李季安、东平的戚成兴和济宁的梅福成三个徒弟。他们三人又收徒数十人，搭班在曹县、定陶、东平、梁山、郓城、鄄城等地，撂地摊演出。为更适应观众口味，两夹弦的演出逐渐由一人清唱变为两人对唱，乐器除了凸肚花鼓、弦子外，增加了手锣和梆子。弦子后来由两根弦增加为四根弦，弓上马尾由一股变为两股，从而获得了"两夹弦"的称号。唱腔方面，两夹弦在演出中吸收了划船调、琴书、梆子、大鼓、坠子等民歌、曲艺、戏曲的演唱要素。演出剧目主要是三小戏，即由小生、小旦、小丑组台演出的小戏目，如《安安送米》《小姑贤》《蓝桥会》等。在艺人们的努力下，两夹弦逐渐从地摊唱到了舞台，从乡野唱到了城市，成为一种成熟的地方戏剧种，一生一旦唱响了鲁西南。李季安一脉后来发展了"北词两夹弦"，戚梅二人，人称"大蒲扇""二蒲扇"，则创立了"南词两夹弦"。

在两夹弦发展历程中，职业化的班社"洪兴班"和"共艺社"贡献很大。1910年，大蒲扇的传人王玉华在曹县马楼组织了第一个两夹弦职业班社"洪兴班"，让这门艺术形式由民间艺人的农闲业余演出，正式发展为一种靠唱台口为生的职业，剧团为适应演出需要，排演了公案戏、武打戏、连台本戏。1928年，南词两夹弦的传人王文德在菏泽安兴镇贤圣寺组建"共艺班"，聚拢了当时大部分优秀两夹弦艺人，他们共同努力革新唱词，改掉了粗鄙的内容，同时吸收了山东梆子的表演程式，让两夹弦这种地方小戏逐渐具有了"大戏"的面貌。新中国成立后，"共艺班"被政府接管，组建"菏泽县新艺剧社"，后来发展为现在的定陶两夹弦剧团。在"改戏、改人、改制"思想的指导下，剧团在传统戏目的基础上，重新排演了一批剧目，赢得了社会各界的认可。

1959年10月,毛泽东主席在山东济南观看了菏泽专区两夹弦剧团演出的《三拉房》。不久后,剧团跟随山东省联合演出团进京,为党和国家领导人演出了《三拉房》《站花墙》和《拴娃娃》三出折子戏。两夹弦剧团还编排了《向阳人家》(1964年)、《相女婿》(1979年)、《红果累累》(1982年)等现代戏,受到了观众的欢迎。

声腔是戏曲艺术的灵魂。两夹弦艺术历来重视唱功甚于重视做功,唱腔的铺陈拿捏是其塑造鲜活人物形象的基本方式。从形式上看,两夹弦的唱腔有独唱、对唱和帮唱三种,其中独唱运用较多。演员常用独唱来表白身世、描情绘景、吐露心声。人称"小白鞋"的著名艺人黄云芝的唱腔最为典型。她的声线贴着弦音高高低低地游走,甜脆质朴,婉转悠扬,韵味醇正,深受戏迷们的喜爱。当时,戏迷之间有"拆了房子卖了梁,也要听小白鞋的《站花墙》"的说法。

与小白鞋师出同门的李京华老艺人认为:"两夹弦最重要的艺术特征就是唱词清晰,先吐词后拉腔,唱出来缠缠绵绵、黏黏糊糊的,关键时候很脆很甜,贴近群众的喜好。"两夹弦常用的唱腔板式有二十多个,能够贴切地表现剧中人或欢快舒畅或悲伤沉重的内心情感。适应唱腔表现,两夹弦的伴奏乐器主要有四弦、坠琴、柳琴或琵琶,这种组合"主弦音量大,共鸣好,间质嘹亮而浑厚",衬托得演员的曲调拖腔更为优美动听,可谓曲尽人情。

二

两夹弦作为一种由民间曲艺发展而来的戏曲艺术,其最善于表现的内容是村社中的生活轶事或家庭琐事,也有少量公案戏、武打戏和连台本戏。

两夹弦的传统剧目有两百余出,演员多为"三小"组合,人物角色性格鲜明,内容富有浓郁的乡土气息,渗透了传统社会伦理教化的思想观念。这些剧目除了观众耳熟能详的《三拉房》《站花墙》《拴娃娃》外,还有《王小过年》《打老道》《打城隍》《打棒槌》《打面缸》《打瞎子》《吃腊肉》《翻箱子》《穷劝》《富劝》《贾金莲拐马》《王二姐思夫》《梁祝隔帘相会》《秦雪梅吊孝》《汾河湾》《七错》《老少换》《王林休妻》《劝丈夫》《蓝桥会》《赶三关》《何文秀私访》《武大仨下工》《唐二卖杆草》《锦缎记》《三看御妹》《大铁山的姑娘》《唐宫血泪》《吕蒙正赶斋》《抱灵牌》《杨二舍化缘》《愣姐闹房》《三子争父》《打金枝》《胡尔马月》《雷宝童投亲》《程咬金探地穴》《四郎探母》《清官断》《九女庵》《王宝钏》《王莽篡朝》《海潮珠》《斩杨人》《背箱子》等等。其中,《三进士》《三拉房》《狗蛋推车》等戏还被京剧、吕剧、梆子等剧种移植改编演出。

这些剧目的故事情节紧凑,文辞通俗易懂,用戏迷们的话来说特别能"抓人"。当地俗语"一摆三拉,看起来不顾家",就是形容戏迷们对王文德演出的《摆果碟》和小白鞋黄云芝演出的《三拉房》两出戏的痴迷程度。

《三拉房》是两夹弦的看家戏之一,属于

1959年,定陶县两夹弦剧团黄云芝、宋瑞桃老师《三拉房》进京演出剧照

定陶两夹弦非遗保护传承中心文化惠民演出场面

民间戏曲里"别妻"一类的剧目,其戏词细腻缠绵,情深意长。这出戏的故事情节十分简单,但是对乡土生活趣味及人物情感表现非常到位。戏里的故事说的是新婚不久的乡村小媳妇郭素贞闻听丈夫张文生要进京赶考,匆忙为其打点行李,因有诸多担心,反反复复将丈夫送出又拉回的情景。戏词采用鲁西南方言,贴近生活而又十分明快。

开场,新婚燕尔仍在喜悦中的郭素贞用欢快的唱词描述了洞房夜第一次见到丈夫的情形:"不一会儿,进来个人,倒坐床沿脱鞋底。俺心里不住扑扑跳,借着灯光看仔细。只见他,大大的眼,粗粗的眉,圆圆的脸,细细的皮,一举一动有神气。哎哟哟,我的亲娘呀!原来俺摊了个俊女婿。"

她回想了一番夫妻间蜜月里琴瑟和鸣的生活，内心十分欢喜，时间已接近晌午，需要赶紧去做饭。这段戏词十分接地气："眼看太阳快晌午，饿坏了相公了不得。急慌忙厨房去做饭，给相公擀面叶，炒鸡子，麻汁、黄瓜拌粉皮，打发相公心如意。"

刚刚应下丈夫去科考，郭素贞为丈夫准备行李时又联想起了看戏时看到的宋朝薄情郎陈世美的负心故事，转而又生起几分担忧。这段唱词表现人物的心理转换极为细致："忽然一事想心坏，为闺女俺也曾看过戏，戏中负义之人记得明白。宋朝里有个陈世美，得中了他把香莲害，相公今天去赶考，不得中他还能回来，要是相公得了中，招驸马，金花戴，陪公主，笑颜开，御花园里把花采，可就苦了俺女裙钗。"这段唱词演唱节奏越唱越快，将剧中人越想越慌张的心理表现得淋漓尽致。郭素贞得到丈夫盟誓之后，心虽稍宽，但仍存隐忧，在准备行李时，反反复复试探丈夫对自己的心意和态度。

郭素贞唱："你可知草房高来楼房低，楼房底下两只鸡，野鸡打得团团转，家鸡不打扑扑棱棱往空飞，论吃还是飞罗面，论穿还是绫罗衣，知冷知热是半路的妻，人家疼你是真疼你，为妻疼你是假的！"张文生唱二板回应："明明是楼房高来草房低，草房底下两只鸡，家鸡打得团团转，野鸡不打往空飞，论吃还是家常饭，要穿还是粗布衣，家常饭来粗布衣，知冷知热是亲妻，贤妻疼我是真疼我，人家疼我是假的！"

这最后一段夫妻间的对唱，妻子反说正话，丈夫正面回应，你来我往，语言诙谐风趣，情感真挚，唱腔婉转动听，将一对即将分别的小夫妻之间的浓情蜜意委婉地表现了出来。这出戏妻子俏皮泼辣，丈夫情深意切，人物形象性格跃然而出。难怪戏迷们为两夹弦送了个"半碗蜜"的称号。

定陶两夹弦非遗保护传承中心演出剧照

定陶两夹弦非遗保护传承中心演出剧照

三

在改革开放的发展大潮中，同其他地方剧种的境遇一样，两夹弦艺术也一度面临萎缩消亡的困境。2008年，两夹弦艺术被评为国家级非物质文化遗产项目后，再次迎来发展的春天。2012年，定陶区两夹弦剧团更名为"定陶两夹弦非物质文化遗产保护传承中心"，成为政府全额拨款的公益性事业单位。全团现有演职人员六十余人，角色行当齐全，演员老中青搭配均衡。

文化体制改革后，剧团主要承担的是"文化惠民"演出任务，其他时间排演反映新形势发展及乡风文明风尚的现代戏。春天农闲时节，一般是剧团开展送戏下乡的忙碌时段，演出人员分为两队同时下乡演出，每年演出四百余场，能够覆盖到定陶最偏远的村子。下乡演出的观众主要是中老年群体，剧目多为《三拉房》《雷宝童投亲》《三看御妹》《三子争父》《打金枝》《胡尔马月》《王宝钏》《打花厅》《唐宫血泪》等传统剧目。定陶区两夹弦非物质文化遗产保护传承中心负

249

1979年，定陶县两夹弦剧团进京演出《三拉房》剧照（李京华、宋瑞桃）

责人介绍："为了适应下乡演出需要，剧团恢复编排了五十二出传统剧目。"夏季时节，剧团则在城市文化广场为市民进行消夏演出，每年的七月或八月份举办，演出的剧目既有传统戏，也有现代戏，一个月的时间能够演出一百余场。来看戏的观众几乎天天都能够达到上千人，老年人、中年人、青年人和孩子，各个年龄层面的观众都有。对于这些观众来说，在广场上听戏，有身临其境的乐趣，不同于坐在电视机前看电视剧或电影。据了解，在消夏演出中，文化体制改革以来剧团新创排的《春秋商圣》《爱心家园》《退彩礼》《回家过年》《砖头记》《心灵的呼唤》《厚土》《干娘》等二十余出现代戏，深受观众的欢迎。

除国营剧团之外，民营庄户剧团也是传承两夹弦艺术的一股重要力量。仿山镇过去是两夹弦艺术的"戏窝"。镇文化站站长李怀鹏先生介绍："新中国成立初期，仿山镇有四十八个村，两夹弦剧团就有十二个，现在仍有多个庄户剧团在乡下各个台口演出。"这些庄户剧团的经营主要有两种形式，一种是职业化的演出，一种是业余自娱自乐性的演出。仿山镇"定陶陶韵两夹弦庄户剧团"是一个职业化的群众性演出团体，成立于2014年，初创时只有韩继刚、梁秀真、范清峰、孔凡芹、董沛青五人，现已有演职人员二十七人，主要承担政府购买服务形式的送戏下乡演出和商业台口演出。剧目主要有《三拉房》《站花墙》《雷宝童投亲》《四郎探母》《换亲》等，演出地域遍及菏泽各个乡镇。这个剧团还创排了《状告老村长》《豆腐张相亲》《逛仿山》等表现乡村文明新风的现代戏。仿山镇邓集社区两夹弦庄户剧团2015年成立，演职人员二十二人，是群众自发组织的自娱自乐性演出团体，目前在仿山镇各个村庄义务演出。

戏曲艺术最为直接地承载了民间文艺的精神价值。两夹弦这类地方戏曲均属"花部"，深具民间乡野气息与艺术韵味，故事情节代

定陶两夹弦非遗保护传承中心演出剧照

入感强，容易引起乡民们精神与情感的共鸣，像油盐酱醋一样成为一方民众精神生活中不可分割的组成部分。归入"花部"的民间戏曲在清中期逐渐繁荣兴盛起来。经学家焦循在《花部农谭》中谈道："花部，原本于元剧，其事多忠、孝、节、义，足以动人；其词质，虽妇孺亦能解，其音慷慨，血气为之动荡。郭外各村，于二八月间，递相演唱，农叟、渔夫，聚以为欢。"花部戏曲表现土俗俚情与乡野况味，观众看戏能够"奇痒得搔""郁气得申"，有"快畅"之意。两夹弦戏词里的故事有的改编自本土的乡情轶事，有的来自历史传说，有的从其他兄弟剧种移植而来，主题千千万，但是都因迎合了观众的口味而在岁月淘洗中沉淀形成了今天的面貌。

我家住在曹县老县城的大隅首，离剧院很近。我从小也喜欢跟着大人们去看戏听书，对两夹弦的剧目可以说是耳熟能详。如今回忆起年少时骑自行车专程到附近的定陶县看两夹弦的情形，仍然历历在目。正是因为有从小对地方戏曲的这份热情和爱好，我后来在

定陶两夹弦非遗保护传承中心演出剧照　　定陶两夹弦非遗保护传承中心演员备戏

　　做民间美术研究时，曾经专门拿出一段时间做鲁西南戏曲纸扎研究。那段研究经历让我更加深刻体会到民间戏曲是蕴含民族文化精神基因的一座富矿。民间借由戏曲传颂百年千年的俏媳妇郭素贞、忠贞多情的富家小姐王美容、苦守寒窑十八年的王宝钏等人物故事为什么一直为戏迷们所欢迎？其中正是体现了中华民族在精神上所推崇的一种价值。

　　想来，民间戏曲之所以能够代代传唱，就在于其中所蕴蓄着的那种永恒的价值。现在中华传统文化正在迎来全面复兴，相信终有一天，民间戏曲也能够在更为普遍的意义上成为滋养国人秉性气质的精神力量。

老腔老调话枣梆

枣梆戏是一种发源于山西上党，形成于山东鲁西南的老腔老调的梆子戏。长期研究民间艺术的原因，我曾有幸接触过很多地方的民间戏曲，也常常为其中质朴的表演和优美的唱腔所打动。假如一定要让我从其中选出一种乡土味最重的剧种，那必然是家乡的枣梆戏了。枣梆的唱腔就像是白酒中的烈度酒，醇厚中带着几分野辣，劲足而味浓。那种土味十足的"咿呀腔"，听上一出，便有绕梁三日挥之不去的余味。

一

枣梆源于上党梆子，清末由晋东南传播至鲁西南。相传，最早有一位晋城的银匠业余时间教授当地人唱"泽州调"，后来发展成为唱围鼓戏。清光绪初年，山西遭受灾荒，上党梆子"十万班"到菏泽、郓城等地流动演出一年，这种高亢有力、豪放淳朴的声腔形式逐渐为当地人所接受。

郓城人对这种戏曲艺术尤为喜爱，他们最早聘请了上党梆子职业艺人潘朝绪在当地授徒传艺。这位艺名为"大闺女"的艺人，先后在郓城的刘口、樊庄、郭屯、于庙、张集、方庙、南旺等地教授唱腔，上党梆子的声腔逐渐与本地方言相融合，形成了唱腔独特的枣梆艺术。潘朝绪被枣梆艺人尊称为"潘师爷"，他的弟子学成后，在郓城组织了第一个职业枣梆戏班"义盛班"，

2020年9月，在曹县听枣梆

后来又从中独立出高升班和义和班，在鲁西南各地流动演出。1925年，河北大名一批上党梆子艺人加入了鲁西南的枣梆剧团，并带来《徐龙铡子》《铜花环》《海棠关》等剧目，枣梆的流传地，也逐渐由郓城扩展到巨野、鄄城等鲁西南各地，演出地域辐射到河南、安徽、河北等省份。

戏曲艺术总是会循着一方民众的审美趣味而做着适应性的调整变化。上党梆子在传入鲁西南之初，由"昆、梆、罗、卷、黄"五种声腔组成，戏班能够兼唱五种声腔的，称为"五套俱全"，只能唱梆子腔的，称为"一把锹"或"缺门"。《齐鲁民间艺术通览》记载，义盛班能演唱昆腔《赐福加官》，罗罗腔《时迁打铁》，梆子腔《八卦阵》《八仙关》《彩仙桥》《代州愿》《天波楼》等，皮黄腔《桑园会》《天水关》《取巴州》《斩郑文》等。在后来的演出中，梆子腔因其粗犷豪迈的唱腔风格，格外符合鲁西南民众的口味，它的发展便一枝独秀，脱颖而出，其他的上党梆子声腔逐渐消失。因为这种戏曲艺术有一个以枣梆击节的突出形式，1960年被正式命名为枣梆。

枣梆艺术与山东梆子相似，生旦净末丑角色行当齐全，一出戏登台演员有时多达二三十人，场面气势宏大，属于大架子戏一类。枣梆唱腔真假嗓结合，真嗓吐字，假嗓拖腔，刚中带柔，吐字清晰真切，通常一句收尾处音调突然翻高转为韵味悠长的拖音耐人寻味，具有区别于上党梆子的明显特点。枣梆唱腔板式有大花腔、二板大花腔、流水花腔、栽板小花腔等二十余种。因角色不同，唱腔风格也多有变化，有的粗犷健壮、高亢激扬，有的委婉活泼、缠绵悱恻。红脸黑脸的唱腔尾音用假声立嗓，翻高八度发"ou""a"两个拖音。小生小旦唱腔立嗓尾音，发"yi""ya"拖音。

枣梆伴奏乐器主要有锯琴、二把、三把、笛、笙、三弦、二胡、琵琶等。锯琴是枣梆的当家乐器，形似板胡，椿木制筒，桐木蒙面，弓子用竹篾支撑，上系粗马尾，弦用羊肠制成。琴师演奏时需要左手戴铁指帽，展臂开合幅度大，音色高扬明亮，音域浑厚宽广，由此演奏出的曲调既可以激扬高亢，也可以低回缠绵，表现力强。

枣梆剧种虽然形成较晚，但是借鉴兄弟剧种的表演形式，根据剧情需要发展出了甩袖、抖髯、搓手、顿足等程式化的表演动作，大开大合，极大增强了角色人物的性格特点。挂彩戏是枣梆艺术发展出的独特表演形式，有开膛、开铡、钉人等惊险刺激的表演，月牙彩铡、假腹皮、弓子钉等彩具制作生动逼真。枣梆唱腔、伴奏与表演相融合，浑然一体，听起来独具风韵，引人入迷。老百姓有"不吃饭，不喝汤，也要听枣梆的咿呀腔"，"看了头晌看后晌，不看枣梆心痒痒"之说。

枣梆须生演员赵凤来剧照

菏泽地方戏曲传承研究院枣梆剧团演出《三关排宴》剧照

二

枣梆传统剧目有八十余出，很多都是老百姓耳熟能详的历史题材，如《三国演义》《杨家将》《水浒》等故事内容，也有民间故事传说、神话剧、生活喜剧等内容。这些故事主题包含了忠孝仁义、惩恶扬善、扶困济危、精忠报国等主题，蕴含了传统伦理价值观念和深刻的人文精神，在今天仍有积极的现实意义。

菏泽地方戏曲传承研究院枣梆剧团演出《三关排宴》剧照

　　菏泽市地方戏曲传承研究院枣梆剧团目前仍经常演出的传统剧目有《生死牌》《天波楼》《徐龙铡子》《刴王莽》《蝴蝶杯》《珍珠塔》《杀宫》《千古奇冤》《游西湖》《大红袍》《风流才子》《三关排宴》《凤冠梦》《彩仙桥》《五世倾英》《姊妹易嫁》等剧目。

　　在众多枣梆剧目中，情节最令人惊心动魄的当数《徐龙铡子》。这出戏为枣梆戏的传统剧目，1954年曾参加山东省第一届戏曲观摩演出大会。故事讲的是明朝定国公徐龙千岁被贬汉阳为官，其子徐萌到江边游玩，以买鱼之名登船强抢渔女，并将渔女之父打死，渔女誓死不从，跳江自尽，被赴云南安民归京复命的小王朱吉和御史海瑞救起，二人问明情由后，携渔女到汉阳堂问罪，刚正耿直的徐龙知情后，不顾徐母和朱吉的求情，大义灭亲，忍痛铡子。

　　《徐龙铡子》如今仍是菏泽地方戏曲传承研究院枣梆剧团的常演剧目。刘长安饰演铜锤花脸徐龙，户庆如饰演须生海瑞。刘长安的戏学的是正净，演绎铜锤花脸，徐龙有架有嗓，唱功做功俱佳，故事高潮铡子一幕最为精彩，最受戏迷称赞。刘长安饰演的徐龙在确知徐萌打死渔女之父属实后，以瞪眼、颤身、甩袖、蹍步一系列的动作，配合着锯琴紧促的声调起伏，展现了愤怒、震惊、无措等内心深处复杂的情感，充分展现了戏曲作为表演艺术的魅力。《徐龙铡子》这出戏自1925年由河北大名的上党梆子艺人传入鲁西南以

山东省郓城县枣梆剧团演出《天波楼》　　　房灵合枣梆《生儿容易养子难》

来常演不衰,展现了法理与亲情之间的冲突。据徐母所言,徐家三代单传,徐萌一死意味着徐家绝后,但为了维护王法公义,在法理与私情面前,徐龙毅然选择前者,大义灭亲,并赠送渔女银两让其回家处理父亲后事。在徐龙心中,"国家的王法震山河",不允许任何人侵犯,哪怕犯法的是"龙子龙孙"也绝不退让。正是这种执法严明、不徇私情的正义品质,让徐龙这一艺术形象深入人心,获得了戏迷们的认可。

另一出广受戏迷好评的是《天波楼》,它讲的是杨家将的故事。朝中奸佞之臣谢金吾、王钦若挑拨年少的宋王赵德昌下旨拆除杨府天波楼,镇守三关的杨延景奉母亲佘太君之命回京城汴梁驰援。手下鲁莽将领焦赞怒杀谢金吾全家,宋王将此事降罪杨延景,千岁王爷赵德芳与小柴王为保杨门忠良,据理力争,救下杨延景。整个故事情节跌宕起伏,扣人心弦。这出戏是郓城县枣梆剧团的保留剧目,王爱萍饰演刚烈坚毅的佘太君,她将老太君临危不惧的巾帼风范演绎得生动逼真。正气凛然的千岁王爷赵德芳、疾恶如仇的焦赞、胸怀大义的杨延景等剧中人物性格鲜明,也令人印象十分深刻。

枣梆艺人在现代戏创排方面有着良好的传统。在不同的历史时期创作的《刘百万》《白毛女》《变天账》《小放牛》《王桂祥翻身》《西店子》《牡丹向阳开》《送子参军》《光棍苦乐记》《菊花魂》《父

山东菏泽市地方戏曲传承研究院下乡惠民演出

女情》《生儿容易养子难》《鸳鸯歌》《走出大山》《枣树情》《生日》等剧目，反映了时代与生活变迁，传递着弘扬真善美的艺术精神。

三

鲁西南的枣梆艺苑，国营专业剧团和民营剧团有着各自的发展路径，共同经历了枣梆艺术发展的起伏变迁，也共同肩负着枣梆艺术传承与振兴的重任。

菏泽市地方戏曲传承研究院枣梆剧团，是目前菏泽地区唯一的枣梆专业院团。该剧团是 1960 年在菏泽专署枣梆剧团、郓城县文娱剧团、梁山县晨光枣梆剧团的基础上成立的。在近六十年的历程中，剧团经历了枣梆艺术在时代大潮中的数次颠簸沉浮。在张梦龙、户庆如、刘长安、孟凡金等中年一代剧团主演眼中，上世纪八十年代中期到本世纪初期是全团最为艰难的时期。在改革开放初期，枣梆等古装戏曾经历过短暂的辉煌。但随着电视机、电影院的普及，以及歌舞艺术的兴起，民间戏曲的演出市场迅速萎缩。为了能够生存下去，剧团无奈只能到仍在盛行戏曲的晋东南农村演出。有十多年时间，剧团通常每年正月初四出发，中间除了麦收季节的短暂假期外，一直演出到农历十月初。不论寒暑，他们钻山沟、下矿区、睡古庙，一个台口赶着一个台口地唱，

枣梆《枣树情》剧照　　　　　　　　　枣梆《草根大师》剧照

最终却只能获得微薄到不足以支撑家庭开支的收入。对剧团的每个演职人员来说，那都是一段背井离乡、刻骨铭心的艰苦岁月，但正是有他们的这种坚守，才为枣梆艺术的重生保留了火种。

进入新世纪以来，随着国家文化政策的调整，剧团的国有事业单位属性逐步得到明确。2008年6月，经国务院批准，枣梆列入第二批国家级非物质文化遗产名录。在国家文化体制改革中，2012年，剧团所属的"山东菏泽市地方戏剧院"更名为"山东菏泽市地方戏曲传承研究院"，下辖枣梆剧团和山东梆子剧团。作为财政全额拨款的国营剧团，演员们的生活有了保障，枣梆剧团的演出重点转为文化惠民演出。

目前，枣梆剧团每年下乡惠民演出二百四十五场，演出时间一般选在农民农闲季节，每天上下午演出两场。其他时间主要用来排演新戏，并参加省市、地区的文化艺术节演出。2011年，剧团排演的《枣树情》入选山东省文艺精品工程奖，在第十届中国艺术节汇报演出。反映老兵高秉涵故事的《乡魂》，入选国家艺术基金支持项目。最新编排的《草根大师》，在菏泽大剧院完成首演。该剧以当地坠子艺人郭永章的故事为原型，通过"失琴—封琴—传琴"这一故事主线，讲述了盲人坠子书艺人郭永昌对人生的豁达胸怀，对艺术的热爱执着，对群众的感恩奉献。

近几年，在国家文化政策的支持下，枣梆艺术的发展呈现了欣欣向荣的景象，但是，传承仍是剧团发展面临的最为紧迫的问题。张梦龙团长介绍，目前剧团三十五名演员中，年龄在三十五岁以下的仅有五人，主演年龄偏大、后继乏人的状况十分突出。现在剧团演员角色的传承，主要是靠传帮带的方式来实现的，年轻演员主动跟着适合自己的老演员学戏，资深老演员也愿意将自己的唱腔和舞台经验倾囊相授，久而久之，学和授之间自发结成了师徒关系，台上台下，其乐融融。须生户庆如的徒弟任国栋，张梦龙的徒弟李志坚、刘永乐，铜锤花脸刘长安的徒弟，目前都可以担纲主演相应的剧目，在舞台上已经能够独当一面。这些优秀的年轻演员需要良好的发展平台。由于剧团编制属于事业单位，人才引进受限于招聘制度，有些优秀年轻演员因为学历、资历等原因，难以获得体制内的相关待遇，工资收入低限制了他们钻研业务的热情，这亟待有关部门在人事管理政策上能够破题。

民营剧团的存在，则昭示了枣梆艺术在鲁西南深厚的群众基础。如今在这一地区乡村庙会活跃的剧团，主要有郓城县枣梆剧团、巨野张楼枣梆剧团、鄄城民意枣梆剧团。这些剧团多在家庭戏班的基础上自发组建而成，演员多为农民，他们农忙种田，农闲唱台口排新戏，郓城县枣梆剧团是其中的典型代表。该剧团1998年成立于郓城县武安镇于庙村，初名新国枣梆剧团，后经县政府批准改名为郓城县枣梆剧团。团长于新国出身于梨园世家，是枣梆老艺人于恒久的侄子。于庙村枣梆艺术发展较早，早在1938年，潘朝绪的徒弟李世魁就在此开设于庙枣梆科，开科授徒，带出于恒久、刘允臣、于天宝等著名枣梆艺人。1946年，于恒久在于庙组建了"游击剧团"，配合当时的政治运动排演了《刘百万》《二流子的转变》等剧目。郓城县枣梆剧团曾汇集了于恒久、田福运、刘其军、王爱萍等著名枣梆艺人，剧团主要唱的是庙会台口，演出地点遍及鲁西南、豫东、冀南、苏北，常

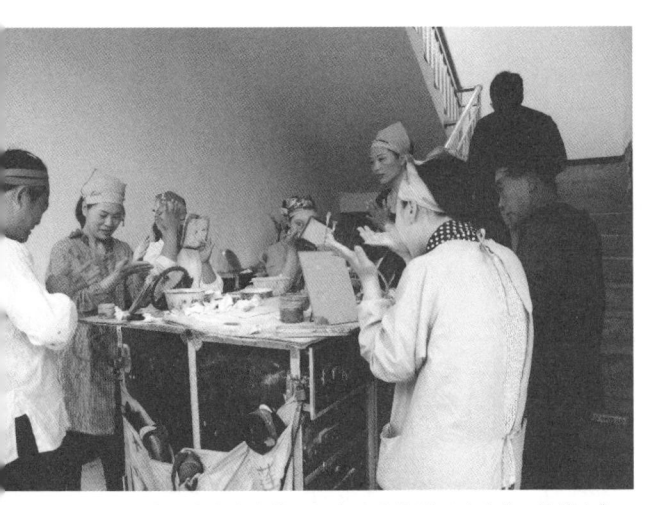

菏泽地方戏曲传承研究院枣梆剧团演出《三关排宴》，演员们备戏

菏泽地方戏曲传承研究院枣梆剧团演出《三关排宴》，台下观众

演的剧目有《蝴蝶杯》《天波楼》《彩仙桥》《风雨亭》《武家坡》《徐龙铡子》《代州还愿》《三子争父》《狸猫换太子》《千古奇冤》等四十余出戏。2007年秋，剧团在河南范县白衣阁连续演出半个月，一天三场共计演出了四十五场戏没有翻箱，最后还剩下一出《蝴蝶杯》没有上演，这项演出纪录颇令于新国和演员们感到自豪。于新国说，郓城县枣梆剧团因为传承的是老腔老调、原汁原味的枣梆，所以特别受当地百姓的欢迎。

作为民营剧团，郓城县枣梆剧团是在处境艰难的境况中生存下来的。于新国团长谈到剧团发展历程时，颇有几分心酸。他描述这段经历"比孙悟空陪唐僧西天取经遭的难都多"。剧团成立之初，资金缺乏，仅添购了一些小件戏服，大件戏服靠租借，在后来的演出中才逐

263

渐将戏服道具添置齐全。于新国的爱人王爱萍介绍说，剧团有一次赶台口路途遭遇的严重交通事故，差点让剧团解散。在那次事故中，王爱萍的母亲当场身亡，她本人也身受重伤。事后夫妇俩在犹豫是否继续办剧团时，王爱萍的父亲跟他们说："郓城的枣梆剧团就剩下你们一家了，不能因为恁母亲的去世，造成枣梆这个剧种的消亡。你们应该把剧团继续办下去。"在老人的支持和鼓励下，郓城县枣梆剧团虽然面临演员老龄化、戏曲市场状况不佳等诸多困难，仍然坚守至今，他们传承枣梆艺术的信念令人由衷敬佩。

乡村曾经是中华文化的道德高地，淳朴的乡风乡情寄寓了不尽的乡愁。在长期稳定的农耕生活形态中，男耕女织，尊亲睦邻，人心向善。这种乡风文明的形塑，在很大程度上是由民间戏曲的教化功能来实现的。老辈人常说，"听书看戏都是劝人方"。在资讯与娱乐都匮乏的传统社会，人们的日常生活就浸润在戏曲营造的文化氛围之中，戏中人的喜怒哀乐牵动着人们的情感神经，戏中的人义利取舍成为人们处理世事人情的标尺。戏如人生，人生如戏。人们看戏，即在进行一场精神上的游历，与剧中人共同经历一种或精彩或悲戚的人生，这既是一种美的熏陶，也是一种世俗教化。

菏泽小孩模（中国民艺博物馆藏）

辑四 乡愁寄物

  我姐姐潘鲁平从小跟随奶奶学纺花，她曾写过一段关于奶奶的文字："我躺在暖暖的被窝里，望着静静的陶罐，望着奶奶前倾后仰的叠叠重影，机人合一，一上一下的踩踏声，宛如琴音美妙动听，渐渐地，我伴着织布机'咔嚓、咔嚓'的音乐醉了。很久醒来，看到的却是奶奶疲惫的脚步、疲倦的身影，那一刻，我读懂了一个贤妻良母生活的艰辛。"

奶奶的陶罐

奶奶潘王氏
（1910—1989）

许是痴迷，许是恋旧，抑或是民间文化的拾荒情结，我对一些老物件情有独钟。我书房的博物架上，摆有一些姿态不同的泥人和形色各异的瓶瓶罐罐，最吸引眼球的是正中央一个底色为红色、纹饰为黄色的土陶罐，圆圆的盖子也因为长年的使用留下了光光滑滑的痕迹，这就是奶奶的陶罐。

每每不经意看到它，一种亲切温馨的气息和酸酸楚楚的味道便充满了我的脑海。这小巧玲珑、普普通通的老物件，浸润着奶奶的岁月悲欢，也记录着我儿时的懵懂、少时的梦幻和眷眷的乡愁。

奶奶姓王，娘家在曹县东关，有两个弟弟两个妹妹。这个陶罐，就是奶奶出嫁时，跟着大皮箱一起陪嫁来的。从嫁到潘家起，奶奶就和陶罐形影不离、视如珍宝。小时候，在我印象里，奶奶好像会变魔术似的，指不定什么时候，就从这

奶奶的陶罐在中国民艺博物馆

小小的圆罐子里，一会儿变出块甜糖，一会儿又变出个蜜果，让我们惊喜得不得了。奶奶的罐子里既有做女红用的针头线脑，还有一些各色各样的种子。奶奶习惯将各种不同的菜种、瓜种、花种，用不同的小布袋包好，仔细放进陶罐里，再把陶罐搁到孩子们手不能及的高高的橱顶上，或是深深的壁橱里。每个时令节气到了，奶奶就拿出不同的种子，分别交给爷爷、父亲或母亲，把籽粒下到土里，浇水施肥，之后很快便会发出瓜菜花的芽叶，随着季节变化茁壮生长。和奶奶在一起生活的那些日子，也像种子发芽、出苗、开花、结果一样，过得缤纷而又生机盎然。我一直很好奇，奶奶大字不识一个，对这些种子却分辨得门清，从来没有弄错过。到后来我才发现，在她这些大大小小的布包上，都画着歪歪斜斜的特别符号，原来这就是她的"窍门"了。我们小时候都把这个陶罐看成是奶奶的魔罐。长大后才渐渐懂得，这个魔罐里的秘密，深蕴着奶奶对生活的理解、挚爱和智慧。

　　奶奶说话爱笑，谦卑温和，做起事来风风火火。她常跟孙辈们念叨，对人不要说脏话，更不要打人骂人、欺负弱者，出门在外以礼

奶奶的陶罐（中国民艺博物馆藏）　　老土陶罐（家藏）

为先，比别人矮一辈低一辈不是丢了面子，收获回报的是更多的面子。古老中国的民间社会人际伦常文明，往往是在世世代代的祖父祖母们这样絮絮念叨里，被一代又一代延续下来。奶奶的这些不是家规的家规，对于我的家庭和谐、事业和谐乃至人生和谐，都起到了不可估量也无可替代的作用。

从前若说一个家庭妇女贤良、识大体，意思便是说她的眼界和格局，不只是关心着自己小门小户的一家人，还要照应到族中的亲友和周围的邻人。我曾祖父的弟弟，也是奶奶的叔公，家族称之为九老爷爷。九老爷爷无儿无女，最疼的晚辈是钢叔和我，平时有什么好吃的好玩的，都喊着我俩，让我们吃好玩好。九老爷爷年纪大了的时候，行动多有不便，奶奶便毅然把他接过来，像亲生父亲一样伺候，无微不至地照顾他的生活，为他养老送终。平时，亲戚邻里有什么困难，奶奶总是掏空陶罐里面的钱，尽其所有和所能，助人纾危解困。街坊四邻都说，潘家老太太是潘家胡同和衙门街上最敞亮的人。

曹县素有"诗书继世，耕织传家"的传统，纺花织布是每个家庭里女性的生活必备技能，小时候我就在街头巷尾听到小妮儿们蹦蹦跳跳地一边玩耍一边唱："纺线车，一摇拉，哼呀哼呀纺棉花。纺成

曹县老式织布机（中国民艺博物馆藏）

线，织成布，你做褂子我做裤。也有单，也有棉，花花绿绿过好年。"这活泼泼的童谣，隐匿着对她们未来的家庭生活技能教育了。鲁西南老粗布——花格子布就是千千万万家庭妇女默默奉献的结晶。这种看上去略有些粗朴的土布制作工艺非常复杂，简直像是孙悟空保护唐僧西天取经路上要七十二变的本领一样，先后要经过纺线、练染、布浆、挽经、做综、闯杼、掏缯、织布等七十二道工序，方能成品。为了全家人的温饱生计，奶奶白天和爷爷一起推油磨、磨香油，帮爷爷做糕点、打下手，夜里一旦有空闲，不是在月光下纺线，就是点上个煤油灯纺线织布。不管是寒冬还是酷夏，纺车在她手下一直是"嗡嗡"地响。仅需一个傍晚，奶奶就能把手中的一簸箕花骨节变成一筐线穗。当线穗足满，奶奶就不失时机拐线、浆线、辘线、经线、上机，把一根根长长的细线卷到了织布机上。夜深人静的时候，奶奶坐在半尺宽的织布机板上，手持枣木梭，脚落在踏板上上下踩动，木梭左右穿梭，织布机发出"咔嚓、咔嚓"的响声，不多久，平展展的花布一段一段呈现出来。我姐姐潘鲁平从小跟随奶奶学纺花，她曾写过一段关于奶奶的文字："我躺在暖暖的被窝里，望着静静的陶罐，望着奶奶前倾

曹县护城河

后仰的叠叠重影，机人合一，一上一下的踩踏声，宛如琴音美妙动听，渐渐地，我伴着织布机'咔嚓、咔嚓'的音乐醉了。很久醒来，看到的却是奶奶疲惫的脚步、疲倦的身影，那一刻，我读懂了一个贤妻良母生活的艰辛。"

天下的爷爷奶奶都爱孙辈，但是孙子孙女多，自然有所偏心和偏护，五个手指还不一样长哪。我父亲有兄弟三人，到我这辈叔伯兄弟七个，奶奶最"偏心"的，是我。小时候家里人多床少，我常常睡在爷爷奶奶屋。奶奶出嫁时带来的一个老式橱柜，端端正正地放在这屋里，她那个陶罐，就稳稳妥妥地放在橱柜上。我和奶奶隔柜而睡，晚上，奶奶常常从罐子里拿出些我意想不到的好东西，悄悄塞给我吃。有一次我钢叔从外地出差回来，孝敬给奶奶一包平常见不到的虾酥糖。晚上睡觉前，奶奶就从罐子里拿出来，把手伸进我的被窝里，轻声说，快点吃，快点吃吧。我赶紧接过来，在被窝里细细地品着嚼着，有一种甜美而满足的感觉，感到自己在奶奶这里享受着一份得天独厚的优待。

我刚出生时，奶奶就迫不及待地找来一位算命先生给我算了一

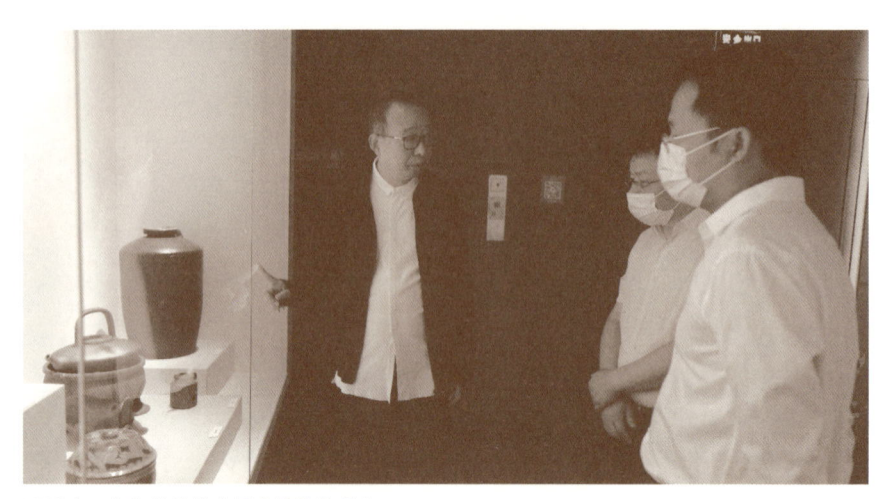

2020年，奶奶的陶罐在国家博物馆展出

卦，那算命先生告诉奶奶，孩子生日在农历十一月二十一日，这日子不大一般，这天犯阎王忌，所以，这个孩子性子急，心地善良，有出息，只是要一生忙碌，虽不挣钱，也不缺钱花。奶奶听了这话，又担忧又宽慰，她老人家担忧的是我将来会劳碌，宽慰的是我能有出息，也不缺钱。奶奶对这个犯阎王忌的大孙子，从我一落生就是格外不一般地偏心宠爱，我从小只要一哭闹，奶奶就坚持她的宽容原则，说这孩子是给犯阎王忌闹的，大家都得体谅理解。算命先生的这种说辞，简直成了奶奶的一种理论方法。长大后，我听闻此说，也纳罕自己和犯阎王忌有何相干，去查民俗书，还果真查出来民间习俗里有这个说法，而且一年三百六十五天里竟有十来个阎王忌的日期。从前百姓生活里天灾人祸不断，提前给前途莫测的日子做一些类型化的"人设"期许，也当是应对未来命运的一种心理建设吧。所以，老辈人多半信命又认命，我的心性朴素善良的奶奶，更是笃信天命的虔敬之人。我在全国各地调研时，也遇到过无数像奶奶一样质朴勤恳的老妇人，她们认真地相信一些看不见摸不到的事物和说辞，或许，这就是风俗对于众生的安慰意义。

与老祖母对待孙辈的观念和方法不同，父母对自己孩子的人生寄寓，就比较与时俱进了。五六十年代的父母，工作忙，运动多，少有时间看顾孩子，而他们对孩子的未来意愿，多半放到他们对孩子的命名里，那时候人们很讲究孩子名字和时代风尚的契合，我们姊妹的名字就带上了时代的印迹。姐姐乳名叫丽儿，我叫果儿，大人对孩子的甜美之意流露，后来因父亲母亲参加工作时菏泽专区属平原省，姐姐大名鲁平，表示对平原省的念想，我出生时家乡又划归山东省，名叫鲁生，曾用名国旗，大人们都叫我小国。

白天，父亲母亲都要去上班，于是乎奶奶就成了我这个潘家长门长孙的贴身保姆和保镖。念小学时，每天背着书包出门，奶奶都会送我到胡同口，走到半路，甚至快到学校了，回头一看，奶奶依然在后面望着我。曹县县城的坑塘多，水流湍急，每到夏天总会有小孩溺水身亡。因为担心我玩水出危险，奶奶总是早早地就到校门口等我放学，一见到我，就上前紧紧拉着我手，直至回到家里才松开。有时，路经坑塘处，还特意吓唬我，说水里有个大漩涡，谁家谁家的小子就在这儿淹死的，多少人救都没救上来。奶奶的吓唬好像很生效，我常常近水心怯，一直没学会游泳，至今，仍是个名副其实的旱鸭子。

奶奶是个实诚人，日子虽然过得穷，却有一副慈悲善良的菩萨心肠，相信救人一命胜造七级浮屠。她曾经前前后后救过六个被遗弃的婴儿。有一年冬天，她早晨起来，出胡同口走到大隅首时，发现东北角地上有一个包裹，打开一看，里面包着的竟是一个男婴，呼吸微弱，已奄奄一息，身上还散发着难闻的气味。奶奶二话没说，连忙把婴儿抱回家，生火取暖，用温水清洗干净，拥在怀里喂食，仔仔细细养了个把月，待那男婴脸色红红润润了，才依依不舍地交由他人收养。还有一次，奶奶在衙门前街法院门口的角落里，发现一个蜷缩在地的妇女，穿着补丁摞补丁的衣服，头发乱糟糟的。奶奶看到后，急急忙忙拉她到家里，倒上热水，拿平时家里人都舍不得吃的包皮馍（这是一种白面与杂面混蒸的馒头）给她吃。望着她饥寒交迫的样子奶奶心疼不已。缓下来，女子开口说自己叫王义荣，自幼双目失明，男人是个残疾人，已因病去世，她无依无靠，只得沿街乞讨。奶奶听到此言，果断收留了她，在家里给她安了张床，一起吃饭，视同家人。王义荣在我家一住就是两三年。到后来，奶奶特地托在青堌集工作的爷爷帮她找了户好人家嫁了，使这个盲女人有了一个幸福的晚年。奶奶一生向佛，非常虔诚。她一直深信，是这救人苦难的善事善行让她增了寿，为子孙积了福。

马金凤为曹县演出代表作《穆桂英挂帅》

奶奶喜欢听大戏、看大戏，虽然不识字，没有文化，但豫剧什么《打金枝》啦、《穆桂英挂帅》啦、《朝阳沟》啦，她都能哼上几段。我八九岁的时候，只要星期六星期天，县城周围有唱大戏的，我和姐姐就陪着她去看戏听戏。我们姐弟俩的任务，一是看护好奶奶，二是奶奶有看不懂的时候给她说说戏，当当翻译。记得有一次看曲剧《卷席筒》，这部剧又叫《白玉簪》，里面的主人公张苍娃是一个善良可爱的少年，他从小失去父亲，跟着母亲嫁到曹家，可是心术不正的母亲害死了曹老爷，并嫁祸给曹保山之妻张氏，苍娃为救嫂嫂张氏，他承担罪名被判斩刑，幸而新巡抚正是苍娃进京赶考取得功名的哥哥曹保山，苍娃终于获救。舞台上小仓娃戴着脚镣唱道"小苍娃我生来灾星重，六月天替嫂坐监险些丧命，腊月天受牵连又发配启程"，奶奶听着听着很快就入戏了，一刹那老泪纵横。我便劝慰奶奶这是演戏，不是真的。奶奶不好意思地笑笑，擦干眼泪，继续看戏。为了让奶奶看戏穿得体面，母亲夜里加班，特意做了两件偏襟上衣，一件是白色的确良，一件是蓝色的涤卡，那时候，这类化纤面料和原来的家纺布相比，是更值钱更高档的布料。穿上新衣的奶奶高兴得合不拢嘴，直夸母亲手真巧，这两件衣服奶奶平时也一直舍不得穿，只有看戏的时候或者有什么大事情的场合才穿出来显摆显摆。

  我的饱经沧桑的奶奶，内心既强韧又柔软，她的痛苦不是来自肉体，更多是来自对别人疾苦富有同情的精神。1977年，母亲积劳成疾，罹患绝症，这给奶奶带来极大的打击，她从此变得有些恍恍惚惚起来，天天在观音菩萨座前祈祷儿媳早日康复。因为误诊加之当时医疗条件有限，母亲1978年离世，年仅四十三岁。母亲去世的那一天，平时说话办事敞敞亮亮的奶奶，一下子失魂落魄，默默地泪流不止，手里抚摸着母亲给她织的围巾，一个人倚在墙角不住地念叨着我母亲的名字："桂芝妮啊，桂芝妮，回来吧，娘还要你伺候呢。"母亲去世后，奶奶的精神头儿好几年没缓过劲来。然而，天有不测风云，1980年我钢叔车祸遇难又给她沉重一击。奶奶一生养育了四个儿子，二叔小时因病夭折，四叔钢叔是她几个儿子里最有能力、最出色的一个，那年他才三十四岁，就在他准备大展人生宏图的时候，却不幸英年早逝。我至今仍清晰记得，突闻钢叔离世消息时，奶奶撕心裂肺的模样。人们常说"老儿子,大孙子,老太太的命根子",那一刻,奶奶承受着白发人送黑发人的哀恸,肝肠寸断,痛不欲生。

为了求学和工作,我长期奔波在外,和奶奶相处的时光一天天减少,而对奶奶的想念却一天天增多。家里的经济条件越来越好了,可是奶奶的身体却越来越差。有一年,奶奶生了一场大病,我匆匆忙忙赶回家探望她,并拿着博士录取通知书给她看,我知道最能让奶奶感觉宽慰高兴的,就是我学业进步。那时候的奶奶已经走不了路,她躺在床上看着我,浑浊的眼神一下子清明起来,吃力地点点头,露出一丝微笑,算是对我的认可和肯定。不久,奶奶就走了……

我从老家把奶奶的陶罐带到济南,起初,是当作对奶奶的一个念想物,渐渐地,它让我忆起奶奶生活的点点滴滴。同时,不断激活了我思绪里关于亲人、家乡、乡愁和民艺越来越广泛的联想和思考。

2020年,国家博物馆邀请我去北京举办"记住乡愁——山东民艺展",我特意把奶奶的陶罐带到中国国家博物馆,在位于天安门广场东侧的专门用于陈列国家宝藏的殿堂空间,奶奶的陶罐静静地伫立于展台,犹如在老屋橱柜上的样子,浮现在我脑海里的奶奶,也依然那么慈祥、端庄、和善。这件百姓生活里寻常可见的陶罐,从曹县的家乡老屋,到济南我的书房,再到北京的博物馆展台,它的一路行经,隐匿着时代的剧变,也显现着传统的远行与回归。

在时空的远去和心灵的回归之间,奶奶的陶罐,是现代乡愁的一件物证。乡愁,是现代社会的一种生活方式,过去几十年中国社会现代化的进程,就是无数人离开家乡故土追求实现都市化城镇化的过程,互联网的出现加速了社会运转,网速越来越快,生活节奏也快马加鞭。这些年间,我无数次地返乡,或探亲或调研,依稀触及类似前辈沈从文、黄永玉对家乡湘西凤凰的那种情感表达,那是背井离乡之后,以重返的形式,重建自己的心灵家园。因为那个真实的家园,已经日新月异地改变了，过去熟悉的种种场景，也物是人非了。"乡愁不曾休"，古人的这句诗，近乎预言了我们这辈人思乡的命运。而怀着乡愁寻找家园，是二十世纪以来西方当代哲学的首选主题，1966年，著名哲学家海德格尔接受德国《明镜周刊》访谈时曾经提出一个观念，其大意是说，真正伟大的创造，取决于要有一个家园，并且在某种传统中扎下根来有所继承，才是有可能的。近年来，民族主义在全世界范围开始回潮，家乡或故土的概念再一次被重新提及和认识。而我们国家经过大规模的乡村改造，重新认识到乡村振兴和复兴传统文化的作用，也有越来越多的人重新发现乡土在自己生命历程当中的意义了。

每次面对奶奶的陶罐，我总是忍不住地浮想联翩。有一位诗人曾说，陶是人类文明的第一束光。我想，奶奶这件朴实无华的陶罐，在二十世纪布满惊涛骇浪的恢宏大时代里，却能浸透着一个家族饱经沧桑的过往时光，记录着一个旧式家庭妇女繁复琐细的寻常生活，还有什么东西比它更能阐释生命的本质呢？！

织花土布

　　一次，我在曹县乡村调研织花土布，偶尔看到一位身形健硕的中年农妇，神情安然地坐在织机前，一边织着布，一边口齿伶俐地吟诵着当地纺织土布的顺口溜：

小花籽，用灰拌，撒到地里锄七遍，
打花顶，抹花串，两个大姐来拾棉，
拾篮里，晒筐里，花籽晒得崩崩干，
铁轴对着木轴压，木轴底下是棉花，
拉皮工，摞皮弦，背后夹着弯柳橡，
格档子，对案板，一个棉车八根齿，
纺个穗子滴溜圆，把车子打，
浆线橡，风车转，络子橡，
经工娘娘跑成趟，镶工娘娘站两边，
织工娘娘坐在正当（中）间，
织成布，戳毛兰，剪子铰，钢针钻，
你看看这个大姐，做个衣裳难不难。

1998年2月，在山东菏泽鄄城考察织花布

我听着特别亲切，看着也十分眼热，我们家过去就有一个这样的织机，我们姊妹四个人，身上穿的衣裳，床上盖的被褥，都是我母亲织的。这种织机我也会用，从小就帮母亲干过这个活儿。它的经线和纬线交织，很简单，又变化无穷，如同一种艺术创造。

一

鲁西南是山东家织土布较为发达的地区，每年过了谷雨，家家户户开始种棉花，阴历八九月份进入棉花收获的季节，采摘的棉花经过脱籽、弹花之后就可以纺线织布了。二十世纪初期，这里家家闻得机杼声，户户纺织忙，尤其是到了冬闲时节，地里的农活忙完了，家家户户纺线织布。过去织布除了自家穿用，主要是卖钱换粮食，糊口度日。

二十世纪七十年代以前，织花布始终是这里最重要的家庭副业，每逢赶集都有外地商贩来收购，将这里的花布贩卖到胶东沿海一带，女人们抱着自家的一匹匹花布和外地口音小贩你来我往地讨价还价，是集市上最常见的情景。

除了卖钱养家，织花布对鲁西南女孩子来说，还关乎一项特殊的传统。按当地风俗，女子出嫁时，娘家陪送嫁妆中必须有"几铺几盖"，即几床被子几床褥子，虽然并没有具体的数目规定，但是日子过得富足的人家，陪送十铺十盖也是常事；另外，还附加一箱子成匹成卷的织花布。当然，这些布料都是要自己家备制的。所以鲁西南的女孩从小就跟随母亲学习纺线织布，有的不到十岁就能上机干活，帮母亲织布卖钱之外，也抽空积攒日后的嫁妆。

鲁西南女孩之所以小小年纪就要开始为自己织嫁妆布料，是因为这些布料样数繁多，包括被面、褥面、床单、枕套、墙围、门帘，还有各种包袱布和四季衣料。家境好、心劲高、勤快能干的女孩，会

2020年9月，在曹县调研花土布制作

织到多得自己一辈子都穿用不完，还能当下一代女儿结婚的嫁妆。结婚前夕，母亲还会特意为她印染出一大块彩印花包袱布，上面的图案有瓜瓞绵绵、龙飞凤舞、榴开百子、福禄双全，这是母亲送给女儿最美好的祝愿。结婚当天，要用这块包袱布将崭新的被褥包起，四个角有意露出被褥的花格，用新娘亲手织就的长长的织花带将包袱扎紧。随着新娘的出阁之行，嫁妆也被摆放在醒目位置，一路招摇而过，接受众人的品评与称赞，成为这位新娘一生最光彩夺目的时刻。正因为鲁西南一带流行着这样的婚嫁风俗，所以当地女人几乎没有不会织花布的，一辆纺车、一台织机是她们相伴终身的物件。

二

在棉花种植地区，霜降前摘完棉花，种上小麦就意味着冬闲了，该到纺线织布的时候了。

这时，每个村子都有人专做棉花脱籽和弹棉花的营生。摘下的

"补几"（把棉花搓成棉条）

棉花先轧后弹，没有脱籽的棉花叫"籽棉"，用脱籽机轧过的叫"皮棉"。人们管脱籽机叫搅车，它利用回转方向相反的两轴互相挤压摩擦的原理脱籽出棉，上世纪六十年代的搅车已经完全机械化。搅车常常被放在村里的家庙或礼堂中，处于村子中心，场地比较开阔，方便大家来往送取棉花。轧完后的棉花还会有籽残存，老人孩子抽空坐在太阳地里把"羊蛋子"（棉籽）挑拣出来。弹好的棉花叫"穰子棉"，看起来松散又洁净，人们形容说是"水汪汪的"，既形象又有质感，的确是蓬松润泽。未弹过的棉花紧紧地粘在一起不易纺，弹得不好的棉花纺的线也粗细不均匀。

冬至前，各家开始挖"地窨子"，就是地窖，有的一半露在地面，有的整个在地下，达两米多深，只留小木门做出口。这里冬天的地表温度最低零下十几度，但地窨子里却很温暖，气温不会低于零下，关系密切的人家也会共同合用一个地窨子，放进纺车和织机，女人们说说笑笑，聚在一块儿忙活儿。

纺线之前还有道工序，当地人叫"布基"，就是把棉花先搓成棉条。

风车子络线

这活儿简单,一般由老人或孩子做。他们在炕桌上把弹过的棉花扯成薄片,二三片横向连接,用一根食指粗细、胳膊长短的高粱莛秆,像擀面一样把棉片擀成卷儿,再抽出莛秆即成。等棉条搓到一袋或一筐时,就可以开始纺线了。

把棉车子支在地上,就地放一个蒲团,纺线者盘腿而坐,右手转动纺轮。纺轮转动一周,被绳弦带动的锭子就要转动七八十周,左手捏着棉条接向线锭上的线头,线锭快速转动产生的力量,使棉条上的棉花不断被拈成麻花状的线缠绕到线锭上,纺线者左手顺势向后拉,纺出的线越来越长。手不断由前向后、由后向前地拉扯,线便随之丝丝缕缕绵延而出,一层层缠绕在线锭上,越积越多,逐渐成为圆滚滚的一柱,这时停下来,把线锭卸下,用和线锭差不多粗细的高粱秆插入别紧,置于一边。

有孩子旁观大人轻松的操作总是很眼馋,也急于上手试试,但接过手才知道纺线并非一件简单的事情。初纺者手忙脚乱，两只手根本配合不好，纺出的线不是断头就是粗细不匀。把棉条捏紧了，向后扯慢了，线就过粗；向后扯快了，棉条捏松了，线又太细，没有一点儿劲道。右手纺轮转动的速度也大有讲究，比左手向后扯拉的速度慢，线就断，速度快，纺出的线又粗又硬。孩子一上手，摸不着门道，脸憋得通红，纺出的线还是疙里疙瘩，大人可不舍得这么糟蹋线，手把手地教几下，往往没纺几下就被呵斥下来。

　　纺好线就可以染色了。染色前要先打线，将线的一头缠绕在打车子上，转动打车子，则一柱柱线用打车子绕成松散的线圈，便于染色时均匀上色。线打好后放在水里浸泡，取出来，用洗衣棒槌反复敲打，拧干，晒干，这叫捶线。捶过的线吃透了水，易于上色。要织多少布、织什么图案、染几种颜色，需要事先计算好。集市上有专门出售针头线脑、剪纸花样的货摊，告诉摊主"大红的染几斤，黄绿的染几斤，土黄的染几斤……"摊主就拿给适量的染料。如果染料给多了或少了，下一次赶集找他退货或退钱，没有不认账的。

　　染线要找个晴朗的好天儿。锅里加清水，以浸过染线为限，加热，放颜料，再添上点酒和盐，将线放入染液，用棍子上下翻动，烧开锅后线就染好了。若拿不准，可以取一根白线浸入染液试试，这根线不再上色了，就表示染液已经被线全部吃透。染线加上酒和盐，染出的颜色鲜亮好看不易褪色。上世纪七十年代以前，鲁西南人都是自己纺线、染线，到七十年代后期，逐渐开始买线织布，成品棉线最大的好处是颜色丰富不褪色，当然还省事，只是，织出来的布，无论是穿的还是铺的盖的，贴在皮肤上都不如自家纺出的线舒服。

　　染好的线，还要浆和扽。浆线，就像浆衣服，用面和水调制稠糨糊，再加少量凉水搅匀，把线放入搓揉，将糨糊全部揉入色线之中，然后，将线穿晾在浆橡子上，晾一会儿，用扽线棒拧紧，扽一会儿，再晾。

邻里亲戚帮忙搭经线　　　　　　　晾线

线多半干时，收起，用棉袄或包袱布捂一个小时，让水分往线里再渗透，而后取出用手搓，再次晾到浆橡子上，一会儿拧着抻，一会儿向下抻，使线干透。浆过和抻过的线都是一根一根的，彼此不会纠缠，不会乱，为经线和织布打下了一个很好的基础。

三

把抻好的线用风车子再绕到络子上就可以经线了。经线是纺织程序中一个比较复杂的步骤，通过经线可以确定出织布所需经线（相对于纬线而言）的长度和经线上的图案。织布时，经线与纬线交叉构成布面，经线顺直平行，代表纵向，织布前经线已被准备停当缠绕在织机上；纬线代表横向，是织布者织造时左右穿梭的横线。在这里，所经之线是织布时的经线，络子的排列决定经线上的图案，如果以单色纬线织布，则织出的图案就是彩条，以多色纬线按顺序换线织造才会出现花格子图案。

经线因为占地大，常需要邻里亲戚之间互相帮忙，所以各家都集中时间统一将线全部经完。人们要在村里找一块开阔场地，先搭经线架。在乡下，日常生活用品多手工制作，但固定的专用工具却不

"经线"

多，因此人们养成就地取材的习惯，很多工具由农具或俯身即拾之物临时搭配而成。所以人们常说"过日子没有扔了的东西"，意思是要注意节俭，物尽其用，这样没用的东西说不定那里就用得上。搭经线架的情景即如此，往往在杂什堆顺手抄出几块砖头、石块压一压就行。

经线杆上穿几十个铁环，用线将环固定，每个环下按照织布纹样将色线络子排好。比如，三十个铁环下放三十个络子，根据选定的图案依次排列为：一英绿／一黄／一梅红／七二红／一白／一红／六白／二红／五黄／一白／二黄／二白，这三十根色线构成一个图案组织。家织布的幅宽最多可达六百根线，即由二十个这样的组合连续排列构成完整的布面图案，所以，在经线时，无论经线橛多少都必须来回经二十趟，以保证布幅的宽度。

根据布匹的长度确定经线橛的数量，比如要经相同纹样的六床被面，取一床半被面长度为两根经线橛之间的距离，当地人称为"一沟"，通常一沟为两丈左右，过去一沟布正好可以做一身衣服和一床被面。要经六床

285

被面则经线橛来回钉置五个，即四沟。紧挨最后一根线橛再加置一根，这两根称为"交橛"，是每趟经线的结束之处，经线在这里需要交叉，故得名。第一根线橛称为"死橛"，固定不动的意思。很多妇女在丈量线橛之间的距离时，同时考虑到将来布料的缩水情况，她们随手准备一根高粱莛秆做"打地尺"。打地尺以尺为单位，家织布的缩水比例一般是五分之一，则一打地尺的实际长度是一尺二寸或二尺四寸，但测量时依然以一尺或二尺视之，免去了计算的麻烦。

经线橛固定后，将每个络子的色线牵出，穿过上面的铁环，两两相系，这时就可以经线了。经线人将铁环上的线一一牵出（三十根线）执在手中，按由死橛到交橛的顺序分别挂在每一根经线橛上，当走到交橛时，需要"拾交"，即右手食指、中指将每根线按顺时针翻绕使线产生交叉，按次序分别挂在两根交橛上。而后返回，再由交橛到死橛将线挂在每一根经线橛上，这样来回经二十趟（每走到交橛处都要拾交），则每一根线橛上都挂有六百根色线，走回死橛，经线完毕，将多余的线扯断。经线时为了数线准确，专门有人守在某根线橛边"查贴"。每四十根线为一贴，线橛上挂有四十根线时，即用布条或线绳系为标记，经六百根线的布幅，十五贴即可，随即通知经线人停止经线。

经线结束后，先将交橛处的交叉用线绳捆系，以保持交叉的状态。而后开始卷线，从交橛处将线提起，以右手和右臂为轴，将线全部缠绕在右臂上，形成一个大线团，最后将臂抽出。过去很多人家靠织布为生，他们一次都要经线十沟以上，女人们没有力气，总是让男人来缠线，最后将这十沟线一并缠在右臂上，经常缠线的人上了年纪胳膊都会落下毛病。

四

至今，鲁西南的民间依然保留着织花布的传统，当地人始终认为买的布不如自家织的好用。现在他们已经基本不用家织布做衣服了，但做床单、褥子、被面却依然盛行自己织布，他们说买的布贴在身上发硬，不舒服，而织的布冬暖夏凉，而且，"几铺几盖"做嫁妆的风俗也还在流行。

在近几年的调研中，我们发现，与过去的传统纺织相比，如今的家纺土布有两个较大变化：一是纺线、染线都已退出日常的纺织程序，人们基本是直接买成品色线经线织布，二是经线的工序也逐渐由专门的经线作坊取代。我们曾在梁山一带走访过这样的经线作坊。这户人家专门将自家院子的狭长过道用作经线，这条过道长十四点五米，宽二点一五米。他们在过道一侧靠墙拉一根粗铁丝，扭结成一百个相连的环形，距地面一点三米，长度十四米，这就是经线架。经线架下一次最多可放置一百个线辊，幅宽为六百根线的织布只要走六趟即可。经线架一端系有近百条样布，标识着不同纹样，既供客户选择，也为经线时线辊的排放顺序提供参照。经线架的前方就是过道，过道两头各钉置四五个经线橛，两头线橛之间距离十三到十四米。为方便经营，主人特意在过道上方搭建塑料顶棚，吊上电灯，随时恭候经线客人的到来。有这样的作坊，整个村子的人都感到十分方便，想要织布时，可随时过去商量，织什么图案，织几匹，一旦确定下来，店家有现成的线拿出来经，经线后称线付款，只一会儿工夫，就抱回一大团线团来了。

从闯杼开始，各道工序都为上机织布做准备。线团抱回后，从线团中心将交叉线头掏出一米左右，把线团缠系于拉耙的木棍。用两根交棍插入线头交叉，将交棍两端用绳联结，并与圣花紧系，以圣花

2010年，调研曹县民间土布制作工艺

为支架，把杼搭放在圣花上开始闯杼。杼是织布时离穿梭来往的纬线最近的一个织机部件，杼有两个作用：第一，控制经线构成的布幅宽度，闯杼就是用篾片将经线按顺序一根根分离全部插入杼中，使六百根经线各司其位，防止纠缠。织布前分两次闯杼，都是为了使经线秩序井然，但闯一遍杼为刷线做准备，闯二遍杼为织布做准备。第二，织布时每引入一次纬线，用它拍击一下，将纬线打紧，防止织布松散。闯杼时，需要特别注意每一根线与杼缝的次序必须彼此对应，不得有误。待全部线头闯入杼中，用高粱莛秆穿起线头以防脱回。

　　闯杼完毕开始刷线，以清理经线之间的缠连，使其一根根秩序井然。刷线前，先将圣花架于织机上，挑穿线头的高粱莛秆搭放于圣花之上，拉耙与其相对，用刷子先将圣花至杼之间的一段线刷透，刷平整。再用过交板与交棍相互替换，将经线的交叉，移至圣花与杼之间。具体的方法是：取一块过交板插入远离杼的那根交棍位置，取另一块过交板插入杼后的线头，撤下两根交棍，则经线的交叉自动移至

老织布机织布

杼与圣花之间，再将两根交棍插入经线交叉，撤下过交板。而后，用刷子一段段将线团中的经线全部刷完。刷一段，往圣花上缠一段，每间隔五六米夹缠一根细细的茳秆，这样有利于线的紧缠。经线全部刷完后将线尾剪断。

接下来就要掏缯了。掏缯也是织花布的一个重要工序，不同的掏缯方法决定经线上不同的图案变化。在此，有必要先了解一下缯在织造过程中的作用。

研究推测，旧石器时代原始先民在编结渔网、筐篮的生产实践中，逐渐认识到葛麻等韧皮纤维可以编结成网衣穿在身上，后来，诞生了纺纱，葛麻纤维的脱胶加工也逐渐完善，纺出的纱轻柔细软，这时就可能不再使用编筐篮的方法来编结织物。于是人们又发明了一种办法，将一根根纱线的一端依次结在一根木棍上，另一端也依次结在另一根木棍上，把被两根木棍固定的纱绷紧，形成经线构成的经面，当经面被纬纱交织之后，就形成织物，这种原始的织造方法被称作"手经指

289

挂"。手经指挂的生产效率极低，不能满足人们日益增长的需要，在长期反复的生产实践中，人们又逐渐认识到：经线可以分成单数和双数两大类，而织物的织造实质就是纬线在单、双数两类经线中的穿插。这时，人们开始用一根木棍将全部经线按单、双数分开，在所有单数经线和双数经线相分离的部分就交叉形成一个织口，纬线每穿过一次织口就完成一次操作，为了保证经纬线交织紧密，再用一把扁平的木刀或骨刀将纬线打紧，现在打纬这项工作已改由杼来完成。随着生产力水平的进一步发展，原始织机的组件逐渐趋于完善，在分离单、双经线的工作上，人们又开始采用线综装置。线综是提升经线的部件，织平纹织物需要用两片线综，将单、双数经线分别穿入两片线综的套环中，织造时将两片线综分别提起或拉下就形成织口，引入纬线，这就是原始踞织机的织造方法。后来出现了斜织机，织机离开了地面，利用杠杆原理，人们用两块踏脚板分别带动两片综上下交替运动，真正使双手在提综工作中得以解放，只用于穿梭引纬了。

其实，综就是缯。缯的目的，是在织造时使经线分离形成织口，缯越多，形成的织口变化也越多，织物的纹样越趋于丰富多彩。织平纹织物时，掏缯比较简单，只有两匹缯，单数线穿过一个缯片的套环，双数线穿过另一个缯片的套环，这样就可将两类线分开，织物的图案由经线和纬线自身决定。

鲁西南人的床单、墙围这类装饰性用布料，多不用平纹织布，人们嫌其不够丰富，因而多数喜欢使用提花织布，称之为"四匹缯的"。每个姑娘出嫁时陪送的一箱子织布中总有不少提花布。提花布和平纹布比起来颜色更加艳丽，纹样也更加繁复，特别是八十年代以后，流行用彩色腈纶毛线充当纬线，织出的提花布不仅厚度增加，色彩的对比也更加鲜明，无论年轻、年长者，家家铺着这种提花床单，再加上白色的流苏，显得干净明快、喜气洋洋。而平纹布和提花布在织造时的主要区别，就体现在缯的多少。提花布使用四匹缯，织布时不仅经线和纬线自身存在图案变化，织不同的纹样掏缯方法也不同。

缯和杼，在外形上很相似，都类似用细密的梳篦将经线根根分开。但仔细观察会发现每一根缯柱上都有一个圆环，掏缯就是根据图案设计使不同的经线穿过不同的缯片圆环。提花布掏缯时，四匹缯共同进行，每一根经线只在一匹缯上掏缯，其余三匹是过缯，即一根经线需纵向经过四匹缯，但只经过一匹缯的圆环，其余三匹都是从缯柱中穿过。在此，我们以蓝白相间的"四大朵"纹样为例。提花布纹样也是连续纹样，以几根经线为一个单元组织，所以掏缯方法也以此类推，按次序将六百根经线全部掏完。

掏缯之后，将经线一缕缕打松结，防止其他经线掏缯时又被带挂回去。待掏缯结束后，开始闯第二遍杼，这主要是为了织布时经线条理分明，成布后布幅宽度固定，防止宽窄不一。此外，为保持布面的幅宽，织布时还特意使用一种叫作"幅撑子"的弓形物，幅撑子两端为铁钩，每织出二十厘米左右就用它将布幅两边钩住，将织布撑出，减缓经线在纬线穿梭过程中向中心汇聚而对杼所形成的压力。

五

织布前的最后一道工序是吊机子，将织机各部件全部组合调试出来，以保证织机的顺利织造。这道工序操作起来看似简单，实则全凭丰富实践经验。机子吊不好，织布时就像缺了油的老式缝纫机，踩起来啃啃咔咔不中用，还容易出现踩下脚蹑经线打不开织口、穿不过梭的现象。所以，吊机子总是由有经验的长辈来操作，年轻人不熟练掌握织布技巧，不全面了解织机各部件的构造与功能，很难把握吊机子工序中只可意会不能言传的度量与分寸。吊机子有三道工序。

2010年11月，考察菏泽织花布

先拴布。在机头卷布轴的凹槽内嵌入一根高粱莛秆，下压翻机裙子，这是一块家织布头，一般长一尺五寸，宽一尺二寸左右，布尾留有五六个线结。翻机裙子的作用，是与闯杼过来的经线相连，将经线分组与翻机裙子的线结紧系。放倒卷布轴，则经线放松，竖起机杼，与机杼上的绳框和机杼下的框板卡紧，固定机杼两端的卡杼板。而后，使完整的杼体与织机架两旁的蚂蚱腿相连，先将蚂蚱腿插入卡杼板上的嵌槽，再将蚂蚱腿顶端挂在两个钻孔上的线绳，分别套在绳框和框板上，扭动线绳上的鸡别头，调节蚂蚱腿与机杼之间的松紧度，上下左右线绳同时调节，防止松紧不一。这时，再将机头的卷布轴卷起，用咬机镢插入槽内别紧。

再吊脚蹑。在四匹缯片的一端分别紧系线绳，穿起一只脚蹑的吊绳，再系于该缯片的另一端，则四只脚蹑分别被吊在四匹缯片下。但脚蹑的拴法并不固定，因织布纹样的不同而相异，以"四大朵"纹样为例，第一匹缯（离织布者最远的）穿起织者最右边的脚蹑，第二匹缯穿起织者最左边的脚蹑，第三匹缯穿起织者右数第二根脚蹑，第四匹缯穿起织者左数第二根脚蹑。吊起脚蹑时特别需要注意调节每一根线绳的长短，使四根吊起的脚蹑静止时基本处于水平状态，否则，织布时经线织口打不开，纬线穿梭不顺利。

最后吊缯。在四匹缯片的一端分别系上线绳，穿过机楼上滑子的吊钩，再系于该缯片的另一端，则四匹缯分别被吊在机楼下。织布纹样不同，也决定了不同的吊缯方法，还以"四大朵"纹样为例，第一匹缯（离织布者最远的）吊在左边的吊钩上，第二匹缯吊在右边第二个吊钩上，第三匹缯吊在左边第二个吊钩上，第四匹缯吊在右边的吊钩上。四匹缯在静止时也要基本处于水平状态，否则缯片倾斜也不利于纬线的穿梭。

六

待前面这些一切准备就绪，便开始织布了。过去鲁西南流行一句俗语："插花描鱼不算巧，织布纺棉做到老。"在这里，除了夏天最酷热的几天，一年到头几乎每家每户的织机上都有布在织着。女人们一有空就坐在织机的坐机板上，嘴上聊着家长里短，手上却毫不含糊，手快的人四匹缯的提花布一天就织出一床被面（二十三尺）。织熟了，一切全凭手上的功夫，眼睛也变得不那么重要了，全凭手的感觉。

织两匹缯的平纹布比较简单。织机下两个脚蹑，一匹缯吊一个脚蹑，织布时两脚分踏两蹑，一次一蹑，一上一下，左右轮流。一脚踩蹑时，一缯下，经线形成织口，右手同时将梭子从织口的右端用力滑向织口的左端，左手接梭，右手拉绳框拍紧所织纬线，松手则绳框自动滑回原位。另一脚踩另一蹑，另一缯下，经线再次形成织口，左手再用力将梭由织口的左端滑向右端，右手接梭，左手拉动绳框拍击所织纬线，绳框复原。平纹布在工艺程序上就是这样反复织造，左右循环，但布面纹样却可以在重复的操作中因纬线上的变化而呈现出不同效果。如果以白色纬线织造，织出的纹样与经线的排列完全相同，呈现出白底彩条图案。如果纬线以单色色线织造，织出的纹样依然是彩条，但底色呈现出纬线的颜色倾向。如果纬线换线，织一段红，织一段蓝，再织一段绿，如此循环往复，则布面呈现出连续排列的三色彩格纹样。平纹布的布面效果只是色彩变化的结果，由于两匹缯只有规律性一上一下的两种变化，所以布纹质感上没有变化，故名为"平纹布"。

在人们的日常织造中，平纹布因其生活实用性而占有极大的比重。具体到生活环境和场合中，人们对平纹布的色彩应用，也有约定俗成的审美标准。比如，被面喜欢用杂色方格或紫花。紫花是一种特殊的棉花品种，开紫花长黄色棉絮，纺出的线不用染，呈现出一种与黄河淤土相近的颜色，人称"紫花"。二十世纪初期，紫花多，紫花布面也多，不知何时衍生出一种说法，取"紫"与"子"同音，新娘嫁妆中必有一床紫花被，以求未来子嗣旺盛，这个习俗传延至今。但如今早已没有紫花了，人们就将白线染成土黄色。还叫它"紫花"，新娘的母亲在女儿出嫁前还势必给她做一床紫花被。除此之外，贴身的褥面，人们喜用一种黑底绿彩条，每家炕上都放着那么几床。年轻姑娘和媳妇的衣服，也是平纹布大显其道，夏天织的布稀（线的间距大，布的透气性强），织红白条和绿白条做单层小褂；春秋和冬天穿夹袄，则用细密的花格子。总之，不同的纹样有不同的用场，人们灵活而实用地调节着对平纹布花色图案的需求。

比较复杂的是四匹缯的提花布。四匹缯下吊四根脚蹑，每次两脚踏两蹑，则两缯下，经面形成织口，纬线穿梭如同平纹布的织法，而后拉动绳框拍击纬线。提花布操作工艺简单，但编织程序复杂，经

曹县花上布纹样

线与纬线不再是一上一下地简单编织，同时踏下两根脚蹑牵动两缯下，决定了经线以四线（四匹缯一缯掏一线，循环往复）为单位，四根经线两两之间可产生多种组合变化。比如，每四线单元中，就可以产生出 AB 线、AC 线、AD 线、BC 线、BD 线、CD 线六种组合，每次踩两根脚蹑，则两线下两线上，形成织口，每个单元中的六种组合，又可以形成三十种不同变化的织口，也就是经线与纬线不同的交织方式。虽然每种提花布在织造时都不可能穷尽经纬线所有的交织方式，但已远远超越平纹布的两种交织方式，所以布面质感必然发生变化。经纬交织的不同组合，再加上经纬色线的不同变换，为织花布的纹样创造提供了无限可能。在此，以织造"四大朵"纹样的步法为例：当白线在上时，第一步踩一、四脚蹑，第二步踩二、四脚蹑，第三步踩一、四脚蹑，第四步踩三、四脚蹑，四步为一个单元，重复操作。蓝线在上时，第一步踩二、三脚蹑，第二步踩一、三脚蹑，第三步踩二、三脚蹑，第四步踩三、四脚蹑。

　　织布时断线是难免的。如果纬线断则不用接，继续织，织出的布面也看不出断头。如果经线断，则需要找相同的色线接上，否则会出现挑丝现象。

当最后一段经线织到缯处，就可以了机了，剪断经线，放松吊机子时连接各部件的线绳，将缯、脚蹑、杼取下，织布时所有成布早已通过卷布轴卷向织机下方的布辊，卸下织布，织布结束。

虽然，上面是从小就习以为常的情景，但如此按部就班地记录下来，家乡纺线织布的工序繁复的程度，还是有些令我心生感叹，衣食温饱，人类生存的最基本两大项事务，想起家乡过去的童谣："月姥娘，黄巴巴，爹织布，娘纺花，小小子要吃妈（奶），拿刀子，割下来，挂在脖子上吃去吧。"童谣里，晶莹明亮的黄月亮底下，爹娘都在纺织忙，为了一家人的温饱生活，娘亲都忙到没时候给孩子喂奶，委实是道尽织布的辛劳了。任何一项世代传承的民间手工艺，都包含着艰辛生存的智慧与技能，也蕴藉着勤恳劳作的品格与精神。

鲁西南织花布

印花包袱

我在曹县工艺美术工作时曾下乡看过几家印花包袱的作坊，在工艺美校毕业时作为毕业设计作品，我选用了家乡的蓝印花布和彩印花布设计一套新式图案，制作成了围巾、伞和其他装饰用品，在当时已把民间手艺与现代生活结合了起来，想起来，当时胆量也不小，有创新的意愿，但工艺仍是民间的传统。几十年后我当时学习制作的彩印包袱，在国家博物馆展览，还被国博收藏。

彩印花包袱过去曾经盛兴于山东很多地区，是传统生活礼俗的重要组成部分。这是一种棉纺织物，老百姓习惯用它包裹物品，像四季衣服、被单、褥面、布料等零七碎八的生活物品常常被分门别类地裹在一起，放置于橱柜之中，看上去条理又整洁。走亲戚、回娘家、出远门时，人们习惯用它包礼物，把方形幅面四个角两两相系，

上世纪七十年代，曹县手工印花产品

印花包袱"花开富贵"

便可以挎在胳膊上当篮子使。

　　花包袱刷印属于漏印工艺,相对于浸染工艺,操作较为简便。印花布的师傅过去很多都是游方艺人,随身携带几张花版、几包颜料,蹬上一辆自行车就可以走街串巷地揽活儿了。谁家想印花布,听到吆喝声,就出门主动把艺人请回家,在院子里摆上张四四方方的桌子,拿出事先拼缝好的白色正方形包袱布,再准备上几个瓷盘、瓷碗调制颜料。主人家备好一切所用物品后,艺人从随身的包里取出几把平面鞋刷和数块镇石,马上就可以印花布了。印花布的活儿虽然看上去简单,但真干起来还是很费事,一位师傅一整天下来,也就只能印制两套花包袱。上世纪九十年代中期,嘉祥地区一套印花包袱的加工费是十元,因而,操持印花技艺的手艺师傅尚能以此养家糊口。

印花包袱"凤穿牡丹"

  开印前，需要先将包袱坯布过水，吃透水后再晾干。这步工序有利于坯布更好地吸收颜料。正式开印时，艺人要先将坯布两次对折，用熨斗烫压，展开后，清楚地显示出正方形布面的中心点和四等分的轮廓线来。包袱纹样一般分为三部分：布料中心的团花纹样、团花外的过渡性花边和外围大花边。彩印花版就是色版，一色一版，一个完整的纹样需要同一部位多张色版的叠印方可完成。上色程序往往是固定的，由深至浅，从最深的颜色开始，一层层套色。一般一块印花包袱至少需要五种以上的颜色共同搭配而成。

  "凤穿牡丹"纹样在印花包袱中最为常见，其刷印程序也较为典型。

  彩印花布使用的颜料是矿物盐基品色，不同地区的彩印花布有不同的用色习惯，但都固定于

299

几种常用色，比如大红、桃红、翠绿、紫、草绿、土黄等，但艺人的叫法却不那么规范，有老蓝、油绿、水绿、二红、英绿等名称，很难搞清楚具体所指。经过长期生产实践的摸索，艺人们逐渐掌握了灵活的色彩调配规律。有时，他们也将有限的几种颜料不断相互搭配，配制出不同的间色效果，丰富了花布的色彩层次。

品色调色方法十分简便，取些许颜料放入瓷碗，加入少量冷水或热水化开即可，没有精确的配色比例，有时印制过程中发现颜料不够，还可以随时添加，随时调配。但二红这种颜料较为特殊，需要先用白酒化开，再用热水冲泡，这样有利于增强它的渗透力和着色力。艺人们说，要让颜色发亮，还可以加点白色，这是增加颜色明度的一种方法。

花布印制中对版是非常重要的工序，每一个纹样组织都由多重色版套印而成，一旦对版不严密，就会产生纹样重叠错乱的问题。一块花布的印制往往从紫色开始。颜料调好之后，就需要对版了。花版放好后，压紧花版的"手压边"，以防移动，用毛刷蘸取紫色颜料，在整张镂空花版上平刷上色，则布面上漏印下紫色纹样。花版背面朝上放置，是因为下刀刻制处必留毛茬，使正面纹样与布面紧贴，有利于漏印纹样的工整精致。刷印时必须压平花版，防止洇版。有的花版纹样细密，则刷色速度要快，避免洇版，有的花版纹样粗放，刷色速度就要慢，防止上色不均匀。紫色团花花版按顺时针方向分四次完成整个团花第一色的印制，这样团花的墨稿就算完成了。

印制过渡花边第一色是英绿色。花边花版的外缘线要紧贴团花花版的外缘线，刷印。花边花版按顺时针方向依次接连印制完成花边英绿色纹样。有时，可将花边围合成的正方形纹样的四个角处理成两个四十五度角的拼合，方法是以一张白纸于版下斜压四十五度，则四个角的构成更富于变化，显得生动灵活。印制外围大花边纹样第一色是紫色。这时可以使用印制团花的剩余颜料，让外围大花边纹样紧接过渡花边纹样印制。

印制团花第二色为英绿色。程序与过渡花边第一色印制方法相同，无需调色。使用英绿色团花花版印制，所有纹样都是一色一版，同一纹样上的不同花版，不仅颜色不同，图案也不同，分四次将团花英绿色纹样印制完成。套色时要注意与第一色线稿轮廓线的叠合，否则会出现颜色错压的现象。一般情况下，待第一色干透后，方可进行第二色套印，但有时也可在上套色未干时接印下套色，两套色相叠印的部分就会产生出晕染的效果。

套印外围大花边纹样第二色为黄绿色。这种颜色调色时用土黄和翠绿两种品色兑水而成，调配比例完全由经验来确定。其后，套印团花第三色为黄绿色；套印外围大花边纹样第三色为桃红色；套印团花第四色为桃红色；外围大花边纹样第四色为大红色；套印团花第五色为大红色；套印团花第六色为杏黄色。外围大花边纹样之外的留边，用刷蘸取草绿色，均匀地上色后，一块彩印包袱布便印制完成了。

女孩子到了十六七岁时都会自己织布了，她们拿着织好的白布到艺人家里印花包袱，以备结婚时用，每个女孩儿这时候都在悄悄丰富着自己的"压箱底"。传统婚庆礼俗中，印花包袱装点了新娘子的精美嫁妆。姑娘出嫁前，父母会事先印制一批大大小小的花包袱，专门用于包裹陪嫁的嫁妆。这些包袱装饰纹样有瓜瓞绵绵、榴开百子、莲生贵子、鲤鱼闹莲、龙凤呈祥、凤凰牡丹等等，隐含着祝福新婚夫妇幸福吉祥、百年好合、早生贵子的主题。

一套嫁妆中，极为惹眼的便是包新婚被褥的大包袱。鲁南地区风俗中，娘家要陪送"十铺十盖"。婚礼时，崭新被褥要高高摞起，用色彩斑斓的大包袱包住，包袱四个角之间露出簇新的花格子被面，具有一种盈满充实包裹不住的声势。小幅面的包袱多用于包裹或覆盖小型陪嫁物品，为热闹的婚庆仪式增添了喜气。寿光人喜欢用彩印小包袱包裹的柳条筐盛放新婚贺礼，里面放上麻花，祝福小两口的日子"芝麻开花节节高"。新媳妇过门以后，这些花包袱会成为布置生活场景的重要道具，温暖地陪伴着她用辛勤劳动经营新家庭，开启一段新的人生。

1997年，考察山东彩印花布

鞋样福本子

鲁西南地区把鞋样本子叫作"书本子"。人们将一些不足尺长的小型木版画装订成或厚或薄的本子,用家织蓝布制成封面封底,并在封面上钉缀扣鼻扣眼儿,其外形俨然一本本装帧精美的线装书,所以当地人称之为书本子。书本子的用途,主要是用来夹放鞋样、绣花花样、绒线等一些女红物件,当地又称为"鞋样本子"或"鞋样子本儿"。当地方言中,"书"通常被读作"福","书本子"也就念成了"福本子",又增添了"幸福之本"的含义。

按当地的传统习俗,儿媳妇"过门"后,婆媳之间有一个重要的交接仪式。婆婆要准备五样女红用具送给她,即鞋样本子的蓝布包皮、针线活笸箩、纺花车子、包囊子和剪子。儿媳妇也随即向婆婆请取丈夫的鞋样和袜样,婆婆从自己的鞋样本子里取出,一并交与儿媳。自此,做娘的就算将儿子今后的一切事务,全部移交给儿媳了,媳妇便将丈夫的鞋样与袜样收取在自己的鞋样本子中,福伴随一生。

鞋样本子是当地婚俗中一个非常重要的物件,而且,不同于男女双方分别置办的彩礼和嫁妆,结婚用的鞋样本子,是要由男女两家来共同完成的。娘家先准备好书本子,由新娘在婚礼这天作为嫁妆带过去,仪式举行完毕,婆婆再把鞋样本子的蓝布包皮送给儿媳妇,所以当地流行着这样的俗语:"娘家的本,婆家的确(音

鲁西南鞋样本子（中国民艺博物馆藏）

qūe）儿，打的粮食没处着（音zhuó，放的意思）。"娘家的本，就是指鞋样本子是由娘家陪送的，这是书本子的主体；婆家的确儿，"确儿"是土语方言，一般用来指"袼褙"，即"葛贝"。"贝"应该是史前对纺织制品的统称，所以"葛贝"指的就是葛布，是中国最早使用的服饰纺织制品之一。葛贝在当地最初是指鞋底，因鞋底是用苘麻脱胶后梳理晾干制成。葛、麻都是我国本土的纺织制品，曾经广为流行，宋元之后，被棉布的大规模推广与应用所取代，逐渐退出生活日用的舞台。其中的葛，因产量有限，生长周期偏长，逐渐为麻所取代。麻后来也多为制作夏衣和丧服的主要面料，所以人们逐渐习惯将这二者混为一谈，均统称为"袼褙"。

不知从什么时候起，人们又开始将多层物质粘连在一起称为"袼褙"。如布袼褙、纸袼褙等。袼褙在生活中用处极大，这一点与中国崇尚节俭的民风相关，还是老人们常用来教育孩子的那句，"过日子没有扔了的东西。"言外之意就是，几乎什么东西都是可以被重复利用的。比如废报纸，看似无用，但收集起来捣成纸浆可以糊制纸盆、

鲁西南鞋样本子"护封"
（中国民艺博物馆藏）

打开的鲁西南鞋样本子
（中国民艺博物馆藏）

纸缸、纸盒、纸笸箩等纸制器皿，也可以调制糨糊将数层纸片粘连在一起制成具有一定厚度的纸袼褙，是做鞋垫不可缺少的材料，所以旧时常见收废纸的乡人挑着"敬字炉"游走在大街小巷收取废纸。做布鞋、枕顶都离不开布袼褙，也是用糨糊做黏合剂，将日用淘汰的破布片、破布条拼粘成数层，各种颜色、各种质地均无妨，晾干后即可使用。为求美观，人们往往在布袼褙的外面再缝制层新布，崭新而妥帖，完全掩盖了里面的废物再生。山东也有一些地区将袼褙称为"确儿""布确儿""纸确儿"等。

鞋样本子的包皮离不开袼褙，单层布不够挺括，太软，总要有一定的厚度才行，在布袼褙之外，再贴附一层蓝色新布，制成鞋样本子的书皮。婆家的"确儿"，言指书皮是婆家给的，只有男女两家共同完成这个鞋样本子，才会迎来新生活的圆满与幸福，富裕到"打的粮食没处着"的程度。

关于鞋样本子成为当地婚娶之物的缘由，还有一种说法："娘家的本，婆家的确儿，生的孩子一小窝儿。"这种说法更为隐晦，意思是两家老人在儿女结婚时备下这物件后，有利于新婚夫妇生育，多子多福。这二者的因果关系是如何架构起来的？用的是民间文学的赋比兴。娘家的本，喻义"瓢"，婆家的确儿，喻义"皮"，结婚后，

鲁西南鞋样本子戏曲"伍员杀府"（中国民艺博物馆藏）

皮和瓢套在一起，结成的一个整体，用以隐喻男女阴阳合体永不分离，所以才会衍生出生命繁衍的主题——"生的孩子一小窝儿"。别看只是一个小小的书本子，竟然负载着如此深奥的含义与使命，在结婚这个重大的人生关口，有谁还会弃而不用呢？

　　鞋样本子一般做十二页，两层纸为一页。本子中的版画画样直接取自菏泽木版年画的扇面画页。鞋样本子上的丰富画样，与当年菏泽一带民间普遍存在的年画作坊有很大的关系；而画样的选取图式，又与当地多种多样的戏曲流行关系密切。鞋样本子、版画图式、地方戏曲三者之间的联系，反映在鞋样本子的突出特点，就是画面内容以古今戏曲故事为主体。过去，人们娱乐活动比较单纯，最重要也最普及的娱乐形式就是看戏、听戏。人们对戏里的故事和场景都十分熟悉，大家对其中的社会内涵都已建立了约定俗成的共识，所以制作版画的老艺人们不用"临摹"戏曲舞台的现场，每出戏的每一个场景、每一个人物造型都默记在他们心中，他们只需根据人

鲁西南鞋样本子的扣子与扣鼻（中国民艺博物馆藏）
用废旧纸做的"纸袼褙"（中国民艺博物馆藏）
鲁西南鞋样本子"花开富贵"（中国民艺博物馆藏）

们信奉习惯、礼俗要求、审美趣味，有选择地把相关礼仪图式或故事图像，从中择取即可。此外，鞋样本子里有些内容，对于新婚女子来说，还有生养启蒙的私密意味，即俗称"压箱底"，这也让鞋样本子的图式表达更加丰富多彩。菏泽最流行的戏曲主要有山东梆子、枣梆戏、两夹弦、柳子戏、大弦子戏、四平调、大平调等等，鞋样本子中就有这些剧种的经典曲目，例如《西游记》《辕门斩子》《三岔口》《鹊桥会》《拾玉镯》等等，它们的图式刻制精巧，构图多样，兼顾了功能性、叙事性、审美性方面的诸多需求。

　　鞋样本子的护封多为蓝染棉布，裁剪的尺寸比内页尺寸稍大，四边向内折叠，大小以能包住里面的内页为准。鞋样本子的扣子全部集中于护封的上页，且扣子与扣鼻均用布条盘成，与衣服扣完全相同，体现出了女红针线的本色，其样式有蝴蝶扣、老头扣、琵琶扣、丁字扣等。扣子设有一个或两个，一个扣的扣纽在书皮中间，两个扣的扣纽分上下排列。鞋样本子通过巧妙的设计，运用布面、盘扣这两个明显的女红元素，完全将自己嫁接成了一本神形兼备的古籍线装书。

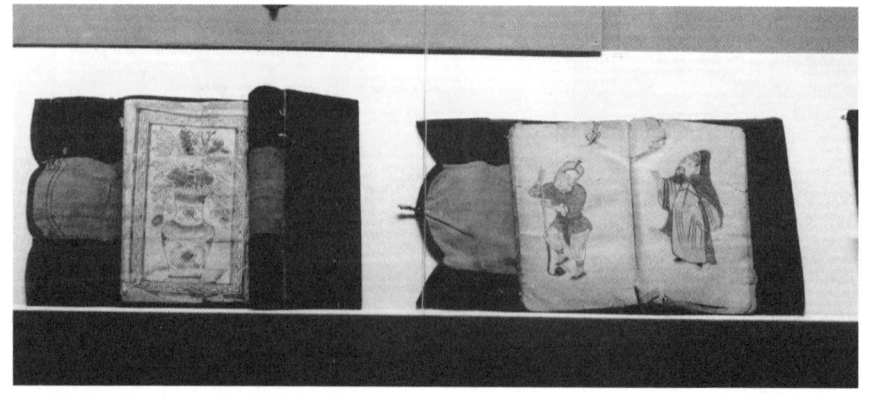

"到民间去——潘鲁生民艺展"上的鞋样福本子

鞋样本子，有构成形式、生活应用和接续传承，都是并不懂得识文断字的妇女们的创造，她们用自己对"书"的感觉、对"书"的理解、对"福"的延伸，创造了一种特别形式的"书"，一本时时陪伴在她们身边的幸福之本，她们无意识中通过这本"书"显示出了女红与文化之间的联系。鞋样本子，是我家乡一带传统女子对生活的一种理想描摹，也是她们创造力的一个缩影。

童年玩具小孩模

儿时的记忆里，家乡的河多、泽多、坑多、水面多，南有百里黄河故道，北有八百里水泊，对我们小孩子而言，一方水土养一方人，就是玩耍起来取水用泥真是非常方便。玩泥巴、捏泥人、摔凹屋、印孩模，是那时孩子们最着迷的游戏方式，今天"50后""60后""70后"的人，可能都相近似的童年记忆，成了我们这代人儿时的乐园，其乐无穷。小孩模，是我们家乡最盛行的一种特色玩具。

小孩模是我们当地的俗称，其实就是模具、模范，当地老百姓也称之为娃娃模、泥模、火烧模，就是小孩子们用泥巴做玩偶的陶制图画模范，类似民间制馍馍的食磕子，如小孩子的巴掌大小，有圆形、椭圆形、方形、半圆形、瓦片形不同形状，是陶土的颜色，用阴刻、阳刻、浅浮雕等多种形式做了图画，孩模的内容十分丰富，神话传说、历史故事、戏曲形象、曲艺杂技、花草植物、飞禽走兽、吉祥图案，还有汉字等等，都是模具图画题材形象的来源。近些年还出现了现代英雄人物、交通工具、生活用具等现代图案。印孩模的图像内容之丰富，可谓是孩子们亲手翻制自己喜爱的百科全书。这些图案的刻制特点是，构图明晰、线条粗犷、形象生动、视觉效果简洁明快。

小孩模的用法，类似现在做糕点的印模，外面是光滑的，内面刻制着不同图像，孩子们把胶泥压印在小孩模上，挤紧按实，撕去多余的泥巴，再

2009年，曹县北关水泊

扣出来，放在阴凉处晾干，一个小孩模就可以拿出去，与其他小伙伴一起互相比试了。

我家住曹县老县城大隅首北街，南街有戏园子，后街是古楼街，街坊有刘家、韩家、陈家、徐家，还有一些店铺，周围的孩子天天扎堆在一起玩儿。年龄大一些的孩子玩儿用烟盒叠的客子，客子那是用大人们吸完烟后的烟盒外包装纸折叠制作的，烟盒纸是大孩子们才有办法弄到的珍稀材料，年龄小些的就玩儿小孩模。而且，城里随处可见的大泽水坑，让比试小孩模取泥巴很方便。男孩子们热衷这类有竞争性质的游戏，而女孩子们的游戏，是把同样的材料换成一种平和友爱的形式，小妮儿们凑在一起，把泥巴和成面团，模仿大人样儿，翻刻带图画的"面食"，边摆边排，过娃娃家。

手拿小孩模的小小子儿们，正是好奇又好斗的年龄，大家总想比试比试，比孩模上谁的故事多，比谁讲得好，比谁做得多，街头巷尾挤在一处，个个争先恐后，好不热闹。有时候两个胡同的小伙伴还会因为一时的意气之争，比试之间小动拳脚打了起来，还没等有大人过来干预，不一会儿又都聚在一起继续玩起来，并不计较谁胜谁败，就在这无拘无束的嬉戏之际，孩子们无形中学到不少东西。在孩子们心里，那些玩小孩模更心灵手巧、博闻强识的孩子，也就更威风荣耀。

上世纪八十年代，曹县乡村街景

在我们街上，我算是个孩子头儿，常拿着小孩模带着小伙伴们在街上比试一番。小孩模的故事很多，就像如今儿童读物有各种不同年龄的版本，我们小时玩的是各种动物植物花草的图，大了几岁又时兴玩三国、西游里的故事形象，也有当时流行的样板戏人物，那时对这些图也闹不太明白其所以然，就回家找大人去问问究竟，又急着出去再比试逗能，有时候也有没记清名字来由的，难免张冠李戴，引得小伙伴哄堂大笑。朴素简陋的生活条件，自然活泼的人文环境，每家都是几个孩子，每个街道都有几个小孩头儿在比试小孩模，不知不觉玩耍着一天天长大，孩子们对历史典故、神话传说、戏文故事都耳熟能详，也把那图像上种种的仁义礼智信、温良恭俭让、忠孝廉耻勇的故事，耳濡目染地刻画在心里，那些吉祥的图案寓意、美好的期待寄托以及为人处世的世道常情，都在内心深处埋下了种子，在此后的悠悠岁月里，送来人生的暖意。

据了解，小孩模的雏形，源于唐、宋时期的瓦当，至明代成为一种独立技艺，经民间艺人相传至今，过去菏泽地区货郎上的小孩模，大多出自郓城艺人之手。我1985年到郓城彭楼调研砖雕屋脊兽制作工艺时，在当地艺人彭学运的家里，看到了土窑烧制小孩模的全过程，深深触动了儿时记忆，于是撰文从专业角度对小孩模的工艺文化做了

311

菏泽小孩模（中国民艺博物馆藏）

梳理，文章《山东孩模玩具》发表在1985年的《美术》杂志上，希望更多人关注到小孩模这一独具特色的民间玩具。筹建中国民艺博物馆时，也专程回老家，从老屋里找到了几件小时候玩过的小孩模，现已陈列在民艺馆中。

小孩模作为我国流行较早的土陶玩具，与陶器雕花、剪纸、版画、画像砖石艺术具有渊源关系。在工艺上，有塑的、刻的、捏的等多种制作手法，把制陶、雕刻、绘画等多种工艺形式融为一体。小孩模制作上分绘稿、拓稿、雕刻、印模、烧制等工序。先用铅笔在白纸上绘制出图案，再把画稿拓印在梨木板或半干的胶泥板上，然后用刻刀进行雕刻，雕刻时要注意主体突出；待雕刻完毕后，用胶泥翻印，最后将干泥孩模坯竖立排列装入窑内，以两百至八百摄氏度的温度，窑火烧足一个多小时，然后停火、封窑，待自然降温后，开窑取出即可。

小孩模之所以受到孩子们的喜爱，与其造型特点密不可分，它强调生动活泼的孩子气，构图千姿百态，局部刻画概括，用线疏密有序，富有质朴、天真的装饰趣味。其内容和形式的特点，与当地民俗生活有紧密联系。比如梁山一带的儿童把宋江等水浒英雄推崇为心目中至高无上的形象,货郎销售量最多的也是梁山一百单八将,而鲁北地区,小孩模除传统题材外,还有对本地民众自己生活的反映,如纺线织布、走亲戚等。我对小时候的孩模里印象最深的,是武松打虎,艺人大胆地将武松形象与虎之身躯合为一体,是形与神、力与体融合的高度概括,把武松的英雄气概表现得淋漓尽致。这些形象中的民间语言、艺术张力,这些故事中关于正直、守信、责任的朴素道理,对于成长中的孩童来说有莫大影响,它不只是民间口头文学的插图,也不只是过去农村里儿童识图、识数、辨色、会意的启蒙教材,更是一种民间文化启蒙与传承的精神纽带。

如今,每每在民艺馆给观众讲解小孩模时,内心都有几分感慨,这小孩模伴随我的童年,有过不少难忘的记忆,总能带我回到家乡、回到过去,与儿时的伙伴重聚,在泥团图案里畅快交流。这小孩模里有不少乡音乡情,家乡戏的曲调、鲁西南故事的形象也都环绕映现其中,不论几十年来生活的变化有多快,不变的是总有这份埋藏心底的乡愁乡韵。我也常想,假如让今天的孩子们有机会玩一玩小孩模,在变形金刚、芭比娃娃之外,团团泥巴,扣个陶模,感受自然的水和泥土,感知鲜活的历史和过往,了解我们民族里那些了不起的英雄形象和动人传说,在我们民族盛大的文化空间里体会往昔人们的情感与生活的滋味,也许,这样的童年会更丰厚,这样的成长会有更绵长的力量和心灵的滋养吧。

小孩模,是模具、模范、楷模,是一个玩具,也是一种规矩,让孩子从小懂得规矩,凡事都有一定之规,这就是传统文化精神的启蒙了。

漫话水浒叶子

鲁西南地区流行一种水浒纸牌，俗称"老妈妈牌""老婆婆碰""婆婆牌""小牌"等，在历史典籍上多有记载。称为"水浒叶子"或"水浒叶子戏"。是一种风格古朴的民间木版画，它起源于唐代"叶子戏"，因其扎根民众生活，作为娱乐牌具而流传至今。水浒纸牌的发源地在山东省菏泽市郓城县水堡村，它对马吊牌、碰和牌、川牌、陕甘纸牌、晋北纸牌、河南纸牌、河北纸牌，以及早期扑克的形成，都具有融合借鉴的作用，是目前所见文字记录的各类游戏牌中十分具有代表性的一种。

北宋徽宗年间，山东爆发了梁山泊农民起义。地方官下令剿捉梁山将士，并效仿唐代以来民间流行的"叶子牌"形式发布榜文，利用刻版印刷的方式张贴散发。随着历史发展，梁山人物主题叶子牌内涵发生了质的变化，画中人物从被剿捉的草寇变为受到民间广泛传颂的英雄，赏钱多少则成为武艺高低的标志。现流传于梁山地区的纸

水浒纸牌（中国民艺博物馆藏）

牌，便与榜文图示极其相近。纸牌中的万、条、饼图案，即是朝廷为捉拿梁山将士所设的赏钱图案。叶子牌在西方被称为扑克牌的前身，公元十三世纪，马可·波罗将中国"叶子戏"纸牌带回威尼斯后，欧洲人认识到了它的妙趣，逐渐将其发展成为扑克牌。

水浒纸牌全套共一百二十叶，有红花、白花、老千、万、饼、条六种格式。其中一至九万、一至九条、一至九饼各四，分别有三十六张。万字牌从九万宋江到一万燕青，饼字牌从九饼吴用到一饼张青，条字牌从九条卢俊义到一条张顺。另外，还有红花子，是梁山泊第一届首领白衣秀士王伦；双头红花子，是梁山泊第二届首领托塔天王晁盖；黑花子，是宋江的女人阎婆惜。红花、白花、老千各四总十二张。牌中一至九万刻画的是梁山泊九员大将形象，代表三十六天宿（牌中号称天罡）；一至九条和一至九饼用钱状符号图案代替，代表梁山将中七十二地煞（牌中列为地罡），红花、白花、老千是三位神主。这样就形成了三十六天神、七十二地祇、十二神主的阴阳数理格局。万、条、饼总和为一百零八张，与梁山一百单八将名单相符。其中的人物安排，从民俗学视角对纸牌起源、形成进行分析，可以看出纸牌利用最普及的形式，形象化、符号化地记录了特殊的文化观念，表现出数、理、情、形有机结合，以神话传说反映历史的真实，是社会化心理意识的文化显现。

水浒纸牌同其他雕版版画一样，有黑白和套色版两种，不同地区所流传的样式各异。鲁西南地区以黑白版为主。古运河城乡由于受河北版画影响多流行套色版，其刻版、印刷等工艺则大同小异。纸牌造型受到娱乐使用方式制约，外形采用长方形，适合手握把玩。画面中有人物和图案两种造型。构图从中轴线分割，人物形象为简笔半身或全身像造型，类似"肖像画"。一至九万的人物面部表情十分精彩。民间艺人通过对眼睛、眉毛、额线、鼻翼的细微刻画，概念化地塑造

宋江纸牌　　　　　　　燕青纸牌　　　　　　　花荣纸牌

了不同人物的性格特征，尤其是八字胡或三缕须飘动方向与面部表情相呼应，在方寸之间生动呈现了人物的精神气质，抓住了不同好汉的不同个性。为了便于识别人物，创作者还通过兵器强化了人物形象特点，如五万李逵画像下方增加了板斧劈小人的故事情节。总之，水浒纸牌人物造型，将人们心目中的英雄形象与数理、民俗融为一体，呈现了古朴、稚拙、简括的艺术特征。

水浒纸牌的出现和推广，得益于当时雕版印刷术的成熟，以及手工业在民间的迅速发展。雕版印刷术始于唐代，早初用于佛教书籍刊刻；宋元时期雕版印刷日益成熟，至明朝万历年间，雕版印刷空前繁荣，文人雅士也跻身其中参与版画创作，提升了雕版印刷和版刻插图的欣赏价值，例如，陈洪绶等著名画家也创作有水浒纸牌图画，这些因素更推高了水浒纸牌的市场。

山东郓城、曹县、梁山等地过去都生产水浒纸牌，以郓城水堡纸牌最为知名，且具有较高的艺术水准。"水浒一百单八将，七十二名在郓城"，宋江即郓城人，相传，宋江老家就在水堡村，元人杂剧《坐楼词》中有"家住水堡在郓城，姓宋名江字公明"的唱词。《曹州府志》记载，宋江起义一百多年之后，宋江故里水堡村的齐氏、傅

曹县乡间打"水浒纸牌"场景

氏、杜氏三家，为纪念宋江及梁山泊起义众多豪杰，就根据朝廷擒拿宋江起义英雄所出的赏银数额，将水浒一百单八将人物形象融入纸牌，以纪念起义英雄。

水堡村纸牌制作主要有刻版、印刷、裱褙三大部分的六十多道工艺流程。

纸牌刻版需要选质地细密的干梨木料，选用三十年树龄的梨花木，锯取树芯以外的整料使用。版料尺寸一般为长三十六厘米，宽二十八厘米，厚度三至五厘米。刻版以前，需要先将版料正面刨平，以便于印刷，背面可刨也可不刨。各个作坊刻版版样多以祖传牌版作为底版，用稀糨糊裱贴在要刻的版料上，正面朝向版料，确保刻出的是反图。刻版时，先以圆刀刻出边框，名为"清趟子"，然后以大小刻刀按印好的底版雕刻圆孔，在此基础上进行修版，作用是将刻出的牌版线条进行细加工，去掉糙边。经过细致修整后，一块纸牌版便完成了。雕刻好的版共有两块。每块版上的纸牌排列为三行，每行五张，共十五张，雕刻好的版面画心多长二十八厘米，宽十九厘米为多。版面大多为高七厘米，宽三厘米，也有窄到一点五厘米的，最后是在版面上刷层芝麻油，用开水烫晾干后即可使用。

印刷是确保纸牌画面品质的核心环节。基本流程包括制糨子、调墨、裁纸、清版、上墨、印牌、印红花七个环节。打糨子的方法有两种：一种是以细白面和成面块，洗出面筋，沉淀后将上面发黄的水倒掉得到淀粉；另一种传统做法则是以新麦粒煮半熟，用小磨压碎后过箩，加水搅拌后澄清，倒掉水，沉淀出淀粉。淀粉需要熬制后才能形成黏性。具体做法是：加少许清水，放火上边搅拌边加热，有气泡冒出时用力快速搅拌匀，然后离火继续搅拌。要注意火候，火候差糨糊黏性不足，且易霉变；火候过了糨糊发涩，不好用。调好的糨糊以细润光亮为佳，放冷水中冷却后备用。调墨，以烧柴草秸秆形成的锅底灰为原料，用勺子沿锅底轻刮，选取细腻的锅底灰，因灰粒极难溶于水，要用糨糊在锅底灰中反复揉搓至成块状，然后用磨石在细石板上研磨，边研磨边加水，形成墨汁。盛容器中备用，注意黏稠适当。太稠难印且易出现着墨不匀，俗称"花塌"；太稀易出现晕散，俗称"洇纸"。以棍挑墨，滴落干脆且稍有毛细尾巴为宜。印制纸牌的纸张多

印制纸牌的线稿雕版

朱仝纸牌　　　　　　李逵纸牌　　　　　　关胜纸牌

选用"灯笼纸"为佳，这是一种产于山西的透明薄纸，以蚕丝、棉花初桃或桑树皮为原料制成，薄且有韧性，因常用来糊灯笼，俗称"灯笼纸"。

颜料、纸张备好之后，开始印刷前需要先清理版面。将版面置于案上，揭下版面蒙纸；刷去尘土及杂质，然后在版面上墨。先以墨刷蘸少量墨刷在墨盆底上，然后，用蘸刷在盆底反复排刷，至盆抵着墨均匀且无流墨时，用蘸刷在版面上按照上下、左右的顺序排刷，至版面色均匀。印牌时纸正面朝下覆版上，用搨刷同样按照上下左右的顺序排刷，注意用力均匀，大小适度。用力太小易皱，用力太大易烂。至着色均匀，揭下晾干，以同样方式分别印出牌面和牌背。因为红花子、老千等牌需要以红色印章做标记，所以在印刷结束后，要印上标记。一般以五厘米长的方形木料刻成方形印章，大小据牌面大小而定。用大红颜料和糨糊做成印泥，一般印在需印牌面的上中部。章框与牌边平行或呈四十五度角。

裱褙，是将印好的牌面包装制作为成品纸牌的过程。具体包括搨牌、上挣子、潮平、上光、配牌、裁切、包装七个环节。搨牌又叫排刷子，在案上均匀地刷一层糨糊，然后将印好的牌背（花纹以菱形或太阳纹为主），面朝下覆在案上，用板刷刷平，在纸上均匀地刷上糨糊，再覆一层纸，用板刷刷平。如此一层层裱贴，一般需裱十至十二层白纸，才能达到纸牌厚度要求。最后，将印好的牌面纸正面朝上裱贴在最上层，再轻刷一层糨糊。上挣子是晾干的工序。先用竹片或针锥将搪好的纸掀起一角，以手面提起，粘在挣子的木格上晾干。待挣子上的纸牌干后，以竹片或刀片取下，用抹布均匀地将纸牌擦湿，使其自然潮平，也可以用少许芝麻油轻擦一遍。上光也称拉碴子，将牌纸放在平整的石头上，将确子小头朝下放牌纸上，由两人在确子两端来回拉动，直至将牌面磨得平整发亮为止，然后再依次给背面上光。裁切又称铡牌，分为开大铡和开小铡。开大铡即将纸牌按版式每一行裁开；开小铡，即将开大铡后的每一行再裁成五单张。包装又叫封牌，包装纸和捆牌纸条也是用灯笼纸刷制而成的，把裁好尺寸的纸牌按顺序、类别、数量进行包装，每副牌一百二十张，每十副一打，再用大包装纸包装起来销售。

在鲁西南，到水堡村批发纸牌的人多为盲人，因此售卖纸牌被称"瞎子的买卖"，郓城的玩牌人手气不佳时，便会叹气说："瞎子上水堡——背牌。"这个当地独有的歇后语，即由此而来。之所以使用盲人，据说，最初是因为盲人具有隐蔽性，用他们往外地背牌，对传播水浒英雄有利。继而，盲人做生意不课税，利于纸牌促售。久而久之，形成这里的乡民观念，健康正常人去批发零售纸牌是与残疾人争饭碗，会被乡邻们所耻笑。因此，纸牌生意是在乡土社会自发形成的一种扶持残障人士生计的经营模式。盲人批发纸牌后，再走街串巷零售给纸牌玩家。《郓城县志》记载，清末时水堡村有纸牌作坊一百多家，最鼎盛时期，每天水浒牌的产量可达一万副，远近客商人流如织，曾销往河南、河北、江苏、浙江、安徽、山西、陕西、甘肃、新疆、东北等全国各地，是各类纸牌中流通和影响最大的一种，甚至流入朝廷后宫，在故宫博物院，就收藏有清朝宫廷里后妃们使用的水浒纸牌。

纸牌初期的玩法只有三四种，后来经过不断的发展变化，形成了十六、白六胡、铃铛铺、离胡、别棍、哈虎、排九等十余种玩法，最为广泛流行的玩法是铃铛铺和疙瘩胡。其中，铃铛铺有四人参与，轮番摸牌，头牌二十一张，其余三人均二十张，玩法类似如今的麻将。由于玩法多，趣味强，风靡各地的同时，也被一些人利用为赌博工具，《红楼梦》里著名的"抄检大观园"，就是由贾府的老婆子们斗牌赌博引发；至后宁荣两府被官家查抄，也与贾府子弟聚众赌博直接相关。历史上，清朝末期和民国时期，官方曾经有两次发布禁赌令，并查封各地纸牌作坊，甚至关押纸牌制作艺人，这曾经给水浒纸牌的发展造成历史停滞。

水浒牌作为一种普及性的游艺用品，因与民众生活密切相关，经历沉浮已形成了旺盛的生命力。如今，在鲁西南乡民的业余生活里，水浒纸牌仍然十分流行，是左邻右舍茶余饭后、农闲时节打发时间、沟通感情的重要娱乐方式；而在互联网经济时代的电商平台，也能找到水浒纸牌的出没。尽管如今的纸牌生产，已由手工印刷发展为机器印制，但是流传数百年的木版印刷水浒纸牌，聚合了地域水浒文化的传播与民间雕版印刷术的发展，凝结着水浒故里的世代工匠智慧，渲染着行侠仗义的文化精神。这些由传奇的水浒一百零八将组合起来的"水浒叶子"，不仅蕴含了丰富的历史文化信息，其造型艺术特色与印制工艺水平，也成为这一方百姓精神生活的特色文化记忆。

"喜丧"纸扎

我奶奶八十多岁去世，但是，她老人家六十岁的时候就把自己的寿衣做好了，告诉我们说，若搁到秦始皇那个时代，她那样岁数的人就应该活埋了，如今真是活一天赚一天。当时她的神情和平时唠家常一样，非常平静，对于生死大限的问题，她就是这样自然而然地遵循着民间风俗的沿袭。我当时还觉得奶奶这样说话不吉利，可后来从事民俗研究，不断到全国各地做殡葬习俗文化调研，这些年间自己也有过与亲人仙凡陌路的经历，逐渐体会到我们中国民间传统习俗礼仪里的生死教化和深情寄寓。民俗民艺里有生之喜悦，也有死之圆满，比如，鲜艳炫目的纸扎里，包裹着生命规则和死亡教育。

我国古代从民间到官府都非常重视丧葬礼仪，这与上述的"生命二元论"，儒家尽孝道的思想观念，以及先祖能庇护后代的信仰等有直接关系，所以在民间风俗中普遍存在着灵魂不灭的观念。丧礼办得是否隆重并符合习俗观念，既是衡量子孙是否尽孝的标志，又对能否获得祖先荫庇使家道昌盛具有重要的意义。丧俗所谓的"颂鬼"，实际是对生者的安慰。近代以来的丧葬纸扎发展为"喜俗"形式，使人们在生离死别之际，更彰显出厚重的人间烟火的亲和情暖。人死是"阳世的终结，阴世的开始"，乃人生大事之一，因此，死者家属不惜花费大量心血和财力来办理丧事。有的富裕人家，要扎制几十件甚至几百件纸人纸

曹县抬纸扎

马以表孝心。纸扎在各地民间有很多不同的称谓，如扎作、糊纸、扎纸、扎纸库、扎罩子、彩糊等等。广义概念的纸扎，包括彩门、灵棚、戏台、店铺门面装潢、匾额及扎作人物、纸马、戏文、舞具、风筝、灯彩等。狭义的纸扎，即特指丧俗纸扎，就是用于祭祀及丧俗活动中所扎制的纸人纸马、摇钱树、金山银山、牌坊、门楼、宅院、家禽等焚烧用的纸品。本文所涉及的纸扎，主要是指与民间丧葬及祭祀活动相关的纸扎，简称为"纸扎"。

一

在我国几千年的历史上，很多人不认为死是生命的终结，而只是把它看成是人生旅途中的一种转换，从阳世转到了阴间，相信死后会有另一个世界。人从死的这一时刻起，就意味着开始了阴间的生活，所以丧葬的礼仪便是以这种观念为出发点的。葬礼被看成是将死者的灵魂送往另一个世界所必需的仪式。同时，在各种丧葬仪式中贯穿着亲属对死者的一种真切的怀念，其中也隐含着一种似是恐惧又有所祈求的复杂情感心理。这些心理活动的一种现实投射，便是在殡葬活动中大量使用的纸扎物品。

曹县纸扎局部

古代中原地区流行这样的丧俗：在出殡当日，死者亲属身着丧服，披麻戴孝，手持魂幡、丧棒，散发纸钱，焚烧纸扎物品，民间吹打乐者要演奏死者生前喜欢的曲目，或家人点戏为死者送行。在灵棚前，众人抬棺号声起落，按锣点缓步而行；纸扎的车、马、轿、侍者站立在棺椁前方两端。棺罩扎制成牌坊、门楼状，罩内扎制神态各异的戏曲人物，以取悦于鬼神。在我们曹县，这类罩子不下百台纸扎戏人，一般是两三人组成一出戏，如杨家将、水浒戏等，人物有动作，人物之间有呼应，规模惊人。一些地方还流行扎制神仙佛道，其含义是人死为神，或以神仙保佑升天。在闽南及

曹县出殡时准备的纸扎

浙江地区，还扎制纸船，以供死者航海升天。

扎制金童玉女，是我国古代大部分地区都流行的丧俗。金童玉女设立在棺前，左右而立，且手持魂幡，上书："金童接引西方路，玉女随行极乐天。"按道教的说法，凡是神仙所居住的洞天福地，皆有得道的童男童女在旁服侍，这对童男童女即金童玉女。金童玉女是分掌威仪、记录三界中善恶功过的一对神。传说，元始天尊身边有金童玉女九千万，真武大帝身边常有一个金童和一个玉女。在我国南方，俗称金童玉女是周公与桃花女，此说源自元明戏曲及小说，说周公与桃花女几经周折彼此斗法，最后真武大帝出场，点明二人系金童玉女转世，世缘已满，复归天位，收在真武大帝身边了。金童玉女在丧俗纸扎中非常普遍，其用意是祈求祖先亲人故去后，能顺利圆满地升入天上神界。金童玉女身旁常扎有纸花四盒，左右各两盒，另有两对侍俑，手持"回避""肃静"牌和黑红棒站在两端；后面跟着古代的神逐疫者方相开路，站在队列之前；并扎有金银山、金银桥、摇钱树、聚宝盆及一些生活用器，如箱、橱、柜、茶具、餐具等。

这一切哭丧、吊孝、祭祀、守灵、送纸钱、烧纸马等祭奠名目所用到的，都要在出殡前订做成套的纸扎物品，届时置于灵堂，埋葬死者后，即随之烧掉。

二

在山东农村，传统丧礼的流程和规则，至今仍然比较被人们重视和遵从。

老人去世以后，需向老人的族内不出"五服"的人家报丧。丧家会在大门上悬挂一大串纸扎的岁头纸，纸张数目要比死者实际岁数多两张，比如故去的人六十岁，纸扎纸数即六十二张。在做纸扎的岁

曹县烧纸扎　　　　　　　　　　　　曹县戏曲纸扎作品

　　头纸时，最上面用一张纸，最下边用一张纸，表示天上一张、地下一张之意，中间用几张纸不限。亡男挂在门左，亡女挂在门右。

　　守灵时也有一套相应的基本祭奠礼仪。每当有人来送纸时，要送人三尺长的白布，称为孝达子。如果有人来跪拜老人，儿孙则要埋头于地答谢来人，然后请人到客房休息。如果是女宾来到，则女儿和孙女陪着来人一起哭泣。同时，儿孙们还要不断地为死者烧纸钱（纸钱是在专用黄纸上用古代铜钱打上印迹）。烧完的纸灰用黄纸包一些，作为阴间钱币供死者使用。头一天晚上，守灵到半夜子时要拜庙。死者后人把所有的纸扎物，如马、牛、岁纸、衣物等，送到庙里去烧掉，此即拜庙。

　　拜庙时由死者儿子在前拿着孝棒领路，孝棒也称"哭丧棒""哭丧棍"，是葬礼过程中的一种重要器物。在刘铁梁主编的《婚丧礼俗》中有详细的记述，它的性质类似于孝幡儿。古人出殡时，孝子要手持哭丧棒。古时讲孝道，要守丧三年。守丧期间不能吃荤，不能吃饱，要哀痛至深，毁形销骨，否则便被视为不孝。在这种情形下，守丧的孝子们，平常只能拄杖而行，以撑其身。后来不再过分强调守丧毁身，孝子出行也不再拄杖，但却逐渐演化成哭丧棒。民间的孝棒制作较为简单，棒子使用高粱秸秆，外面用白纸糊成一根白色棍子。拜庙时，手执的孝棒要触地，带着人们到本地庙堂烧纸扎物和纸钱。主事人在地上画一个圆圈，但此圆圈不能封死，要留一个缺口，据说是为了让死者从这里走过去。然后将纸马和纸钱堆在一起烧掉，这时，要在圆圈周围洒上小米粥水，以使死者走路不累。

一般按过去的做法，守灵需要三天后出殡，出殡时由孝子执"引魂幡"。引魂幡是一种垂直悬挂的旗子，北方多用长方形的白纸剪贴成，下面剪成许多长条形状，粘在用白纸糊好的高粱秸秆上，出殡时，儿女拿在手里举着，走在灵棺前面，其作用是引导死者的灵魂上天，成为神仙，长生不死。

引魂幡的颜色有白幡、花幡和红幡三种。白幡，说明死者有儿子或女儿；花幡，由红绿相间的布条组成，表示死者已有孙子或孙女，其人生已圆满多福；红幡，代表死者已有了重孙，其丧事可当喜事办了。三种幡的颜色，须由不同身份的人来扛幡：白幡应由长子扛，花幡要长孙扛，而红幡为重孙扛。

各地的引魂幡在材质与形式、用法上，都有一定差异。南方有一种花幡，顶部用竹篾或者细木条扎成三角形，下垂着长长的飘带，或者是在两边各加一条细带，带子上剪刻出镂空的花纹。在江苏的南通，除出殡日外，纸幡贯穿于所有的祭祀日和鬼节之中，在亡者"一七""五七""七七""百日""头周年""二周年""三周年"，以及清明节、中元节等，都有纸幡悬挂于厅堂室内，样式繁多，剪贴图案非常精致，还在白纸上书写故人的姓名，带有招魂纪念的功用。陕西一些地方有一种幡幢状的纸扎品，是女儿献给寿终的母亲的，女儿年龄多少便做成多少层的幡幢纸扎，有的可达数十米长，每一层有许多角，直径大约七八十厘米，上面糊有彩纸剪出的各种花样，层与层用绳结相连，挂在巷口的大树上，非常壮观。这可能就是陕西各地方志中所提到的"门前持幡"。

　　从引魂幡的样式，还可以分辨死者是男还是女。区分的方法是看飘带下端的形状，男性故去是箭头，在最下边剪出五个箭头；女性则是凹形，最下边剪出五个豁口。另外，引魂幡飘带的中间，男的剪成圆形，女的剪成方形，表示男为乾为天、女为坤为地，取天圆地方之意。另外，山东农村在烧纸扎物时，男女各有不同的另一种体现方式，是男性死者一定要烧纸马供其骑乘，女性死者则要烧纸牛；而且，纸马由儿子出钱订做，纸牛由女儿出钱订做。

　　出殡的路上，引魂幡由孝子擎执着而行，如果遇到过桥时，要烧纸扎的金、银、元宝等，意思是为死者买过桥费。殡葬期间，除直系亲属，其他亲属也要戴孝，并在送葬途中散发剪刻的纸钱。同时，送葬队伍有随行的吹奏乐器或放鞭炮，以助声势。

　　待到棺木入土后，引魂幡要直插在坟头上。在中国东北地区，幡杆多采用刚砍伐下的柳树或杨树，绝不能用榆树，因为"榆"字音同"愚"，会使后人变得愚昧，下葬后幡将插在死者的土坟上。如果雨水充沛，幡杆会成活，并逐渐长成参天大树，其寓意是子孙后代枝繁叶茂。若不然，则在坟上撒些草种子，以示相同寓意。

　　近年来，随着殡葬制度的改变，传统土葬改为火化后，安葬丧俗也发生了一些相应变化。骨灰由长子抱着，其他人都要跟着上坟。坟地由儿子选择，一般坟地都要对着山尖偏一些的地方。丈量完以后，由儿子动锹挖第一锹土，然后交给帮忙的人，挖出坑以后，由儿子用鸡毛掸子清扫一下，别人就不准再用脚踏坟地了。在坑底，先放一对糊有金色纸的木条，将骨灰放在木条上面，并用"旌"盖住骨灰盒。骨灰盒前面要放上五谷，以示死者生前富有。埋土时，也是由儿子动第一锹土。埋完后，在墓顶放包袱，每个儿子放一个。儿子的丧棒也插在坟头。这时开始祭拜老人，并烧纸扎物品，金山银山、童男童女

2009年在菏泽调研丧葬习俗

等,放鞭炮为老人鸣锣开路。

至此,整个送丧安葬过程才算完毕。

上坟后的第二天,儿孙后人们要"回坟",意思是重新整理一下坟地。以后,每七天祭一次,称为"烧七",其中"三七"和"七七"最重要。此后,还有百日和周年,这些日子都要上坟,不能忘记去给死者烧些纸扎物品,如纸钱、衣物等,让去世的人在阴间有钱花,有衣穿。

三

通过上述葬礼的基本过程,可以看出各种纸人、纸马及纸供用品在民间丧俗的各个场合和环节的广泛作用,纸扎不仅在治丧活动里使用,而且延续出现在一系列的祭祀节日,是丧俗艺术的一项主要而相当普遍的存在内容,始终贯穿于祭祀丧俗活动之中。

出殡日之后,民间有逢七上坟的习俗,总称叫"烧七"。从死者去世之日算起,每七天就要举行一次焚香烧纸祭祀的礼仪。有"头七"(也叫"一七")、"三七""五七""七七",一般烧到"七七"。"一七"是去世第七天,

2020年，调研曹县戏剧纸扎（扎骨架）

"五七"是去世第三十五天，"七七"即去世第四十九天，这些日期都要上坟祭拜。

烧七的风俗，相传源于佛教的因果轮回。佛教认为，人死后，四十九天之内必然会投胎转世，为了来生的幸福，需要做"七"的法事，后来民间便流传"烧七"的习俗了。从头七到七七，这几次烧七的规模，因不同地方习俗而不尽相同。南方对待头七比较隆重，要用纸扎糊各种物品，江南俗称为"库"。除日常用品外，还有较大的建筑物，如楼、库等纸扎物品，扎得气势磅礴，宏伟庞大，结构复杂，色彩绚丽斑斓，扎糊十分费力费工，剪贴描绘也非常繁琐细密。有的光是结构就分为上下几层，有蟠龙柱、走廊、扶手，有的还挂花、贴门神、贴对联、画墙画、贴剪纸等等，纸扎艺人极尽工细、繁杂之能事，为死者建造一所即使人间也少有的楼房，可以看出活着的人对逝去的亲人在冥世诸事的尽心尽意。

烧七时，南方比较普遍有在厅堂悬挂纸幡的习俗。纸幡的扎制，多用白色及其他色纸剪贴而成，中间的文字或图案以黄色、金银色或其他色纸剪镂。纸幡的形制，各地亦有所不同，有的用纸扎叠而成，也有的糊成原白纸，再以刀雕刻图案，图案的形式，有平面旌旗状，亦有立体伞形，但不强调绝对的对称。各地的纸幡形状不一，大小亦有不同，大的有一丈多，小的有三四尺，还有多面纸幡，十分华丽堂皇，规模惊人，其制作时将纸条竖向对折，或横向对折，再按图案剪刻，剪好展开即成条式连续图案，精雕细刻的纹饰布满画面。纸幡的色彩，多数比较华丽，大面积有金色，上面粘有剪贴的红、蓝、绿、黄各种醒目色彩。

北方地区，特别是山东一带，最注重的是五七，俗话说"五七三周年，不烧不周全"。这一天，死者亲属带着纸扎的金山银山、聚宝盆、摇钱树等上坟去祭祀。对烧七，山东民间有许多说法。如山东省民俗志中记载，龙口等地称"六七"为"闺女七"，这天，死者的女儿、侄女、外甥女等，要带着纸扎的盆花和花篮上坟祭祀。如果烧七之日恰好同农历日期相同，例如初七、十七、二十七等，叫作"犯七"，烧七时要在坟上插一面白纸小旗，以避忌讳；莒南旧时则请僧道作法诵经，谓之"破七"。有的地区，死者有几个儿子，就不烧几七，如有三个儿子，则不烧"三七"。曲阜等地称之为"期"，死者为男则六天一期，死者为女则七天一期，大多数一期、二期不作，一般只在五期与十期上坟。五期为大期，孙男娣女都去，十期为最后一期，民俗谚语："十期尽，没人司。"东平一带只祭一七、三七、五七。烧七时，纸扎的金银珠宝、日常用品是不可缺少的，品种多少一般根据家庭经济状况和对祭祀的重视程度而定。经济情况比较富裕的家庭，遵循的纸扎品种的原则是：应有尽有。

"烧百日"也是比较重要的祭祀活动，这一天死者家属、亲友

331

2020年，调研曹县戏剧纸扎（绑扎）

和后人要办酒菜到坟前烧纸祭奠，俗称一百天上坟。有的地区这天还要大摆宴席，招待街坊邻居及亲戚朋友们。上坟时，要用纸扎糊制各种物品，有吃的、住的、用的，品种齐全，现在有些地方不仅扎制出高楼大厦，还有扎制冰箱、彩电、洗衣机等现代化家庭生活用品，让逝去的亲人在阴间也能过上现代化的生活。烧百日时的纸扎马车也比较多见，马车纸扎的形状，与真实的马车非常相似，顶棚制作精细，车轮描绘逼真，甚至连木制车轮的铆钉也清晰可见。烧百日这天，焚烧纸扎的马车、侍俑以及其他纸扎物品。这天对儿女的孝服要求并不严格，只在白鞋、白帽顶和白衣扣上有所表示。

"烧周年"，有的地方也称这天为"烧忌日"。山东民间对"烧周年"比较重视，儿女亲属们这一天要聚在一起去坟前祭祀，同烧七一样，要带着纸扎金银元宝等，另外还要带酒、菜、点心等上坟。烧周年后，子女们算是已尽到孝心，可以不再守孝，恢复正常的生活。以后，每年的这一天，儿女们也要去上坟，只带些用铜钱打过印号的黄纸在坟前烧掉，给去世之人送些纸钱，让他们在阴间有钱花。

四

因受地域文化的影响，纸扎的文化内涵、技艺特征和民俗内涵方面都不尽相同。中原地区、江浙、西北、西南、闽南等地的纸扎样式存在较大差异，使得纸扎名称上又有多种称谓，如"纸骨突""提幡""例头马""送路钱""送寒衣"等等，不同地域纸扎的风格也不尽相同，但是，它们用于祭祀的目的，都是一致的。与其他民间美术相比，纸扎更注重对其表现对象的展示和使用场合气氛的衬托，由于它的视觉效果格外醒目，其对于服务对象的环境氛围营造，作用十分突出。

在我国历史上，纸扎物品在丧俗中的使用由来已久。迄今发现最早的纸扎实物，是1973年在新疆维吾尔自治区吐鲁番阿斯塔那唐代古墓群中发掘的纸棺。棺体骨架用细木杆扎成，从前至后，有五道弧顶支撑做支架，再糊上废纸，外表为深红色。此棺长二点三米，前高零点八七米，宽零点八六米，后高零点五米，宽零点四六米。纸棺糊制的材料，是大量的废纸，其中大多是唐天宝十二载至十四载（753—755年）的庭西、西州一些驿馆的马料收支账单纸。延续了数千年的纸扎，在其制作所用的原材料方面，千百年来保持着最基本的一致性：对纸这种媒材性能的灵活运用。

概括来说，如今各地流行的纸扎主要材料，通常是裱糊用的纸张、捆绑用的绳子和扎骨架用的竹子、麦秸秆、高粱秸秆、芦苇等；祭祀用的纸扎一般用高粱秸秆，弹性好，易于焚烧。纸扎的制作工具比较简单，有剪刀、胶水、钳子等，也可以根据需要自制一些方便

333

曹县戏曲纸扎绘制材料与工具

曹县戏曲纸扎"剪贴"

使用的工具。

纸扎所选用的纸料，最常用的是棉纸、宣纸、毛边纸和草纸，现代已用机制纸代替。古代普通百姓的主要服饰面料是粗棉布衣，使用草纸做衣服，在材质上便于裁剪操作，焚烧时有一定易燃性，因此非常合适。色纸一般是根据主题，如建筑装饰、人物服饰、戏曲道具、动物、器物来选择相应的色彩进行染制，然后依据纸扎中所需尺寸、形状，制作成建筑装饰的部件、人物的衣、裙、冠及配饰等。服饰图案和建筑装饰一般采用木刻彩印或彩绘形式，利用这些半成品，再进行加工，施以纹饰。如神像的头冠和宝器、武生的盔甲、金童玉女的配饰、戏曲人物的道具、建筑装饰雕刻、魂幡、器物的花边等，一般采用金银色纸，剪刻镂空图案，贴罩在彩绘纸之上。建筑、戏曲人物所持的兵器、人物服饰所需的纸质不尽相同，在材料的选择上也有所区别。纸的质地有软、薄、硬、厚之分，一般因形施纸，绘以纹饰，施加技法。如扎制人物时，身躯部位多使用"皱纹纸"，可以表现出衣服蓬松、柔软的感觉，避免了平纹纸的呆板，视觉上给人一种真实的质感。在服饰及器具的底部用彩纸，装饰纹样多用金箔纸或电光纸进行装饰。

纸扎用的纸一般采用多种工艺进行处理，而且扎制的尺寸和造型各异，但基本具有一定的规范，并形成一定程式。造成这种现象的主要原因有以下两个方面：其一，纸扎的生产因为丧期的限制，订货者一般有时间要求，纸扎艺人必须赶制；祭祀节日所用纸扎，因在特定时间内需求量较大，不可避免地出现"流水生产"现象；其二，与其他民间艺术一样，纸扎工艺具有传承性，固定不变的形式有一定的沿袭性，以便教授和学习。而不同历史时期、不同地域、不同艺人制作的纸扎，体现了纸扎的时代性、地域性和审美个性。因而，这种相对固定的纸扎艺术语言又是不断发展变化的。

纸扎的工序，根据扎制物象物品的不同，并不一定规定严格的程序。以扎制人物为例，第一步先要定好扎制的动作形状；第二步设计人物的骨架；第三步为人物糊制好袜子、鞋子；第四步给人物穿好裤子；最后穿上褂子；头部脸部的刻画放在贴糊工序完成之后。服装与头饰的装点，是纸扎工艺与泥塑、折纸的主要区别。而纸马的扎制，则要先定马肚子的框架，然后是马的头部和四肢的扎架，然后要贴两层，第一层要贴满材料，第二层贴马毛，颜色可用白色、黑色和红色，在扎制过程中，要边扎制边预制效果，并非刻板机械的过程，而是一个心灵手巧不断谋划计算的创制过程。

五

　　纸扎工艺中，最基本也是最关键的一道工序，是扎骨架，这需要纸扎艺人的选材经验和造型技能都较为成熟。

　　扎骨架，因地域条件和物产的差别，南北方使用的材料不同。在北方地区使用秫秸和芦苇的比较多，也有用竹子的。北方的秫秸是指麦秸秆和玉米、高粱秸秆，纸扎用这几种材料做骨架极容易得到。麦秸秆与玉米、高粱秸秆的粗细、硬度不同，在纸扎中用途自然有别。麦秸秆较细软，多用于戏曲人物的身体骨架部分。如山东曹县的戏曲人物纸扎，人物高度一般在十五至三十厘米左右，人物身体部分用一把麦秸秆扎成形，然后根据需要贴糊服饰彩纸。玉米和高粱秸秆较为粗硬，最适宜扎制大型物品，如楼房、马车等物品的外形大框架。南方地区的纸扎更多的是使用芦苇。芦苇生长在水边，比较细长，具有一定韧性，弯折后不易断碎，其高约二点五米，竹筷般粗细，去皮后色白微黄。纸扎用芦苇的收割，时间最好是在白露后、霜降前。如果收割过早，芦苇则较嫩、较软，秆壁不厚，扎得过紧会破裂；如果收割的时间过迟，芦柴秆则老，比较脆，在扎纸使用时不易弯折，弯折后也易断。纸扎艺人称这种适用的芦柴叫"材料"。材料有的弯曲，剥去外皮后，需要用微火熏直。微火的火候，以蜡烛为宜，用蜡烛火头的微热使芦柴局部受热，边熏边掰，即时就可掰直。

　　艺人的扎制工具多是自己制作的，主要是刀和剪子。扎骨架就是塑造各种人物或建筑、动物、器皿等基本形体的框架，其第一位的要求是牢固，以便于糊纸。骨架的扎制中，遇到四个角的，先要扎直角。为了四角的固定，还必须在四个角中扎一根斜角。不同的扎制品种，制作过程也不一样。

纸扎千姿百态，绑扎是确定纸扎基本形态的环节，可根据需要的样式随意扎制。用麦草填充做成基本形状，在最能显示人物动态的关节处用铁丝绑扎，这样可使人物动作状态伸展自如，便于塑造不同体态的动势。绑扎大约有六种绕线的绑定方法：

1. 缠线压锁头法，即用左手捏住被绑扎的秫秸和绑扎线头，自左至右缠多圈后，用锁线头将线头固定。

2. 缠线扣锁头法，绕线前先留一寸长的线头，缠绕完毕将左手拇、食指捏住绑线，右手绕出一个环形，套在留出的线头根部，扯紧即可锁住。

3. 十字绑线法，即交叉绑线法。两根秫秸相交叉或两根秫秸头交叉，用线竖绕三至五周，横绕三至五周即可锁住。

4. 藏头绑扎法，即卧头绑扎法。将被绑扎的秫秸头，压、弯成九十度直角，再将弯成角的秫秸头部，绑在另一根秫秸内侧，其特点是接头在内侧，外部轮廓平滑。

5. 顺头绑扎法，将秫秸削成斜角，再将秫秸一头折弯成九十度，绑扎在另一根秫秸或是两根秫秸上即可。

6. 连接绑扎法，即把局部零件组装成为一个整体，这种形式是集各种扎制方法，把局部形体塑造成整体形体的最后一个步骤，一般先扎大的骨架，后装小的附件。

戏曲人物的纸扎，主要注重人物神态和动态，绑扎工艺讲究坚固、结构合理，方便抬动，同时注意人物姿态准确。另外，在人物塑造上采用动态骨架，要求先立轴，再施加附件，躯体比例得当，轴线垂直稳定。大件的纸人和放置高处的罩人，头部的安置一般向下倾斜三十度，面朝观者，适于观者欣赏。这是民间艺人创造的朴素透视法，合乎现场直观的透视学原理，是民间艺人们在长期的纸扎实践中摸索出

曹县戏曲纸扎脸谱及服饰彩绘

来的经验，也是纸扎艺术结构造型的特色之一。建筑物纸扎气势庄重，动物形纸扎讲究神似，器物纸扎讲究比例得当。

纸扎骨架的其他辅助材料包括麻绳、丝线、竹钉、木棒等。骨架扎制的材料，与扎制对象的整体结构及具体扎制方法密不可分。一些亭台楼阁和棺罩的造型以建筑交点穿插法、立轴法作为参照，类似于古建筑的构造。但无论采用哪种绑扎方式，都是以把骨架结构组合成一个牢固的形体为目的，绑扎要求平整、整洁、坚固，以不易变形为宗旨，以方便使后续的工艺程序充分显示出塑造形体的效果。

六

糊制剪贴和折叠，是接下来要进行的重要工序，是影响纸扎的结构形态的关键步骤。

首先，要设计确定纸扎的图形，在扎好的骨架轮廓上用纸黏糊，

曹县戏曲纸扎传承人张于周作品《长坂坡》（张飞，刘备，赵云）

根据需要粘两层或更多层，并裁去多余的纸角，黏糊外层的装饰。在实际扎制过程中，需根据扎制对象的不同，灵活掌握不同程序的先后顺序。此时操作的灵活性很强，可以充分发挥想象力。糊制剪贴，是纸扎工艺的主要程序，它是指将不同的彩纸剪镂与雕琢，组成单元图形或服饰、花饰、建筑构件，然后根据纸扎造型需要，糊制在绑扎好的框架上。在贴制图形前，先满糊素纸，将大形统一，以便于贴糊装裱。纸扎的结构有平面结构、框架结构和立体结构三种，其糊制方法也有所不同，大体分为三类：

1. 整体轮廓糊制：这种工艺多用于平面结构的纸扎，先根据纸扎物体的外轮廓剪裁出一个基本形，留出黏合的部分，一般为零点五至一厘米，然后将骨架上涂上黏合剂（白乳胶或糨糊类）黏合，但不宜将纸拉得过紧，以防变形。最后一步是将毛边依骨架外轮廓剪齐。

2. 局部糊制：其糊制过程与整体轮廓糊制大致相同，所不同的是根据立体结构的局部造型来裁料黏糊。

3. 折叠成形糊制：一般运用在立体纸人的成衣装饰上，戏曲纸扎人物多以秫秸、麦秆为骨架，麦秸扎成形后，紧贴麦秸用皱形草纸紧贴麦秸秆粘上作为人物的内衣或是底衬，然后把服饰先裁出外形，折叠成衣状，然后"穿"在草架上。

这类形式先糊服饰大形，再贴服饰花边和配饰等附件。

糨糊一般用面粉制成，没有很严格的具体成分比例要求。剪贴，主要是剪纸、雕镂工艺，如同农家春节悬挂的五彩门笺、窗户上贴的窗花、农家妇女用的刺绣花样的工艺一样，用剪刀铰、雕镂、刻琢而成。这种纸扎工艺形式一般用在剪裁服装、服饰图案、各种道具、布案、布景纹样、建筑构件、器用附件，及动物施毛、花纹装饰等方面。艺人手中的剪刀如同画家的笔墨一样运用自如，它不仅可以剪出大致的形象，还可雕琢精密的局部，填充纸扎的各个部位。

折叠工艺，多用于人物纸扎，特别是戏曲人物题材的纸扎。折叠工艺注重形态的表情和动势神态。人们常说一个人呆站着是一副傻相，如果一件纸人没有动态感，同样也给人这样的感觉。纸扎戏曲人物的动态刻画，主要采用折叠工艺来完成，对扎制人物进行站、立、坐、卧、伸、展等动态表现，将纸扎结构或弯曲或延伸或直立，打破呆板印象。这种工艺，如同要求演员穿戴衣帽一样，同样讲究体态动势的变化与服饰、手势、脸谱的协调统一。用现代设计的观点来阐释，就是平面装饰立体化、立体结构表情化。纸扎的建筑装饰以符合整体外观造型为标准，一般运用雕刻剪镂工艺制作建筑附件，建筑物的脊兽、雕梁装饰的折叠，则讲究稳中有巧，巧中带拙，结构与附势相辅，将折叠工艺与剪镂技艺融为一体。动物形象一般表现在眼、耳的局部折叠。折叠工艺，讲究以折带雕，雕折相间，并与其他工艺相结合，起到静中求动的效果。通过这些手法,纸扎艺人使人物静态造型显得格外生动,所表现的动作态势,稳中有动,动中带情,赋予了纸这种普通材料以生命和情态。

七

　　彩绘手法,被广泛应用于民间美术诸多门类,如建筑彩绘、寺院壁画、木版年画、脸谱、墙饰等。祭祀丧俗纸扎的彩绘工艺,主要用在服饰、脸谱、布景、道具、建筑附件、动物装饰上。

　　纸扎彩绘方法一般分两种:一种是糊制前先把装饰的内容画好,另一种是糊制好再施加纹饰和美化。装饰手法有工笔彩绘、图案剪贴、色彩平涂、色纸平贴等。其中,丧俗纸扎的灵棚、棺罩、楼台亭阁等物品上的附件所绘制的画面,属专门的彩绘形式,以戏曲题材、神话题材最为常见。它既不是所谓的年画,也不属于水陆画之列,其表现手法也与这两种不尽相同,其绘画手法粗犷洒脱,表现的形象夸张,有一气呵成之感。

　　另外,有的纸扎附件的局部彩绘形式,如服饰、脸谱、器具装饰纹样等,艺人又有自己的处理方式。例如对戏文中的人物刻画,艺人们虽然没有裁剪师和服装设计师对服装那么专业,但对程式化戏曲服装纹样彩绘却相当精通,讲究戏曲行话的"宁穿破,不穿错"的原则,不求严格规范,而以戏曲情节和人物角色的感情为准绳,大胆取舍,善用浓缩色彩,偶尔也画出似与不似的彩绘纹样,但让观赏者一看便认出是哪一出戏的哪一段情节。也许是受到地方戏影响,也许出于纸扎艺人的有意再创造,尽管未必合乎行家的规范和要求,但它毕竟是彩绘而不是戏台表演,艺人讲究的是用笔施彩的熟练而传神,将施色的勾、画、点、染融为一体,形成纸扎特有的色彩氛围和造型语言。

戏曲人物纸扎非常讲究色彩搭配。彩色纸多为单色，红、绿、青、黄、黑等常用色。一件纸扎品如果同时用多种颜色时，需要纸扎艺人巧妙搭配，匠心独具。艺人扎制时，对有些部位的用色是套路活，常年没有变化。如扎楼房时，楼房墙体基本都是青色，墙基本用白色；扎箱柜一类的多用红色。但是，对细部的装饰，则随意点缀，属于即兴式的手艺活，艺人将各种色彩的图案花纹放在便于拿用的盒内，一边挑选，一边糊贴，常常是即兴发挥，信手点缀。

纸人的头部一般采用泥模翻制而成，类似于传统的模范工艺。头型模具一般分为大、中、小三种型号，彩绘时又可根据不同的人物、神位相貌、角色、性别、贵贫开脸，类似于脸谱绘制艺术形式。如金童玉女的开脸，戴上冠为童男，安上发式佩饰即为玉女，戏曲人物则采用不同的脸谱造型区分角色。

山东曹县民间戏曲纸扎过程中，有一种非常重要的参照物，当地人称为"样子""谱子"等，艺人将前人或别人做好的艺术作品，用纸描下来，作为复制或自己创作的参照，这个复制下来的作品就是粉本。这种使用粉本的做法，最早可追溯到隋唐时期。粉本并非只是对绘画作品的复制，民间剪纸、皮影、刺绣等都有粉本，传统的剪纸熏样、刺绣花样都可视作粉本。戏曲纸扎的艺人把从戏曲中得来的人物形象以及衣物的色彩等先描绘下来，作为以后纸扎时的范本样式，这样可以简化纸扎人物上颜色的过程，而且人物的着色也不会走样。在扎制同样的戏曲人物时，对照着粉本的色彩勾描即可。

民间纸扎在施彩时运用对比与调和等配色手法，尽显强烈丰富的色彩语言，如同民间打击乐一样响亮悠长，纸扎的色彩表现出极为热烈激昂的感情。运用强烈色彩传达感情，正是形成纸塑各种造型形态语言的动人之处。在这个由祭奠者所营造、供奉给亡灵的世界，如

曹县戏曲纸扎"戏册子"

同一个异时空的奇特世界，这里的一切都尽可能地散发出鲜艳炫目的色彩，让亡灵接收到祭奠者侍奉之意的同时，也让祭奠者感到有所安慰。五光十色的戏曲人物，金碧辉煌的建筑格局，色彩艳丽而单纯的瑞兽祥鸟，已超越了实际物象的色彩。我国民间以多、满、齐、全、吉庆为主调的传统色彩观念，这在传统大家族宴席中的"全家福"菜肴、婚俗洞房的大红大绿的装饰等喜庆节典中都有所表现；同样的传统色彩心理，也体现在祭祀丧俗中。

纸扎以强烈的色彩对比，营造出与日常生活迥然有别的特殊氛围，抓住了人们的情感，形成心灵上的撞击，所以，往往是一个乡村里有了丧葬之事，人们祭奠之际，更多感到的是弥漫其间的热烈人情味。纸扎艺术，既是物体的立体结构刻画，更是色彩感情化的创造，这是构成中国民间纸扎色彩斑斓跳跃的重要原因。

纸扎的最后一道工序是整形，主要是剪去多余的或出头的骨架、绳结等，检查整体效果，较大的纸扎物件还要安装好搬运用的抓手。

八

  一张纸或一根骨架材料在艺人手中如此得心应手，其造型、工艺、取材、立意、民俗意蕴等，都可谓巧夺天工；用简单平常的材料，塑世间方圆之形，雕万物之神，并融合各种工艺手段于一体，民间艺人对材料的应用、物象的塑造、题材的选择，是世代纸扎手艺人传承下来的民间艺术中的一枝奇葩。而在传统丧俗用品一代代的衍变中，纸扎展示着民俗艺术的历史延续和发展，也是记录着民俗活动演变的"活化石"。

  祭祀丧俗的纸扎艺术，是我国民间特有的文化现象，汉代尊崇儒家思想，推行"举孝廉"政策，社会生活的各个方面以孝为标准展开，倡导孝道，提倡厚葬，各类祭祀明器样式之丰富，形成独特的传统文化形式，唐宋之际，儒家、道家及佛教在中国民间的相互影响，灵魂升天的"生命二元论"信仰更加普遍，造纸术逐渐发展成熟，纸品被运用到丧葬活动中，促成丧葬及祭祀用品新形式的出现，使我国民间丧葬形式发生了一次重大变革。到宋代纸扎已经发展成丧俗艺术中的主要类型之一，纸扎成为一个专门行业。明清时期，纸扎工艺远超宋元，应用也更广泛，已经成为当时社会各个阶层丧俗和祭祀活动的主要用品，并延续至今。伴随着社会的文明进步，纸扎艺术形式也在演变，由起初崇拜鬼魂的"颂鬼"，渐渐倾向世俗化和人情化，注重安慰和调解消极感情，利用热烈的悼念形式，减轻对死亡的退避和恐惧，近代以来纸扎艺术对环境和气氛的烘托和营造，形成的"喜丧"习俗，对生命丧亡的理性、节制、从容、周到又达观的认真侍奉态度，更表达出中国传统哲学和传统文化的深刻影响，既有"祭神如神在"的虔敬，也有"逝者长已矣，生者当勉励"的精神。

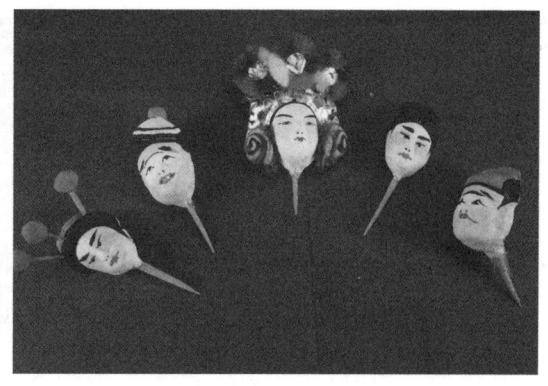

纸扎头部脸谱造型

    上世纪五十年代后，因破除封建迷信等历史原因，民间纸扎一度销声匿迹，到七十年代末，国家宗教政策的宽松使纸扎艺术在民间得以恢复，改革开放后，随着社会经济的迅猛发展，纸扎文化的复苏得以与时俱进，在金童玉女的传统系列样式之外，更日新月异地收纳了别墅、轿车、电视、手机、平板电脑等等新的时代生活产物，纸扎艺术的规模蔚为壮观。2019年，法国巴黎曾以"极乐天堂"为主题举办一个艺术设计展，展出的是中国台湾的纸扎，吸引了数百万观众。在中国古老的祭祀文化里，这些纸扎并非观赏之物，而是活着的人祈盼通过这样的"烧纸"，达成与逝者的心灵连通，所以，这些由民间手艺人耗时耗力精心制作出来的鲜艳华丽的纸品，是留存短暂、沟通生死、传递敬意、祈祷庇护的艺术品。当了解到这是一种生者通过焚烧纸扎将思念传递给往生者，并希望他们在另一个世界能享受舒适物质生活的方式，观众认为中国民间对待死亡的形式非常惊艳，太唯美而浪漫了，纸扎燃烧的瞬间，思念和供奉，也随之送达。

    纸扎艺术是中国民俗、民族文化遗产的一部分，只要人类存在，有个体的消逝，就有哀思的寄托，丧俗的艺术形式就不会消亡。那些海外观众对于纸扎展览的热烈反应，或许可以启发我们从情感表达形式的文化资源的角度，认识纸扎艺术对于社会生活的意义。和如今世

345

界上的所有资源一样，地球村文化艺术的资源和人类情感表达的资源，也时有种种枯竭之虞，传统纸扎艺术在漫长历史中几经沉浮，不断与时俱进，如今凤凰涅槃一般，在跳跃的火焰上，重新连缀起生者与祖先彼此牵系的古老纽带。今天，纸扎已经成为中国民俗艺术的一部分而载入人类文化史册，相信它鲜艳的色彩和绚丽的火焰，能够让人们从中受到更多的启迪，关于生与死，关于天和地，关于过去和未来……

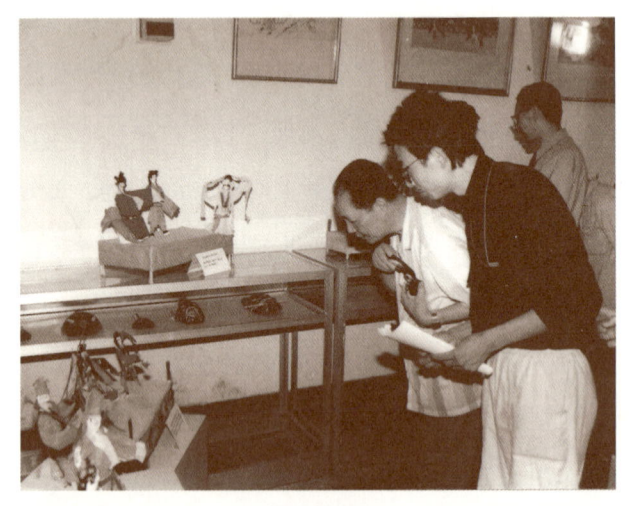

1989年，冯其庸先生出席山东曹县民间纸扎艺术展览

1989年，冯其庸先生与山东曹县民间纸扎艺人合影，左二为时任山东工艺美术学院党委书记孙长林，左三为著名画家于希宁，左四为时任山东省政协副主席陆懋增

后记

《家乡散记》即将付梓，欣喜之中夹杂着些许惆怅。时光不可逆，此时一如游子望乡，浮云长空，乡书难寄，那岁月长河里的故园、亲人、物与事留在记忆里，只能一遍遍回想。

几十年来，把民艺作为事业，不仅是放不下那些老物件儿，离不开那用亲情、手艺、乡土编织的大网，也是觉得其中有很多重要的东西不能在疾行赶路时遗失了，它们是一种牵挂、一缕温情、一阵暖意、一种念想，能在繁忙迭变中带来滋养和慰藉。自己在生活里，也是个念旧的人，常回乡，常回想，家乡的草木、过去的日子、亲情友情就是来时的路，就是生活的样子。所以，这些年不断记录和回忆，形成了林林总总不同的篇章，待把它们都收集起来重读再忆的时候却发现还有空白，于是重新梳理和补充，就像补齐记忆的拼图，也在叙述记录的过程中道出了那些未曾言说的感动。这些原有的篇章和补充的篇目结集为这本《家乡散记》，收入我的文稿，具有特别的意义。我想它不同于其他重调研、求学理的文稿，更多的是个人的体会、感情和描述；它不同于务谨严、讲逻辑的文稿，有的也许只是片断，是印象，但在人生的岁月里却有着刹那而永恒的意义。

《家乡散记》编辑出版的过程中，作家出版社给予了极大的关心和支持，原社长路英勇、责任编辑宋辰辰进行了专业细致的审校，学术团队成员殷波对前期稿件进行了梳理，韩明、庞萌等历时半年对补充录入的篇目进行了记录和整理，潘钊帮助整理了老照片和图版，李邦贵整理其中家史部分的材料，还有老朋友韩青提出了不少中肯的建议并统稿，袁硕完成了图书的装帧设计。在此，表示深深的感谢！

　　岁月如流，乡愁不曾休。

潘鲁生

壬寅立夏于历山作坊